本书获"2017年贵州出版传媒事业发展专项资金资助"

作者田原

作者田原父母

作者女儿

作者及家人

田原文论集

田 原 / 著

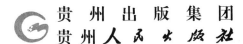

贵 州 出 版 集 团
贵 州 人 民 出 版 社

图书在版编目（ＣＩＰ）数据

田原文论集 / 田原著. -- 贵阳 : 贵州人民出版社,
2017.12
  ISBN 978-7-221-14619-9

  Ⅰ.①田… Ⅱ.①田… Ⅲ.①文学研究—文集 Ⅳ.
①I0-53

中国版本图书馆CIP数据核字(2018)第002257号

责任编辑：代　勇　张良君
装帧设计：唐锡璋

田原文论集

田　原　著

出版发行：贵州出版集团　贵州人民出版社
地址邮编：贵阳市观山湖区会展东路SOHO办公区A座　　550081
印　　刷：贵州兴隆印务有限责任公司
开　　本：787×1092毫米　1 / 16
印　　张：16
字　　数：240千字
版　　次：2018年12月第1版
印　　次：2018年12月第1次印刷
书　　号：ISBN 978-7-221-14619-9
定　　价：42.00元

目 录

第一部分 文学的天空

第二部分　比较与探索

第三部分　时代与思考

第四部分　往事并不如烟

第五部分　札记·打油诗

附录：师友赠诗文

为心路历程存照（序一）

张 兴

翻看田原《田园文论集》，会产生真正站在田原之中，听风雨歌舞，看云彩飞扬，融化进种种样样收获景象的感觉。

之所以这样，是因为在这本厚厚的集子里，铺陈着这些年来田原对广义文化领域的关注与涉猎。细细咀嚼，可以摸得着一个人对现代文学、民族文化、网络文学的研究和思辨脉络，能够闻见以自己感染影响他人，投身公益事业、助推文化扶贫、营建温馨人文环境的瓣瓣心香。当然，作者笔下流淌的对传统的景仰、对美好的渴望、对先辈的缅怀、对亲朋的爱抚与思念，同样是一道风景，走进风景，便能听到一声紧似一声的叩问：作家心灵深处的本质冲动是什么？什么是支持我们不懈行走的力量？

一本《田园文论集》，记录了一个文化人初衷未改，不停息地为人心、为历史、为时代和社会而歌的心路历程。

一

《田园文论集》告诉我们，田原是一个做事行文都很专注的人。

在文集里，收录关于文学巨匠茅盾的专论有8篇之多，而且可以看出各篇成文并不密集于一时一地的时空轨迹。作者力图深入作家的内心，找寻不一样的观察角度，还原"现代文学丰碑"情感与作品的本真。比较陈白露与赵惠明，试析茅盾小说心理描写，浅论茅盾妇女观，记叙茅盾抗战时期在贵阳的文学活动，直至最后行走到作家的故乡，田原只专注于一个目的：弄清楚、讲明白这位文坛泰斗在现实生活中是怎样一个人？是什么样的光亮在烛烧着他那些经受住了历史和人心检验的作品？

通过田原的研究和梳理，我们知道了茅盾十分重视用精彩的长段心理描写、情景交融的场面再现、精微准确的心理分析，来塑造自己作品"概括极其纷繁的社会现象""揭示各种复杂现象之间内在联系""提出许多重大社会问题"的史诗风格。于时下面言，这些话仍然有十分强烈的启示意义。一些写作者，以浮躁"跟风赶浪"的功利性心理，试图去描写和叙述当今这个伟大而日新月异的时代，结果往往得不到真实的掌声。我想，一个重要原因，就是缺失了对最广大人心的观察与思考，忽略了对于受众心理需求的文学回应，或者眼睛和行动仅仅定位于自己或某些"小众"的心理。这样，作品当然要失之于空，失之于假，失之于平庸，失之于与受众的人心背离。

田原探寻的目光，不仅仅专注于茅盾。

岳拓夫和奥楚蔑洛夫，分别是张洁小说《条件尚未成熟》和契诃夫小说《变色龙》中的艺术形象，田原通过对他们的比较分析，论证了一个有才能的作家，应该永远不放弃创造独特艺术个性的终极追求，以思考的敏锐、揭示的深刻、探索的勇敢，去写出自己的纤细，去写出自己的雄浑。读后让人感慨：果然开卷有益。

在"《长恨歌》主题新探"一文中，田原提出了"以爱情为主导的双重主题（爱情、讽喻）融合"的观点。且不言所论正确与否，但作者不遂前巢，注重从作家心志和社会实景两个角度，综合考察的方法，却很值得我们注意。

文集中，这样给人启示的文章数在不少。《客籍文人与贵州文化开发》《黎庶昌地理学成就试论》《贵州遵义的沙滩文化》等文，字里行间看得到作者的独立见解，不同于某些习见的"概论性"文章。这，或许正是田原作品多被一些权威性报刊登载收藏的因由。

二

在现实生活中，田原的兴趣爱好比较广泛，她关注着生活中的很多方面。这样的情愫，又在《田园文论集》中生动鲜活地展示出来。

田原是一个文化人，是省社科院文学所的研究员。除了固定的写作研究指向，她还有若干社会兼职：省青年文化学会会长、省网络文学会副会长兼秘书长、省作家协会会员、中国茅盾研究学会理事、贵州创客网总编辑……这注定她要不断地同各种各样的人交往，注定要在文化领域去翻越不止一座山峦。不必逐篇展示她的文章，仅仅罗列一下文章的题目，这种"广泛"已然跃于纸上。你看：《如诗如梦黔东南——民族文化研究札记》《蚩尤论》《新时期的妇女文学研究》《张洁小说中的婚姻爱情观》，……它们像一串串珍珠，能够吸引不同方位的阅读者，以不同角度释放着文化的正能量。

记得几年前田原邀我去参加一个新书发布会，那本书就是她主编的《王启霖烈士文学作品选》。作者是在建国前夕被国民党反动派杀害的中共党员、年轻知识分子。他写作10年，由于早故，作品散落人间。田原盯上了这个"冷门"，颇费心力收集烈士遗稿结集出版。田原说，她希望这本遗作中所表现的美好追求和战斗精神，会成为照耀当代青年心灵的一束阳光。贵州籍北京大学著名教授乐黛云更是盛赞此事："我的年轻朋友，贵州省社科院的田原同志，苦心搜求近十年，终于辑成了这一部厚厚的《王启霖烈士文学作品选》。这不是墨写的字而是血写的书！随着岁月的流逝，难道先行者对黑暗的控诉、对真理的追求、对艺术的执着，都只能化作淡淡的血痕，为后来者所遗忘吗？"

关注青年成长环境，关注精神文化扶贫、关注传统文化继承发扬，关注贵州经济社会健康发展，一个个带有极其强烈时代、社会和人文色彩的命题，化作情感炽热的文字，滚动在田原的笔下纸上。

前年仲夏，田原组织省城一批诗人作家去到安龙县王院小学，帮扶条件艰辛的农村学童。在那里，我认识了看似木讷其实心里透亮的"石头校长"，知道了他心中盼望乡村教育大发展的"花样愿景"。由此诞生了我"大扶贫一线手记"首批文章之一。田原对这本书何时出版常常心怀挂牵。春节前，她说到那次文化扶贫送下去的十头小猪已经长大育崽，笑容纯真如冬日阳光。她谋划着，就在本月底，要邀约"作家艺术团"再去一趟王院。

我想，正是这些坚守和情怀，让《田园文论集》闪射出不一样的博爱色彩。

三

田原有着厚重的家学渊源。她外租父是贵州玻璃工业的创始人谭剑鸿，当年誉满西南。她舅父谭涤非是省内著名画家。家族中不少人与书香有缘。但她认为，据有这种氛围只是人生能够丰收的一个条件。山溪能不能流成江河，关键要看一路上的吸纳包容。这里指的是，人生路上不间断的学习。

这本集子里很多给人印象的文章，就是艰苦学习的成果。一批怀人作品，多半偏于短小，但在不长的文字里，时时可见她对所写人物的"点睛之笔"，或刻画其秉性脾气，或道出其为人为业之"谛"，或写下其憧憬期冀。用田原的话说，这些人的人生轨迹，像老师，很值得自己"见贤思齐"。

你看，她写大儒汤一介，关节就在"汤先生以其人格魅力，受到了大家的尊重。"你看，她写书画家何天琨，其他环节简约了，却舍得在其并非一帆风顺，人到中年还孜孜不倦追求艺术的故事上泼洒笔墨。她眼中的女作家余未人，工作起来可以拼命，但又会在晚饭之后，步行半小时赶到卧病的母亲身边，为她按摩、擦洗，还要搜罗各种各样的奇闻轶事，让母亲那为病痛折磨的神经重压稍稍得以转移。诗书画跨界发展的李吉祥，田原注意到他只有初二文化功底，却咬紧牙关登上了艺术殿堂的高峰。领悟到人生的风景线既柔软又坚硬，人生的坐标既朦胧又清晰，人生的放弃与取得就在于你是否把握命运之神的旨意。

田原坦言，收录进《田园文论集》中的文字，并不是篇篇成熟，并不是所有诗文都那么让人满意。权且作为人生路上一次小结，开始新的起步前一次回望与小馨。

这方面，我们有共同的话语。上世纪50年代，女作家陈学昭有部长篇小说，名字就叫《工作着是美丽的》。田原说，她也已经退休。在我们看来，退休对一个人而言，其实多半只有字面上的定义。从工作岗位上退了下来，只要你还有关注社会关注人的心思，那充其量只能算是工作任务的一次转移。只要心在，便有花开。我们坚守，我们努力，因为每一个早晨太阳都会是新鲜的。

（作者为《贵州日报》原副总编）

2018年2月18日

生命的翅膀（序二）

——记文学理论工作者田原

吴建萍

热情和壮志是生命的翅膀
——歌德

1986年，古城北京。七月的香山巨树浓荫，清风爽人。在香山别墅的会议大厅内，正聚集着一百位来自全国各地的茅盾文学研究学会会员代表。这当中有我国文学艺术理论界著名的专家学者和教授，也有初出茅庐的茅盾研究者。可谓济济一堂，群星璀璨。而就在这璀璨的群星之中，有一颗小小的新星，她虽然小，却引人注目。她就是来自偏远的贵州山区的田原。在这次纪念茅盾诞辰九十周年学术讨论会后，她被我国茅盾研究四大家之一的山东社会科学院文学研究所教授、中国茅盾文学研究会秘书长丁尔纲先生誉为"最年轻的茅盾研究女学者"。田原，在贵州省文学艺术理论界被称为"脱颖而出的文艺理论新人"之一。

第一次见到田原的人，都会被她那绰约的风姿所迷住。已过而立之年的她，看上去才像二十多岁的年轻姑娘。一双明亮的大眼睛，白皙的皮肤，圆而清秀的脸庞。她身着雪白而合体的套裙，更显出一股热情奔放的青春活力。

她很善谈，只要话匣一开，便犹如山沟小溪，汩汩而来。你的思绪不由得随之而去，追溯出一个自强不息的女青年的成功之路。

生命的翅膀之一——"我的童年时代，是'白雪公主''三毛'和'丑小鸭'陪伴我度过的。我虽然从小酷爱文学，钦佩文学家们，但从未想到我长大以后会从事文学工作，更没想到我写的文字会变成铅字。"

是的，不知是从哪一天起，她这个还正在读小学的漂亮小姑娘一下子对雨果、普希金、茅盾、巴金、鲁迅、曹禺等文学大师们产生了浓烈的兴趣。幼小纯真的心灵完全沉浸到这些由古今中外的文学巨匠创造的艺术世界了。从此，在她的酷爱文学的母亲以及舅舅们的书架上，总会有一两本厚厚的书"不翼而飞"。当医生的母亲，当时可能还未意识到，自己的夙愿若干年后将会在这个眼下正躲在不知哪一个角落里如饥似渴地读书的女儿身上得以实现——两代人的文学梦啊！

岁月匆匆而逝，忽然间，白雪公主的崇拜者已出落成为一个楚楚动人的少女了。此时的她，已经在数百本文学巨著构成的世界里驰骋了一些时候了。又终于有一天，田原已再不满足于读，而是突然生出要写的念头了。

1982年8月21日，她的处女作《一个纯洁的女人——苔丝小议》在《贵阳晚报》上发表。田原终于摘取了她立下笔耕终生之愿以来的第一枚果实。尽管很小，但是，"我是多么的高兴和激动啊！这激发了我的写作热情。"从此她一发而不可收。两三年内，她又在省内各报刊上陆续发表了数十篇文艺评论。1984年她被贵阳市文联吸收成为作家协会会员，硬是用她的笔和执着的追求闯进了文坛这座神圣的殿堂——梦幻已开始变成现实。

生命的翅膀之二——"如果说，这以前我写的文章还很肤浅，那么，1985年初就开始着手准备撰写的毕业论文《张洁小说中的婚姻爱情观》难度就比较大了。这篇文章从准备到完成，几乎用了一年时间，最后通过答辩荣获了优秀论文的荣誉。这篇文章发表在《今日文坛》86年第1期上，全文被中国人民大学收入《中国现代当代文学研究》1986年第5期中。""这是我的第一篇被刊登在全国性的权威刊物上的学术论文。当时，我百感交集……"

怎么能不感到百感交集？从梦幻到理想，从事业到追求，从耕耘到收获，其间有多少甘苦辛辣，有多少失败和彷徨，谁能说得清？

1970年田原初中毕业，由于那场浩劫，她失去了继续升学的机会，小小年纪的她成了一家工厂里一名医务工作者。然而理想和对事业的追求之光并没有在她的心中熄灭，反而更加炽热了。于是她选择了艰难的自学道路。她在短短的时间内自学完了全部高中课程，同时进一步阅读了大量古今中外的文学名著及其他书籍。1978年，一个难得的机遇降临了，她调到了贵州省社会科学院。这无疑是她人生道路上的一个关键性转机。良好的工作条件并未使她就此满足，相反更激发起她强烈的求知欲。她进入贵阳市教师进修学院中文系学习。接着她又以在千名考生中名列前茅的好成绩考入贵州教育学院中文系继续学习。可以说，以后田原取得的成就，都归功于她在教师进修学院近三年刻苦勤奋学习而打下的扎实基础。又经过四年的艰苦学习，田原再也不能满足于她之前的肤浅写作了。她站到了一个崭新的高度上，向她理想的目标冲刺，于是她在毕业论文的选题上，像一名举重选手一样，毫不犹豫地拎起一副她并不知道能不能举起的杠铃——张洁小说中的婚姻爱情观。这真是一个大胆而又新颖的选题。

"整整三百六十多个日日夜夜，一个漫长而又艰辛和痛苦的过程。有时，我绞尽脑汁而又对完成这篇论文一筹莫展。我也曾怀疑过自己，甚至还想到过放弃这个选题而另选难度小的课题。然而最终还是挺过来了。"

她挺过来了，凭着热情和志气，其实人生许多事都是需要"挺过来"的。

"你为什么要选择这样一个题目呢？"事后有人这样问她。

"因为在当代中国女作家中，我最喜欢张洁的作品，她的经历、风格、气质与我很相似。她笔下的女主人公，带有一种淡淡的哀愁和伤感，但同时无一不是在追求一种妇女的解放和实现自我价值的强烈愿望，这都引起了我强烈的共鸣。我选择了这样一个课题，也许是我的偏爱吧……"

"你这篇论文的成功，除了你坚韧不拔的努力之外，还得到什么人的帮助吗？"

"这点我的回答是肯定的，可以说，没有我的指导老师钱荫愉副教授（贵州大学中文系副主任、现任贵州省文化厅副厅长）自始至终对我的帮助和鼓励，要完成这篇论文是很困难的。可以说，这篇论文的成功，凝聚了钱老师为之付出的大量心血。此外，还得到了社科院文学研究所的黄万机等老师的大力帮助。"田原如一个最虔敬的学生一样不忘师恩。

这篇论文在《今日文坛》上发表后，在文艺评论界引起不小的反响。钱荫愉老师在评语上这样写道："这篇论文，作者进行了大量资料的收集和阅读工作，对所评作品有较强的感受力，从妇女文学研究的角度，充分肯定了张洁小说所提出的社会问题的尖锐性。文章从文学史的高度出发，分析了张洁在新旧交替时期提出更高层次的妇女解放问题以及矛盾的婚姻恋爱观的社会原因。论文见解新颖，论述清楚，是一篇较好的毕业论文。"

"这是一篇较好的毕业论文。"这一点随着中国人民大学《中国现代当代文学研究》杂志的转载、四川科技出版社《爱情题材的美学》一书的收入，以及这篇论文获得贵州省青年学会首届优秀论文奖而得到了证实。

生命的翅膀之三——"1986年，我的论文《灵魂的腐蚀、毁灭与更新——赵惠明与陈白露之比较》经中国茅盾研究会择优选拔，我应邀参加北京'纪念茅盾诞辰九十周年学术讨论会'，在众多的茅盾研究者中，我是最年轻的女同志。因此被称为'茅盾研究者中最年轻的女同志'。会议期间我被吸收成为中国茅盾研究学会的会员。这是我第一次加入全国性的学术团体，而且成为贵州省仅有的三个会员之一，为我自己，也为贵州争得了荣誉。"

这时的田原，在其事业上已日趋成熟。从学校毕业后，她在贵州省社会科学院文学研究所从事专门的文学研究工作。尽管她现在已是中国作家协会贵州分会会员、省青年文化学会秘书长、中国茅盾研究学会会员、中国比较文学学会会员……一连串的头衔和荣誉，并没有使她止步不前。她相信："一个人追求的目标越高，他的才能就发展得越快，对社会就越有益"（高尔基）。田原是永不满足的，她在自己选定的事业道路上，"野心"不小。她说："从我国现在的情况来看，在文学的道路上从事创作的多，而搞文学评论或文学理论工作的少，尤其是女性更少，这不能不说是一大缺憾。我的愿望就是，作为一个女性文艺理论工作者，我将奋力拼搏，用更大的成功来为我国的文艺理论事业增色……"

她这样说，也这样做。

1987年，田原的另一篇论文《不同时代的变色龙——试比较张洁〈条件尚未成熟〉和契诃夫〈变色龙〉》，经中国比较文学学会审定后，她因之应邀到西安参加中国比较文学暨国际学术讨论会。国际比较文学协会主席福克玛等不少外国学者参加了这次会议。这篇论文的提纲被译成英文介绍给外国学者。这又是一次了不起的成功，田原始终没有忘记自己的诺言。

到目前为止，田原已有数十篇论文发表，越来越多地引起国内学术界的重视。她与人合著的20万字的学术著作《神灵与文化》业已完成，现已交出版部门审阅。

应该说，田原也应满足了。一个女性，在短短的几年间，取得这么些成绩，确实很不简单了。但她对学习从未放松过，她对自己有着更高的要求，1987年5月，她参加了中国文化书院"中西文化比较"研究班的函授学习，所撰写的毕业论文《论中西艺术观之差异》受到她的指导老师、著名学者北大教授乐黛云先生的好评，论文后来发表在《福建论坛》1988年第6期头版头条位置。

生命的翅膀终于将田原载到一个只有成功者才能领略的地方。热情、壮志和勤奋——田原成功的秘诀。

"回头看看自己走过的道路，确实很艰难。但我凭借自己的刻苦努力，以及在许多老师们的帮助下、指导下，从一个文学所的资料员成为一个科研人员。然而学无止境，追求无止境，我将朝着一个更高更大的目标进行攀越，去追求自己毕生的理想。"

这就是鼓荡着生命的翅膀奋飞不已的田原。

原载《青年时代》（1990年1期 ）

第一部分

文学的天空

茅盾小说中的心理描写试析

　　茅盾是一个擅长心理描写的语言大师，我们可从他作品大量的心理描写中窥见一幕幕人生灵魂深处感情与道德剧烈搏斗的活剧。茅盾小说中的心理描写的特色从早期到成熟期，是一个不断发展完善的过程，他的心理描写不仅手法多样，而且注重"社会心理因素"的探索，这是值得我们认真探讨的。

一

　　茅盾一向认为自己的创作受到了托尔斯泰的影响，他曾说："托尔斯泰作品的宏伟的规模、复杂的结构、细腻的心理分析、表现心理活动的丰富手法以及他的无情地撕毁一切假面具的独特手法，都大大提高了艺术作品反映现实的可能性，丰富和发展了现实主义的艺术创作方法。"作为具有重大世界影响的作家，托尔斯泰"对世界文学样式的发展，做出了巨大的贡献"。[1]茅盾所吸取的，正是托尔斯泰长篇小说中所善于概括"极其纷繁的社会现象""揭示出各种复杂现象之间的内在联系""提出许多重大的社会问题"的史诗风格的精髓。[2]因此，茅盾长篇小说中的主人公，不仅在外在行动上能够充当各种社会关系接触的"媒介"，而且是最"具有心里的一切错综的"人物，他们的思想矛盾与心理冲突，往往典型地代表了所处的社会时代各种社会意识、社会心理的矛盾和斗争。当然，茅盾不仅吸取托尔斯泰的艺术经验，而且还广撷博采其他的中外优秀文学

---

[1]　茅盾：《激烈的抗议者，愤怒的揭发者，伟大的批判者》，见《世界文学》1960年第11期。

[2]　茅盾：《托尔斯泰与今日之俄罗斯》，见《世界文学》1960年第11期。

作品的精华，融汇在自己的长篇小说的独特史诗风格之中。尽管他"更爱托尔斯泰"，却也十分喜欢大仲马、狄更斯、司各特、巴尔扎克等著名长篇小说作家所创作的"规模宏大，文笔恣肆绚烂"的作品。茅盾在心理描写方面，更是融汇大家之长，可以说是把巴尔扎克长于写环境的特点融于托尔斯泰的心理描写之中。但茅盾是取精用宏，多方吸取他人艺术经验，却不是"仿造"，而是摄取精华，升华为独特创造。

茅盾作为我国新文学运动的第一个评论家，他对新的文艺思潮以及各种文学流派颇为熟悉，早在1921年，茅盾在对近代文学的剖析中，就已经注意到"心理分析的精研"是它的特点之一。因为"心理分析几乎是赋予创作才能以力量的最本质要素"，[1] 加之茅盾在实际革命运动中曾广泛地接触过各种小资产阶级知识青年，尤其是女青年，因此他不仅对她们的生活和心理状态十分熟悉，而且他与作品中的人物曾有着同样的生活经历和命运遭际。所以，他往往以充满着血和泪的感情对形形色色的小资产阶级人物的心灵世界进行描写，通过心理描写的艺术手段强烈地表现他们的苦闷、彷徨的矛盾心绪，幻灭与追求，从而揭示人物内心世界的隐秘和冲突以及这种冲突的社会性，丰富人物的性格，使人物达到形神具现的境地，而他早期形成的这一特点，很显然地，亦贯穿在他后来的一系列中长篇小说的创作中，形成了茅盾艺术创作的独特风格。

二

茅盾小说探索人物心灵的艺术是多种形态的，限于篇幅，本文着重分析以下几点：

1.意识流手法

茅盾早期短篇小说采用这种新颖的表现手法是得心应手的，并获得了艺术上的成功。作者将传统的叙述描写和"意识流动"的写法融为一体，构成了既有民族特色，又兼收并蓄西方色彩的风格。

茅盾早期往往采取细致入微的心理描写手法来表现人物的内心世界；思想感情的变化和性格的特征，塑绘人物形象，并以此来凸现深刻的主题。例如，《创造》的主人公娴娴思想性格的变化，就不是用正面描写的方法来表现的，而是通

---

[1] 《车尔尼雪夫斯基论文学》上卷，新文艺出版社1982年版，第698页。

过她的丈夫君实在床前一小时左右的大段内心活动，回忆和对室内凌乱的衣物、书籍及不中不西的陈设等人物周围环境的渲染，间接地表现出来的。这篇小说从开头到结尾，是以君实在某一天早上的回忆、梦幻和复杂的心理活动来贯穿的。茅盾早期的六七个短篇，却更多受益于托尔斯泰，明白地显示托尔斯泰式的心理分析的特点，不过，在这些作品中，同时亦有巴尔扎克的影响。

2.精彩的长段心理描写

一般说，长段的心理描写，给人沉闷之感，但茅盾的《蚀》，恰恰是以长段的心理描写见长的。这段精彩的心理描写不仅结合着"人物过去的接触的具体活动来写"，而且还运用了人物自述、作者代"抒"、客观解剖和人物内心冲突甚至精神幻象等多种手法，将之有机地结合在长篇心理描写里，收到了奇特的艺术效果。使人物心理描写有纵深感，把人物的内心世界立体化了。

最突出、最成功的例子之一是《幻灭》中对慧的一段长篇心理描写，那是从她夜晚和抱素在酒馆和公园调情回到寓所躺下后开始的。作者写她辗转难眠，于是往事泉涌。第一层是身世的回忆："哥哥的顽固，嫂嫂的嘲笑，母亲的爱非其道和自己的风流迭宕"。在对比中，激起青春将逝、归宿何在的感伤。第二层则着力渲染慧由伤心而愤恨而诅咒一切的疯狂心理："她发狂似的咬着被角，诅咒这人生，诅咒她的一切经验，诅咒她自己。"至此心潮达顶点，然后转入对未来的憧憬及短暂的憧憬之后回到现实时激起的更大的焦躁。至此作家抛开人物自身的感受而转入客观描写，写她"头盖骨痛得像要炸裂"，"直到她发昏"。然后把她引入梦境。第三层写梦境是和过去的男人的冲突与现在同抱素的邂逅这两种经历的交织，而以过去受男性欺凌留下的痛苦记忆为主，构成一幅近似精神幻象的恐怖画面。描完这最后一笔又把慧引回现实。第四层才写慧进入了较为清醒的盘算定夺阶段，她断定抱素不值得爱而决定了自己的对策；她恢复了"刚强与狷傲"的态度后重新肯定了"第一次被骗"后确定的"对于男性报复的主意"是不错的。于是彻底摆脱了噩梦的袭击而重又振作起来。慧又恢复了她的玩世不恭、刚强狷傲的本来面目。这由许多手法组成的长篇心理描写的成功之处在于：借助一次短暂的心理剖析高度概括地反映了慧由过去发展到现在的个人身世之性格历史；真实地展现了慧的性格发展的必然逻辑，把她形成的那带点病态的男性报复主义的主客观原因也写得合情合理、真实可信，于是人物性格就油画般地立起来了，给人以真实、生动的立体感。

3.情景交融，再现人物内心世界

《春蚕》中对人物的心理描写，很少独立进行静态性的描写，而是通过人物触景生情，情随物迁的心境变化，再现其内心世界。这在《春蚕》的第一部分中体现得最为明显。在这一部分中，大致写了三种情景，相应地刻画出了老通宝的三番心理变化。

其一，是由春景中扦工挥汗劳作引发的；其二，是由小火轮的出现引起的；其三，是由孙儿小宝的出现引发的。这三种情景、三番心理变化又是和谐统一的。它们都被茅盾统摄在对老通宝"心态"与清明之景的贯通融合的描写之中。其内容既丰富繁复、巧于变化，又特别自然舒展，毫无板滞、生硬之处。从而十分真切细腻地再现了老通宝的心灵。

4.动态性的心理描写

茅盾的小说注意吸取中国古典小说的手法，透过人物的行动、对话，从动态性中展示人物心理的变动过程，或者不妨说是间接的心理描写艺术。这种描写似乎更质朴，更本色，更接近客观的实在性，更生活化，但就艺术表现来说，它是返璞归真的洗炼的艺术，所以就越加蕴含深远，耐人寻味；这些妙处在茅盾小说中是不乏例举的，例如《子夜》第五章吴荪甫和林佩瑶的一段对话的心理刻画，就颇引人入胜。这是双桥镇失陷后的一天，也是吴少奶奶见到雷参谋缅怀他们罗曼史的后一天。早餐后吴荪甫怀着"不是那么单纯"的心境看报纸，吴少奶奶则以一种说不出的幽怨与遐想坐在他的对面，这两个人可以说是各怀心事，尽在不言中。蓦地吴荪甫搁下报刊，一声冷笑：

"佩瑶！——你怎么？——哼，要来的事，到底来了！"这句话作为吴荪甫此时此刻的内心自白的内涵是丰富的：愤怒、痛惜、抱怨……充分地表露出来；然而，它的妙处在于一语双关，在于触动了吴少奶奶的隐痛、幽怨，并且以为她的罗曼史已经被丈夫觉察到了，因此，在心中掀起了波澜，她没去说话，只是脸色立刻变为苍白，心头扑扑地又抖又跳，神气变得异常难看了。这种形迹、对话的描写，似乎不在写心理，它含而不露，却又无处不捉住人物的心声。接下去吴荪甫带着质问的意味说：

"佩瑶！怎么你总不开口？你想些什么？"

"我想——一个人的理想迟早总要失败！"

"什么话！——"

这两句话，又是双关性地揭示了人物的心灵。显然，在吴少奶奶来说，是对自己的过去、自己的幽怨和更为复杂心情的结语，是对自己的命运的抱怨和不平！但是，在一心想着家乡、双桥镇、事业的吴荪甫来说，似乎又是针对他发的一句不合口味的冷棒！他是作为贡献给自己的敬酒、罚酒接过来的，因此回敬说："什么话！"

这就可见，这些从动态中揭示人物心灵的手法，似乎不着印迹，却妙趣深藏。如果作家不是透辟地把握住他的人物，不是捉住人物特殊情境下的心理状态，是难于把人物的心灵写得如此栩栩如生的。

5.以象征手法刻画人物的内心世界。

《子夜》第三章写是吴少奶奶因吴荪甫和杜竹斋出去所发出的一阵汽车声引起对自己身世的回忆，忽然被关在笼子里的鹦鹉的一声叫所打断，接着是她青年时代觉得像"慧星"似的雷参谋的到来。雷参谋一番甜言蜜语，使她醉迷般地扑到他胸前，拥抱着接起吻来，突然，那鹦鹉又"哥哥呀！"的一声，把她从梦中惊醒猛地推开雷参谋，抱着那《少年维特之烦恼》跑到楼上倒在床里流泪了。"鹦鹉笼"作为客厅的装饰固然十分适宜，然而它表现的艺术美则更有耐人寻味的象征意义：她虽然过着豪华的物质生活，却又不能不时时抚摸着这失去了"自由"的伤痕，她不就是金丝笼里一只美丽的鹦鹉吗？

6.精微准确的"心理解析"

运用精细入微的心理描写来揭示人物灵魂深处的隐秘，是茅盾小说在艺术上的一大特色。这个特色在心理独白小说《腐蚀》中表现得尤为突出。这部小说采用了日记体的形式，通篇以主人公的自讼自辩、自我解嘲来展示其内心世界，并且始终以人物"意识流程"作为内在线索来表现人物的性格特征和开展故事情节，作者从未下过"按语"。而在揭示人物的内心隐秘时，它所采用的手段也是多种多样的。其中，除大量运用内心独白之外，还不时插入一些回忆、联想、幻觉、梦境和逻辑推理。比如在第一则日记里，便以赵惠明的回忆和联想来描述她的身世经历，同小昭和希强的"特殊关系"以及她对个人前途的憧憬，等等，从而使读者既可了解她步入歧途的原因和过程，也能看到她的矜持、放荡、淫靡、嫉妒等性格特征和苦闷挣扎的情况。又如，在11月6日和26日的日记里，通过赵惠明以所谓"哄死人，不偿命""不义之财，取之并不伤廉"和"损人而不利己"的逻辑推理，对其欣然接受日伪特务舜英的赠品和出卖革命者K和萍的不义行为进行辩解，便可使人看出她是一个谙于世故、爱慕虚荣、贪图享受和极端自私的青年。再如，透过赵惠明做的一些"又甜又酸"的"乱梦"（10月9日），心神不定的"迷梦"（10月13日），惊心动魄的"噩梦"（2月3日）以及她在1月11日产生的幻觉，使人既可看到她的艰难处境、孤独寂寞心情，也可看出她对前夫小昭、对遗弃的小孙的怀念和对自由生活的向往，此外，还通过赵惠明一系列的"又像斗争，又像做戏"的想法，深刻具体地表现了她的报复心理和玩世不恭的生活态度。作者通过对赵惠明思想活动的多侧面、多层次的描写，不仅深化了这个人物的矛盾性格，使之成为一个具有立体感和复杂性的"活人"，同时也增强了作品的真实性和艺术感染力。

从茅盾的创作个性来看，在其一开始就是外视角和内视角并重的，所以应该属于"主客观结合型"作家；后来，他在叙述方式上和艺术视角的运用上，又有了新的发展变化，逐渐成为一个由"结合型"向"主观型"转化的作家。正因为如此，他在《腐蚀》中，才能采用以内视角为主的叙述方式来叙事状物，才能使作品的心理剖析和社会环境描写达到"精微真确"的程度。

三

在茅盾的作品中，生动的生活画面往往与人物复杂的心理活动交织在一起，体现了他善于把社会分析和心理分析统一起来，形成一种"社会心理小说"的创作才能。

茅盾在他的社会心理小说中，不仅表现了人物的行动、语言，而且揭示出了那支配人物行动的内在准备过程。不仅写出了人物"做什么"，而且写出了人物"为什么"和"怎样做"。无论是《蚀》三部曲中的静女士、方罗兰、章秋柳，还是《子夜》中的吴荪甫，抑或是《腐蚀》中的赵惠明，我们看到他们的命运既不是由超现实的神所主宰，也不是由某种遗传的生物性所支配，更不是被某种巧合和机缘所决定。茅盾通过非常精密而又真实的分析，指出人物行动不是出自琐屑的个人欲望、人物的命运，也不是茫然不解的"谜"，支配这一切的是社会，是社会各种经济、政治、道德力量相互冲击抗争中产生的一种复杂力量，这是不可抗拒的。为此，茅盾为他的人物安排了一个极为庞大复杂，同时又是有机联系着的社会环境，交织着错综复杂的矛盾，人物在这样环境中不是简单的、平面的行动，而是立体的行动，不仅有外在的行动，同时也有着内心的活动。反过来，这些行动又从不同的角度反映了社会的动荡和时代的风云，具有一种最深的意义上的"史诗"的性质。当然，茅盾作品的这种特色，是与他的创作风格分不开的，他的作品宏大恣肆而又细密幽微，时代感强烈。他善于把社会风貌的描绘同内心世界的透视结合起来，使作品既有深刻的时代内容，又有强大的感人力量。尤其是茅盾心理描写的高超技艺，使作品更增添了无穷的魅力。

当然，茅盾的早期作品中，心理描写也有不尽成熟之处，有些游离于行动之外的孤立的心理描写，显得有些沉闷，同时带有从抽象概念出发之嫌，和实际生活的人物似乎相隔一段距离。但终归瑕不掩瑜，茅盾无疑是当之无愧的心理描写大师，从他一系列的作品中可看到心理描写手法上明显的发展轨迹。茅盾在心理描写方面作出的巨大贡献，值得我们研究和借鉴。

原载《今日文坛》（1986年8月）

再论《子夜》

　　《子夜》既是茅盾的代表作，也是左翼文学的里程碑。鲁迅的《呐喊》曾经显示过20年代初期文学革命的实绩，奠定了新文学的基础；茅盾的《子夜》则显示了30年代初期无产阶级革命文学的实绩，巩固了左翼文学的阵地。《子夜》将在中国现代文学史上闪烁着永不熄灭的光辉。

　　1930年春，世界经济恐慌波及上海，中国民族资本家在外资的压迫下，为了转嫁本身的危机，更加加紧了对工人阶级的剥削，他们增加工作时间，减低工资，大批开除工人，引起了工人强烈的反抗。经济斗争爆发了，而这一经济斗争很快转变为政治斗争，民众运动在当时的客观条件是很好的。

　　《子夜》正是描写了以吴荪甫为代表的中国民族资产阶级暗淡的前途。也正如茅盾所告诉读者的："这样一部小说，当然提出了许多问题。但我所要回答的只是一个问题，即是回答了托派：中国并没有走向资本主义发展的道路，中国在帝国主义的压迫下，是更加殖民地化了。"

　　在《子夜》中，茅盾通过对民族工业资本家吴荪甫这一典型人物的塑造．通过对吴荪甫在当时错综复杂的阶级斗争中的地位和最终结局的生动描绘，以典型化的、生动的艺术画面，有力地驳斥了托派和资产阶级学者鼓吹的中国民族资产阶级可以走上独立发展的资本主义道路的谬论。

　　《子夜》所描写的大大小小的九十多个人物中，吴荪甫是最突出、最生动的，也是写得最成功的一个。吴荪甫是中心人物，是全书一切事件和人物的联结点和矛盾斗争的中心。他是30年代初半殖民地半封建中国社会的民族资产阶级的典型，在他身上反映了软弱的中国民族资产阶级企图摆脱帝国主义和买办资产阶级的压迫，幻想走上独立发展的资本主义道路而终于破产的历史悲剧。民族资产阶级的两重性（受帝国主义、买办资产阶级的压迫．同时又压迫工人、压迫同业中的小企业），以及它在精神上的动摇、空虚、软弱的阶级特性，在吴荪甫身上得到相当完整的表现。作者并不是抽象地、孤立地来描写这些特点，而是把吴荪甫放在广阔的社会背景和错综复杂的阶级关系中来加以表现的。他从当时的现实生活出发，选取了一些具有1960年时代特点的重大事件，作为小说的具体背景，如1929年底开始的资本主义世界的经济危机对上海民族工商业的影响，1930年爆发的蒋介石与冯玉祥、阎锡山之间的军阀混战。前者犹如魔鬼的阴影，时时威胁着吴荪甫、周仲伟、朱吟秋等民族工业资本家的命运，后者则直接影响和左右了上海公债投机市场的行市和吴荪甫与赵伯韬之间的斗争。再如，城市工人的经济斗争和政治斗争的发展，农村经济的破产与农民运动的兴起，以及农村游资向城市的集中促使金融投机市场的畸形发展，等等。所有这些事件，实际上构成了影响、支配吴荪甫等人物的思想行为和推动故事情节发展的典型环境。作者正是通过这一典型的环境，成功地表现了吴荪甫这一民族工业资本家的两重性及其历史命运。

吴荪甫是一个野心勃勃的民族工业资本家，他凭借着自己游历欧美资本主义国家的经验和刚毅果决的办企业魄力，幻想要摆脱帝国主义和买办资产阶级的压迫，走上独立发展的资本主义道路。据作者说，他之所以要以吴荪甫这个丝厂老板作为民族资产阶级的代表，一方面是受实际材料的束缚，作者对丝厂情况比较熟悉；另一方面，是丝厂可以联系都市与农村，这是与他原先想写农村与都市交响曲的庞大计划有关的。如前所述，当时以轻工业和金融业为中心的上海，受经济危机的威胁和帝国主义压迫最明显最严重的的确是丝织业。作者以缫丝业中的资本家作为民族资产阶级的代表，更加便于表现中国民族资产阶级受帝国主义的压迫和破产的命运；同时，也更能表现资本家与工厂的尖锐矛盾。因为，在纺织工业中，资产阶级与工人阶级的矛盾表现得最尖锐。吴荪甫一方面在上海办起裕华丝厂，在经济危机的威胁下，在同业"叫苦连天"时，这位吴三老爷的"景况最好"；另一方面他又把一只手伸到农村去，在自己的家乡双桥镇建立了电厂、钱庄、米坊、油坊和当铺，残酷地剥削农民。在同行之中，"这位吴三爷的财力、手腕、魄力，他们都是久仰的"。从自己的阶级利益出发，他反对帝国主义的经济侵略，特别是对日本在国际市场上的蛮横势力感到头痛：他渴望排除这种势力，因为中国缫丝业的前途和他的命运是紧密地联系在一起的。因此，他希望有个为自己服务的政府，反对不断的军阀内战（但当他进入公债市场后，他又希望战争能迟一点结束），希望能实现民主政治，认为"只要国家像个国家、政府像个政府，中国工业一定有希望的"。但是，吴荪甫所希望的政府并不存在，相反，在国民党反动政府的黑暗统治下，"出产税、销场税、通过税"等重重叠叠的捐税压在他的头上。也正因为这样，后来他和整天鼓吹要"实现民主政治，真心开发中国工业"的汪派政客唐云山成了"莫逆之交"。为了实现自己的野心，他和唐云山以及另外两个资本家孙吉人和王和甫，组织了益中信托公司，企图扩大势力，摆脱帝国主义和买办资产阶级的压迫，建立起自己的资本主义王国。他们制订了一个庞大的计划，这个计划分两部分：对内的计划包括建立纺织业、长途汽车、矿山、应用化学工业等，还准备吞并一些小企业，这实际上是要建立一个托拉斯式的组织；对外的计划，他们说得正大堂皇，把自己的事业和孙中山先生在《建国方略》中所提出的"东方大港""四大干线"的计划拉扯在一起，利用它作招牌。公司成立后，他们立即吞并了八个小工厂，陈君宜的绸厂和朱吟秋的丝厂也转移到他们手中。就这样，吴荪甫开始沉醉于自己的资本主义王国的美梦里，他幻想将来有一天"高大的烟囱如林，在吐着黑烟，轮船在乘风破浪，汽车在驶进原野"；他们的灯泡、热水瓶、阳伞、肥皂、橡胶套鞋，走遍了全中国的穷乡僻壤！他们将使那些新从日本移植到上海来的同部门的小工厂受到一个致命伤。

　　但是，吴荪甫的美梦并没有实现，因为他生活的时代正是殖民地化日益加深的半殖民地半封建中国社会，经济危机和帝国主义侵略，加深了民族工商业的危机，他被最强大的敌人——帝国主义和买办资产阶级挡住了去路，一切通向资本主义的道路都被堵塞了。当吴荪甫的企业幻想刚刚开始的时候，他就遇上劲敌赵伯韬。这位依靠美国金融资本作后台老板的"金融界巨头""公债魔王"，用尽一切狡猾手段，一心要把他的企业吞并掉。这场激烈的斗争，贯穿了这部小说的始末，成为全书矛盾斗争的主线。赵伯韬依靠金融买办资本来控制、支配民族工业，而通过他，帝国主义者便达到控制中国经济的目的。他说："中国人办工业，没有外国帮助，都是虎头蛇尾……吴荪甫会打算，只可惜有我赵伯韬要和他故意开玩笑，等他爬到半路就扯着他的腿！"在这场搏斗中，吴荪甫一方面把自己在公债投机市场上的损失转嫁到工人阶级身上；另一方面一反常态地大搞公债投机，妄图在公债投机市场上一举击垮赵伯韬，彻底摆脱帝国主义和买办资产阶级的控制。尽管吴荪甫手段灵活并在最后倾尽全力，甚至把自己的工厂和住宅也抵押出去，企图背水一战，但半殖民地半封建社会的历史条件和先天的软弱性，决定了他只能以破产出走告终。

《子夜》在艺术上的成就有以下几方面：

第一，整体与细节的有机统一。注重整体效果，是茅盾审美的特性之一，早在（时事新报社）介绍外国作家作品时，他就认为托尔斯泰要比易卜生伟大，因为"易卜生多言中等社会的腐败，而托尔斯泰则言其全体"。《子夜》把宏伟的历史图景、广阔多样的社会生活和众多的人物命运有机地糅合成一个生活的整体，在故事发展至结束只有两个多月的情节里，描写了形形色色七八十个人物的生活和思想面貌。重点突出，配置得宜，有着重刻画的，也有几笔带过的。

第二，动与静的完美结合。《子夜》故事有张有弛，波浪起伏，情节不枝不蔓，又枝节横生，别具风味。当你浏览了吴老太爷大殓时吴公馆的豪华排场以后，回头看到假山上的六角亭里有三巨头正在为密谋左右公债市场的办法而费尽心机，忽又在另一角瞥见了红头火柴周仲伟领头的"死的跳舞"。

第三，以象征的手法刻画人物的内心世界和暗示作品的思想意义。《子夜》中最富于象征意义的是第一章描写吴老太爷的死和随身所带的护身"法宝"——《太上感应篇》。吴老太爷象征着一具封建僵尸，一见空气就风化了，而《太上感应篇》则是附在这行尸走肉上的一个灵魂。后来当惠小姐接受了"现代文明"的熏陶，生活上却受到哥哥吴荪甫的严厉管束，不觉苦闷万分，为了减轻精神上的一些矛盾痛苦，竟然像过世的老太爷那样点起香来，念诵《太上感应篇》；但她背诵不成，反而做起和范博文幽会的桃色梦来了；最后在张素素的劝导下，居然走出了吴公馆，那一部名贵的《太上感应篇》也在一场从窗口打进来的大雨中变成了一堆废纸。像这样富有暗示性的耐人寻味的描写，实在不是"形象化的论文"所能概括的。

第四，《子夜》叙述语言明快犀利，有时略带讽刺，有时放笔抒情。复杂的场面、情节和人物心理，在他笔下都表述得生动传神。而人物语言则精练明确，各自带有独特个性，能辨出其声音笑貌，并符合其身份。

《子夜》这部具有里程碑意义的作品以它深刻的思想和完美的艺术形式赢得了广大读者的高度赞赏，从而奠定了茅盾在现代文学史上的重要地位。

原载《理论与当代》（2012年2期）

茅盾的妇女观浅议

茅盾的文艺作品中塑造出众多的女性形象，从中可体现出茅盾的妇女观。

在现代文学史上，茅盾是对妇女问题给予长期关心的人。1920年，在他开始对《小说月报》进行改革后不久，就开始注意对妇女解放问题的探讨。据粗略统计，仅从1920年到1927年，茅盾已写出近两百篇关于妇女的文章（包括为《妇女周报》写的"社评"）。他在1920年写的一篇有关妇女问题的文章中，就对所谓"妇女参政"问题提出批判，指出这主要是"生长在罗绮堆里的富贵人家的太太小姐们"有兴儿的事；他认为"妇女解放运动的重任"首先应由"中等人家的太太小姐来负荷"，而"贫苦人家靠劳工糊口的妇女"，则是使这个运动具有"力量"的极重要的"帮手"。[1] 他更明确指出："妇女问题原来是社会改造问题之一"，并已初步揭示出妇女自身在"精神方面的解放"的重要意义。[2] 提出这些意见时，茅盾才二十四岁。可以看出，他在这里不但已开始注意到从"社会改造"的角度去认识妇女问题，并开始注意从人们在社会的经济地位来区分其阶级，而且已看到了小资产阶级知识分子在革命斗争中是能够起到先锋和桥梁作用这一真理。虽然这里也同时存在着知识分子力量估计过高，而对他（她）们脱离工农和易于幻灭、动摇的缺点又都认识不足；但在1920年就已指出小资产阶级知识妇女要注意"精神上的解放"，这就应该说是相当难得的。"五四"以前，中国就有过"女子参政运动"这样的妇女运动。"五四"前后，对妇女问题进行了一场革命性的广泛深入的讨论。讨论者以民主、科学为武器，对传统的封建妇女观作了全面的否定和批判。从四书五经中歧视妇女的理论直到当时反对妇女解放

---

[1][2]　沈雁冰：《怎样方能使妇女运动有实力》，见《妇女杂志》（1920年3月）第6卷6期、3期。

的种种谬论，都一一被驳斥。同时，从妇女运动、伦理、道德、贞操问题，男女社交共开问题，婚姻、家庭问题，女子教育问题等直到妇女的装饰问题，都提出了建设性的意见。新文化运动的知名人物几乎全都为此写过文章。这种大规模的讨论先前未曾有过，以后也未出现过。然而，当时参加讨论的妇女却很少，确实本身也正说明了妇女解放的迫切性和必要性。妇女解放运动虽然没有成为一项独立的、强大的社会运动继续发展，但是这场讨论已为文学探索妇女问题做好了理论的准备。

"五四"新文学兴起之时，"活的文学"和"人的文学"是两个重要的口号。"为人生"成为新起的很多作家的写作指导思想。对人民命运的深切关注，对社会和人生重大问题的关心，对生活的介入和主动的态度，是"五四"文学传统的重要部分。这种文学潮流自然会促进作家的作品面对社会、面对生活，也包括面对妇女问题，这些问题，在茅盾的早期小说中特别明显。

在茅盾的早期小说中，塑造出了一些"特异女子"，这就是静女士、孙舞阳、章秋柳、娴娴、梅行素等女性小资产阶级知识分子形象。

梅行素、娴娴、桂奶奶和琼华，这些"'五四'时期时代女性"们，她们反抗封建礼教，要求个性解放，做出了许多惊世骇俗的大胆的叛逆行为，梅行素以《娜拉》中的林敦夫人为榜样，为了替父亲还债，她嫁给了柳遇春，不久，又从"柳条笼"冲出来。桂奶奶不但敢于追求青春的快乐，与青年丙发生关系，而且，又毅然把他抛弃。琼华以其人之道还治其人之身，用从魔鬼那里学来的手段对付魔鬼，一度成了"交际的明星""一乡的女王"。梅行素说："我也有一个理想，我不肯做俘虏！"这句话道出了"时代女性"共同的心声。不做封建旧势力的俘虏，要做一个"堂堂的人"，这种愿望是符合时代潮流的，然而，她们信奉"我只信任我自己"（梅行素语）的自我主义，这又是她们继续进步的绊脚石，孤身奋斗最终是不可战胜封建势力的。"时代女性"们从礼教的圈子、傀儡家庭中挺身出走以后的分野，取决于他们对待自我主义的态度。琼华在她父亲死后，家境败落，人们疏远了她，而她又过分地孤傲，把自己关在老屋里，以致抑郁而死。梅行素在革命者的帮助下认识到"个人奋斗"是没有用处，摆脱了自我主义的精神枷锁，成了革命运动中的活跃分子。

茅盾笔下涌现出来的梅行素、章秋柳、孙舞阳和黄梦英等一大群栩栩如生的、富有深刻思想内涵的"时代女性"形象表明了作家对这类人的生活很熟悉。

茅盾说："'五四'运动前后，德沚从事妇女运动，她工作的对象是女学生、中小学教师、开明家庭的少奶奶、大小姐等小资产阶级知识分子。她们常到我家中来，我也渐渐与她们熟悉，对她们的性格有所了解。大革命时在武汉，我又遇到了不少这样类型的女性。"

茅盾描写"时代女性"的小说里，写了很多她们的恋爱故事，可是又不是爱情小说，而是具有深刻的现实主义的社会小说。通过恋爱故事，不仅表现"时代女性"的复杂的思想性格特征，而且展现巨大的社会生活内容，提出人们关心的重大社会问题，表现了茅盾对妇女问题的极大关注，以及其妇女观的形成，这可以说是茅盾描写"时代女性"形象方面的一个显著特色。

值得一提的，尽管《子夜》中的林佩瑶所处的时代环境与上述女性不同，但演示的生活逻辑又何其相似：这个曾一度享受着"五四"以来新得的"自由"，怀抱过"美妙的未来的憧憬"的新女性，只因一场家庭的变故便跌进"现实"的梦中，成为吴府"金丝笼"里的"小鸟"，革命已成为遥远的过去，作为吴少奶奶的她，物质上是充分满足了，但却得不到只知追逐利润的丈夫的爱怜，整日价在哀怨中打发日子。精神的空虚——更确切地说，精神的死亡，或者可以说是更可怕的悲剧。就形象的类型性说，这是此前性格的延伸和发展；而它的更重要的价值则旨在说明：只要产生小资产阶级的土壤还存在，只要不改变他们同人民革命斗争格格不入的思想状态，这类人在生活中是绝不会绝迹的，他们也不配有更好的命运。因此，如茅盾所说，"写一些'平凡'者的悲剧的或暗淡的结局，使大家猛省，也不是无意义的。"

还有《腐蚀》里的赵惠明，这位女性同章秋柳们当然是颇不相同的，一是所处的时代不同，她没有大革命高潮中的"时代女性"那种亢奋的热情和浪漫的生活；二是她已失足落入"孤鬼世界"，在品格上似乎要比那些女性卑微得多。说她是一个"特异"型女子，是因为她的思想、性格也是超乎常人的。她似乎也有"强者"的一面，曾受过新思潮的影响，在中学时代就有爱国、进步的思想，还曾有过一个革命者的爱人；她的性格也不乏刚毅气质，自诩为"不是女人似的女人"，"心里像有一团火，要先把自己烧掉，然后再燃掉这世界！"但是，极端的个人主义思想，享受放纵生活的追求，以及自傲、虚荣、任性的特点，都远过于小资产阶级"家族"中的"长姐"们。因此，一旦身受沉重打击（被人抛弃），就会对新处的环境作盲目的、无节制的报复，以致陷入歧途而不能自拔。

很明显，正是任性、放纵的小资产阶级劣根性的恶性发展，才导致赵惠明陷于更痛苦的绝境，这个形象同此前的"特异"型"时代女性"有着千丝万缕的联系。因此，赵惠明形象的塑造，对于昭示这一类女性可能得到的结局，进而说明克服小资产阶级劣根性的必要，是极有意义的。这也是"时代女性"形象性格的延伸和发展，是值得注意的。

1937年七七事变爆发，是百年来累受屈辱的中华民族求解放战争的开始，是一场必须动员全民力量共同以赴的战争。小资产阶级知识妇女投入这一场巨大的民族解放运动的人数，可说是空前未有的。这场战争对于知识妇女同样是一场严重的冶炼，不管她们是从"九一八"以来就关怀祖国存亡忧患，并已受到一定锻炼的，或是在烽烟里较快较早成长成熟起来的，都这样那样地，不可避免地投入了抗日持久战形势的发展，这以百十万计的知识妇女也产生了变化，甚至是分化；国统区为数不少的知识妇女更是经历着一个新的较为漫长的生活和思想的"苦难的历程"。因此，在抗战十四年中，也相应地出现了关于现代文学知识妇女主题的第二个创作高峰时期。

关于抗战初期知识妇女投入救亡运动的情况，在几部长篇小说中有着引人注目的反映。茅盾写于1938年的《第一阶段的故事》展现了"八一三"前后上海各阶层的动态。虽然由于全书结构庞大，描写不够集中，人物形象大多是一个侧影或剪影，但这当中也出现了知识妇女的形象，她们以后是和一些男青年共同奔赴陕北了，这在全书中是值得注意的。

茅盾在中篇《路》中描写的女性杜若，表现了具有刚毅性格的女性在革命失败以后继起的特点。《锻炼》写到的严洁修和苏辛佳，是抗战时期的"时代女性"。在她们身上，熔下了有高度政治觉悟的、愿为民族解放战争而献身的那一类革命知识分子的鲜明印记。苏辛佳不惜为宣传抗战而被捕，严洁修也在为抗战活动而四处奔走，反映了知识分子在国难当头之际民族大义的较早觉醒。尤为突出的是，她们比一般的抗战时期的时代女性更有远见，已经在思索着拯救祖国的真正出路，也在寻找着自己的最终归宿。茅盾所写的这最后两个时代女性，实际上为一代知识分子的道路作了总结，一个方向更为明确的总结。

纵观茅盾的小说，可看到茅盾的妇女观中所体现出了一种中西文化冲突的深刻矛盾，但偏向于中国文化的实践理性精神与西方文化的个性伦理精神的冲突。茅盾的妇女观，本身有一个矛盾痛苦的冲突转变过程，这个过程，与他的婚恋史有时空上的一致性。

　　茅盾婚恋观的转折是从1921年5月1日所发表的《劳动节日联想到的妇女问题》开始的。这篇文章以热诚、鼓励的词句号召青年们恋爱与奋斗相统一："你们是青年，你们应该要求生之享乐，要求恋爱，但不要忘记：你们的生之享乐，不是从懒惰清凉处得来，是从奋斗与烈火中取得，你们的恋爱是要从血与火的花中发芽；这样方是真乐，方是真爱！"应该说，这已经是一种吸取西方个性主义、人道主义通读马克思主义的革命斗争哲学的新型婚恋观了，这种婚恋观不仅与中国传统文化无缘，甚至与西方个性主义也划清了界限。到了同年10月的《虚伪的人道主义》[1]，则明确地提出主张离婚的论点："我们赞美言行一致的举动，又赞成不宜遏制人性的自然，所以要在现实主张离婚！"次年4月《恋爱与贞洁》[2]一文，更从道德论、价值论上完全推翻了1919年的前说，完成了价值观念及其模式的涅槃："两性结合而以恋爱为基础的，那就是合于道德的行为，反之，就是不合道德的；所以我说：恋爱是男女间的一种关系的说明，恋爱又是理知（智）的产物，是感情的产物，也可以说是强烈的感情，亦惟丝毫不带理知（智）作用的恋爱才是真的恋爱。"茅盾婚恋观上新的价值观念及其模式的确立，就与1918年旧的行为模式产生了不可调和的冲突。这样一种中西文化的冲突与矛盾在1927年至1928年他的生活中也达到了尖锐的顶点。茅盾的创作，是第一个也是唯一的正面描写与家庭对抗的个性主义青年的，只有《虹》。《虹》带有茅盾心灵上两种文化冲突消融的特色。无论就行为还是就价值模式来讲，都绝对地偏向了西方个性主义的伦理精神。在经历了一个新的婚恋价值观念及其模式产生确立的时期以后，茅盾的创作中的妇女观，就有了极其鲜明的色彩。在《腐蚀》《霜叶红似二月花》中可看到作家的进步妇女观。

　　总之，茅盾的妇女观在当时是很先进的，它不仅仅局限于"个性解放"，更重要的是他主张"政治参与"，这和当时的作家们相比，无疑是具有相当的高度的。

原载《贵州社会科学》（2012年10月）

---

　　[1]　[2]　　《民国日报·妇女评论》1921.10.5、1922.4.5。

茅盾抗战时期在贵阳的文学活动

1941年12月25日，日寇占领了香港。茅盾和其他文化人士在我党领导下的东江游击队的保护下，离开了危险区。1942年3月9日，茅盾夫妇与以群等人到达桂林。因为要写长篇小说《霜叶红似二月花》，茅盾于1942年左右，离开桂林，乘汽车路过贵阳，并停留了几天，在贵阳他看望了老朋友谢六逸，写下了散文《贵阳巡礼》和《司机生活片段》。《司机生活片段》反映了国统区混乱的生活。《贵阳巡礼》是对抗战时期贵州的"首善之区"——贵阳的真实记录。

茅盾离开贵阳去重庆不久，沦陷区机关学校大量内迁，国民党军队节节溃败，敌寇长驱直入，1944年桂林沦陷，独山吃紧。这一时期，大批文化人士陆续来到贵阳，有的途经贵阳去重庆。他们中有巴金、田汉、熊佛西、端木蕻良，方敬、秦牧等，再加上贵阳原有的一批作家，山城文艺界的空气顿时活跃起来。

1945年，当时在贵州大学教书的蹇先艾先生主编《贵州日报》副刊《新垒》，每周出刊二至三期，通过这一文学园地，不仅团结了一批党内外的老作家，同时也培养了一批本省的青年作家，蹇先艾四处向老作家约稿。写编后记，把《副刊》办得有声有色，茅盾也在上面发表了《贝当与赖伐尔的下场》《不可补救的损失》等文章。

除《新垒》副刊外，贵阳还有进步的文艺副刊，由著名诗人方敬主编的贵阳版《大刚报》副刊《阵地》也得到茅盾的帮助和鼓励。这个副刊在茅盾的爱护、指导和扶持下，确实办出了特色。有时被汉口《大刚报》整版转载。

1945年6月10日，茅盾《大刚报》副刊《阵地》上发表了《读春暖花开的时候》一文。这是姚雪垠的长篇小说，写的是抗战时期台儿庄战役以前，一群男女青年的生活。

1945年7月4日是茅盾五十寿辰，文艺界为了表彰他对新文学事业的卓越贡献和他在文学创作上的杰出成就，以及在团结文艺工作者坚持抗战、进步、推动文艺工作方面所作出的贡献，举行了庆祝茅盾创作二十五周年的纪念活动。《阵地》副刊出了纪念专刊，茅盾回顾了自己五十五年的生活道路，客观地评价了自己。

蹇先艾在《贵阳日报》的《新垒》副刊上也发表了纪念文章《补祝茅盾先生的寿辰》。蹇先艾文章，满怀深情地赞扬了茅盾五十年来的文学革命活动。

《大刚报》副刊《阵地》的纪念专刊上，还发表了叶圣陶《略谈雁冰兄的文学工作》，老舍《给茅盾先生祝寿》，沙汀《感谢》，以群《茅盾先生生活点点滴滴》等文章。他们的文章，高度赞扬和评价了茅盾五十年来的革命活动和文学活动。沙汀对茅盾给予他的扶持和培养表示非常感谢，方敬先生还给茅盾发去贺函。由于《阵地》副刊编了这期令国民党惊呼为"普罗作家"茅盾的五十寿辰专刊，把国民党当局震动了，他们狂吠什么"贵阳本是一杯清水，现在却给《大刚报》的文学副刊《阵地》搅浑了！"茅盾这个名字和他的诞辰庆祝活动叫敌人胆战心惊，显示了文艺团结斗争的威力。

当领导的"文协"不仅组织了纪念国内的知名作家的文艺活动，同时也组织纪念外国作家的文艺活动。1945年6月19日，是苏联作家高尔基逝世九周年纪念日，为此，"文协"中苏文化协会联合举行了纪念活动，曹靖华报告了高尔基的生平，很多作家写了纪念文章。在这之前，茅盾给方敬来信，说高尔基逝世九周年纪念日快到了，副刊应该发表纪念这位伟大的无产阶级文艺奠基人的文章，并寄来了他自己写的《写下第一篇小说以前的高尔基》的纪念文章。茅盾公允地评价了高尔基创作道路的得失，对当时的文学作者无疑是有指导意义的。

在抗战期间，杂文与散文小品虽然不算新型文艺，但是它们随着民族解放运动的前进，依然有了新的发展，取得了新的成就。茅盾这个时期的小品创作也获得大丰收，出版了《炮火的洗礼》《见闻杂记》《生活之一页》《归途杂拾》《时间的记录》等散文集。他在《大刚报》上发表了《时间的记录·后记》。当时，以重庆为中心的国民党统治区，更加黑暗，民不聊生。茅盾在这篇《后记》中，表现了他在抗战时代的独特感受，跳动着大时代的脉搏。

不久，茅盾在《大刚报》上发表了《读宋霖的小说〈滩〉》，茅盾热心扶持新人是有口皆碑的，他写的这篇文章就是一个很好的例证。

原载《贵州日报》（1992年4月）

19

茅盾与少数民族作家

伟大的现实主义作家茅盾，培养出了几代作家，其中也包括了少数民族作家。

我国的少数民族作家，在新中国成立前为数很少，在这少量的作家中，茅盾对他们倾注了大量心血。如满族作家端木蕻良、白族作家马子华、彝族作家李乔，他们的成长都离不开茅盾的帮助。

端木蕻良原名曹京平。1928年，他在南开中学上学时投入新文化运动。1932年在北京加入"左联"。1933年开始写长篇小说《科尔沁旗草原》。这是一部揭露地主阶级欺压剥削农牧民的罪恶，赞扬"九·一八"时期东北人民抗日激情和义勇军爱国行为的长篇小说。茅盾与他接触也正是这时。

茅盾负责《文学》来稿审定任务，经茅盾之手，端木蕻良在《文学》月刊上先后发表了短篇小说《雪夜》和《鹭鸶湖的忧郁》，后者受到茅盾赞赏。小说从一个守夜人的眼里看出东北农村的阴凄景象，染满"忧郁"的色彩。良友图书出版社公司1936年12月出版的《二十人所选短篇佳作集》，茅盾选了6个短篇，其中就有端木蕻良的短篇小说代表作《遥远的风沙》。作品写的是一群胡子同敌伪拼搏的故事。全文一万字，一气呵成，使读者始终在这勾人的苍凉雄浑的美感中低徊咏叹……因此比沈从文和老舍的小说更生动更具魄力。作者在形象化的描写上具有鬼才和强烈的独特风格。

茅盾在回忆录中追忆道，端木蕻良引起他的注意，是因为读到了他投给《文学》的稿子，稿子很不错，署名为"蕻良女士"，故茅盾以为又出现了一位有才华的女作家，后来见面才知道，是位男士，端木蕻良取出一部长篇小说的手稿——《科尔沁旗草原》给茅盾，请予审阅，并说这是处女作，取材于自己的家世，是在清华大学时写的。茅盾阅后觉得"写得很有气魄，而且文笔流畅，在当时的长篇小说中实属难得"。"我觉得他的长篇小说比短篇小说写得好。我把这部长篇小说推荐给开明书店。"

《科尔沁旗草原》1939年5月由开明出版，尔后，20世纪40年代、50年代，乃至80年代，该作品均重版过。这是一部描写"九·一八"前后十年间东北农村生活的作品。

马子华勤奋创作，接连写10个短篇。他将这10篇稿子又寄给了茅盾。茅盾在认真阅读多遍的情况下，给马子华写了近1500字的长信。逐一分析了10篇作品，并提出了具体的修改意见。马子华虚心接受了茅盾的意见，并想将茅盾的这封长信作为集子的序言。茅盾谦虚地认为不行，怕一家之言有不妥之处，引读者到错误认识上去。茅盾建议道："我给你出个主意吧！你找其他你所熟悉的人，要他们各人写点意见，你把来信一并作为'附录'（连我那信）印在书后。这个办法可名为'集体'的'跋'，比只有一人的'介绍式''序'好多了。"后来，茅盾又在另一封信里关心小说集的出版："《他的子民们》恐怕生活书店亦无意出版，我觉得不如把此稿加入其他短篇，精选一篇，再找出版家。倘你赞成，我再给你想办法。"这一信函表明，茅盾对马子华创作的关怀是无微不至的。

彝族作家李乔，以《欢笑的金沙江》三部曲（第一部《醒了的土地》于1956年由作家出版社出版，第二部《早来的春天》于1962年由作家出版社出版，第三部《呼啸的山风》于1965年由作家出版社出版）驰名中国当代文坛。在他早年从事文学创作时，亦曾得到茅盾的鼎力相助。

30年代，李乔在个旧厂当矿工，他想用小说的形式来揭露老板对工人的残酷剥削和歌颂工人们的反抗斗争，于是，学着写了一部长篇小说《走厂》。完稿后，他写了一封信寄给了远在上海的茅盾，想请他看看这部习作。出乎李乔的意料，茅盾很快就给他——素不相识的陌生人回信："你不怕麻烦，尽管寄来！"短短几个字给李乔无限鼓舞。等不得修改，他就将稿子寄走了。茅盾很快又回信说，"纵观你这部作品，平顺有余，波稍不足，唯书中故事人物甚为可爱，极希望能出版，已介绍给天马书店编为文学丛书。不知你对出版有何意见？"（见李乔《感激和悲痛》，收入《忆茅公》书中）。

茅盾的鼓励及他伸出的提携之手，使李乔非常感动，《走厂》可算是彝族第一部文学书面作品了，茅盾可算是第一个给彝族书面文学予以无私帮助的人了。

遗憾的是，"八·一三"后上海沦陷，此书未能出版。负责天马丛书编辑的巴人，在逃难时将稿子带到了南海，交给了郁达夫。郁达夫把它藏于土中，抗战胜利后，郁达夫遭日本人杀害，《走厂》稿子挖出已毁。但茅盾无私地给李乔以文学营养，培植的幼树终于成材了。

蒙古族作家玛拉沁夫和他的短篇小说集《花的草原》，敖德斯尔和他的作品《遥远的戈壁》；藏族的益西卓玛和他的《清晨》；哈萨克族的郝斯力汉和他的《起点》；白族的杨苏和他的《没有织完的筒裙》；彝族的普飞和他的《妇女队长》《门板》；维吾尔族的克尤木·吐尔迪和他的《吾拉孜爷爷》，阿·吾甫尔和他的《暴风》，贾帕尔·艾迈提和他的《他错了》；锡伯族的高凤阁和他的《垫道》。

茅盾说："在我们的国家里，发展兄弟民族的文学是很重要的一件事，而事实上，各民族不但都有悠久的丰富的文学传统，而且在新中国成立后的几年中，他们的文学潜力已有了惊人的发展。"茅盾又表示："我们希望此后能按照我们的工作纲要，在发展兄弟民族学上多做些工作。"茅盾是做到言行一致的。

白族诗人和文学评论家晓雪认为，从洱海边走向革命的许多文学青年，都曾从茅盾的思想中受到思想启迪；从洱海边登上文坛的一批批文学作者，都曾从茅盾的艺术中吮吸过丰富的营养；从洱海边白族人民中涌现出的文学新人，总一再得到茅盾的关怀。事实的确如此，茅盾关怀过马子华的创作，新中国成立后，当二十世纪五十年代末白族作家杨苏刚刚在刊物上发表几篇小说，茅盾就及时给予了热情的肯定和鼓励，称赞《没有织完的筒裙》是"抒情诗的一个短篇，有强烈的地方色彩……这三段故事相似的风光描写，颇似民歌的重奏，清越而步步入胜"。

白族散文家那家伦主要精力是从事散文创作。从1960年到"文革"前是他散文创作的丰收期，创作了上百篇优美的散文。1980年出版的散文集《放歌春潮间》收入了作者31篇丰收期的散文佳作，作者非常重视这个集子，曾写信给茅盾，请他为散文集封面题字。茅盾在年迈多病的情况下，仍很快地为他在雪白的宣纸上写下了"放歌春潮间"五个大字，这对一个远在边疆的少数民族作家是多么大的鼓舞啊！

玛拉沁夫的短篇小说集《花的草原》出版后，曾寄给茅盾一本。他原本没有想过茅盾会读它。后来茅盾给玛拉沁夫去信，说正在阅读《花的草原》，当时正值七月酷暑。不久，茅盾将评论《花的草原》的手稿寄给了玛拉沁夫。长达万言的手稿，一笔一画的劲秀小楷，写得工工整整。评论对玛拉沁夫的短篇小说作了全面而深刻的概括。

敖德斯尔说他初学写作时，仅在内蒙古牧民中有点影响，全民根本无人知道：可万万没想到茅盾能抽空看他的《欢乐的除夕》，并给予了很高的评价。这对他是非常大的鼓舞。后来，他将刚出版的短篇小说《遥远的戈壁》寄给了茅盾。没想到，茅盾竟然很快就亲笔给他回信鼓舞。《遥远的戈壁》有1个中篇、14个短篇，茅盾在《读书杂志》（14）里详细分析了该集子中的作品，给小说以极高的评价。

当敖德斯尔读到茅盾写在一本旧英文杂志背面上、长达万字以上的长篇评论稿时，深深地被感动了。

可以这样说，像茅盾这样的文学巨匠，能倾尽全力长时间扶持多民族作家而且卓有成效，在现代文坛上还找不到第二位。在民族团结方面，茅盾做出了巨大贡献。

原载《贵州民族报》（2009年2月）

张洁小说中的婚姻爱情观

一

张洁小说中的婚姻爱情观，比较集中地表现在《爱，是不能忘记的》（以下简称《爱》）和《方舟》这两篇小说中。《爱》描写的是女主人公钟雨和一位老干部之间刻骨铭心的爱情，钟雨是一位女作家，年轻时由于幼稚，稀里糊涂地嫁给了一个她所不爱的"公子"，终于因为无爱的结合而离异了，在年过半百时，她却与一位老干部产生了真挚的爱，爱得如醉如痴，不能自已；然而老干部是有妇之夫，在战争年代出于感激（不是出于爱情），与一个老工人（老工人为搭救他牺牲了）的女儿结合了。钟雨知道她对老干部的爱是为现时的社会道德所不容的，为了不破坏老干部家庭生活的宁静（不是幸福），她把爱埋在心底，企望能在"天国实现她理解的爱"。

这个爱情故事，表述了一种什么样的婚姻爱情观呢？我们从钟雨的不幸、追求和隐忍中，不难发现其中的真谛。

作品对钟雨的不幸婚姻和老干部并非因为爱情的结合的否定，表现了婚姻必须以爱情作基础的婚姻爱情观，提醒人们必须追求爱的结合，抛弃那些出于感恩、同情、地位、门户、金钱等非爱的结合，作品对钟雨在精神上执着追求爱情的肯定，可以说表现了张洁一种超爱情的理想主义。

小说中，钟雨在行动上的隐忍，表现出张洁婚姻道德观的矛盾性，一方面在精神上追求理想的爱情，另一方面在行动上却又恪守现实的道德规范，只能把希望寄托于"天国"。

《爱》中所表现的爱情理想主义，并非空泛的遐想，它植根于当代社会生活所孕育的社会心理之中，因此，它具有强烈的当代性，同时具有科学的预见性，显示了社会未来的必然性，对于这种萌发状态的爱情婚姻观念的新信息，只有那些社会触觉极为敏锐并有切身感受的作家，才有可能捕捉到并予以艺术表现。《爱》所表现出来的爱情理想主义，显然是有积极现实意义的。

二

张洁之所以能在《爱》中最先喊出爱情与婚姻分离的不合理性，这与她悲凉坎坷的身世有关，她在《已经零散了的回忆——代自传》中写道："父母的离异，使之在童年时期就过早地感受到了人生的寂寞和悲凉。而天生忧郁多情的气质，喜欢沉思幻想的性格，又为常人所不理解，这就更加孤独了。"她成年后的生活遭遇也充满了不幸，因种种原因，她离了婚，不幸的遭遇、多情的气质、深厚的文学修养，使张洁对爱情与婚姻问题比别的作家更敏感，更有深切感受。也更加容易产生诉诸文学的热情；加之她在大学时期曾饱览古今中外的文学作品，深受契诃夫、雨果、托尔斯泰等著名作家的影响，契诃夫淡淡的哀愁，雨果的浪漫主义，托尔斯泰的作品中人性的复活，等等，都对张洁后来的创作有所影响，张洁在《我的船》中说过，文学"日益不是一种消愁解闷的爱好，而是对种种尚未实现的理想的渴求，愿生活更加像人们所向往的那个样子"。理想与现实是有着距离的，有时距离还很大，张洁在作品中所追求和表现的理想与现实的深刻矛盾，使她的作品中流露出淡淡的哀愁，形成特殊的张洁式的感伤情调。而这种感伤，是旧的习惯势力动荡不安时笼罩在人们心上的阴影，是一种时代的情绪，它反映出人们对理想生活追求的合理性与不现实性之间的苦闷、困惑和失望，这种感伤，也打上了作者个性、气质和主观感受的深深烙印，张洁作品中流露出来的感伤，并不是低沉、消极和绝望的，其中蕴含着鼓舞人们前进的力量，是一种牢固地扎根在现实中的社会的时代的情绪，甚至可以说是贯穿在张洁作品中的一个主旋律，是一种在感伤中自强不息的进取精神。

三

但是张洁并未到此止步,她对爱情与婚姻问题的思考,并未局限于理想与现实的矛盾冲突上,她还从妇女实现自身价值的角度进行了更深一层的思索,中篇小说《方舟》就是这种思考的艺术表现。

《方舟》中的三位女主人公:荆华、柳泉和梁倩,她们追求真正的爱情婚姻幸福,她们要求充分认识妇女自身的价值。荆华是一个理论工作者,多年来她认真研究辩证唯物主义;柳泉毕业于外语学院,具有较高的翻译能力;梁倩是一个高干子女,她曾是电影学院导演系的高才生,当了十几年副导演,事业心很强。这三个中学时代的同学,人到中年都各自离开了丈夫,又相聚在同一宿舍的单元里,小说描写她们如同乘住在一叶小舟上,经受着生活海洋里风浪的拍击和颠簸。这三个女子,她们也需要丈夫的爱,渴望得到家庭的扶持,具有一个母亲对孩子的诚挚感情;然而,严酷的生活,使她们都不得不抛弃了应该享受到的一切,婚姻应该是以爱情为基础的,没有共同的语言,没有共同的理想,没有共同的生活原则,这对于任何人都是难堪的,更何况这是三个受过高等教育,还未丧失对事业和理想追求的女子,她们有充分实现自身价值的强烈愿望,有对自己力量的高度自信,有自强不息、艰苦奋斗的精神。她们都不堪忍受没有爱情的家庭的桎梏,敢于跨越世俗的樊篱。当不能和丈夫在一起生活下去时,她们提出了离婚,并且不惜付出沉重的代价。社会主义新女性的自尊、自重、自强不息的精神,在她们身上有着极其鲜明的体现。这种走在时代前列的认识和要求,远远超过了旧时代妇女解放的目标。拿她们与鲁迅笔下的子君比较,可以看出"三女性"由于政治、经济上的翻身,就比子君更能认识和实现自身的价值,在婚姻恋爱上也有更多的自由了。子君是二十年代追求婚姻自由、反抗封建家庭束缚的叛逆者,她在"五四"新思潮的影响下,大胆冲击了家庭的樊篱,追求个性解放和爱情幸福,她理直气壮地宣称:"这是我自己的,他们谁也没有干涉我们的权利。"反封建的意志是相当坚决的,这篇小说还深刻地告诉人们,追求个性解放和争取爱情幸福,必须反对整个封建制度,仅仅满足于自由的结合,是逃脱不了悲剧命运的。子君有的只是一个经济不独立的"独立人格",因此,她曾梦寐以求为之付出巨大代价的人格独立,终因经济的不独立得而复失。《伤逝》正是用悲剧的形式说明了单纯的"个性解放"是不可能找到真正出路的,而《方舟》的

"三女性"由于时代的原因，她们比子君的目光要远大得多了，社会已经为她们提供了政治上和经济上的解放；但是，为了妇女自身价值的真正实现，亦即独立的人格、个人事业和理想追求，她们宁可忍受爱情婚姻的不幸，因而她们的思想上升到更高一级的台阶。她们认为："要争得妇女的自强不息，靠对着自身存在价值的自信的实现。"这是小说提出的一个新的思想高度，"三女性"正因为有了这样的思想觉悟，因此她们能含辛茹苦，百折不挠。她们有苦恼，甚至有悲哀，因为她们凭个人的力量与社会传统势力斗争是艰苦的，有时还有寡不敌众之感；但新制度新思想和旧传统旧思想的殊死搏斗，已是我们当前社会生活中的主要潮头之一，在妇女问题上，尤其在爱情婚姻问题上，这种方生未死、新旧交替的斗争，表现得尤其鲜明和突出。视妇女为工具、为商品，认为"女子无才便是德"的资产阶级思想和封建阶级思想的残余，至今仍普遍地存在着，乃至主宰着相当一些人的灵魂。在这种情况下，梁倩们的痛苦和悲哀，就不是局限在狭小的个人范围内了，它是崇高的理想追求和旧习惯势力激烈冲突迸发的火花所造成的灼痛。而她们在这灼痛的不断袭击当中，仍然坚持斗争，坚持实现自身存在的价值，追求对社会多作贡献，这正是今日妇女真正解放的希望所在，也是人类社会进步的希望所在。当然，《方舟》中的三女性并非尽善尽美，她们一方面自觉去实现自身的存在价值，在事业中找到了人生的安慰；但另一方面，却又悲叹命运的悲苦——不能得到一个女子应得的理想丈夫和充满爱情的家庭。这里，张洁从更深的层次中揭示了婚姻恋爱观的矛盾性；一方面政治和经济上的解放是妇女真正解放的前提，妇女只有在政治和经济独立后方能实现恋爱婚姻的真正自由，但同时妇女政治和经济的翻身也未必就能获得真正的爱情和幸福，这还有赖于整个民族文化素质和文明程度的提高。后者就不是一蹴而就的了。因而她们有着无可奈何的痛苦，这痛苦蕴蓄着深刻的社会内涵和历史内涵。

张洁深深地理解妇女这种追求的艰难，渗透在我国民族精神深处的封建毒素已化为"最可怕的""千百万人的习惯势力"（列宁语），因此作品中的梁倩等人不为环境和周围的人所容，作家本人却坚决地肯定了她们，从而提醒人们应重新注意妇女问题，妇女问题既是一个历史性的问题，也是一个世界性的问题。在人类历史的长河中，妇女在社会生活中的处境、地位，是社会发展水平和文明程度的重要标志，每当社会大转折、大变革时期，妇女问题总是作为一个尖锐、敏感的问题被提出来，古今中外的许多伟大作家，都悉心描述过妇女命运，深切同情她们爱情婚姻的不幸，塑造过种种妇女典型以反映社会历史的真实面貌。我国新时期涌现的女作家，也几乎无一例外，都以各种方式、从不同的角度表现了这一个古老而又崭新的课题。目前，妇女文学已成为一种世界趋势，许多国家的妇女文学都开始转向对婚姻道德方面的探讨。妇女文学的领域是宽广的。以张洁为代表的当代女作家在她们的作品中所提出的触及社会神经的敏感的妇女问题，应引起社会的足够重视，同时，也有待于评论家和社会学家们去开垦和发掘。

原载中国人民大学报刊资料选汇
《中国现代、当代文学研究》（1986年5月）

新时期的妇女文学研究

进入新时期以来，大批女作家崛起，妇女文学逐渐走向繁荣。同时，女评论家也正在形成一个群体，如李子云、李小江、盛英、吴黛英、程文超、王绯、赵玫，等等。她们在妇女文学研究方面进行了许多有益的探索。

一

从世界范围来看，妇女文学的印迹可追溯到两千多年前后古希腊的女诗人萨福。在中华民族的奠基文学中，妇女曾经作出了自己的贡献。最早的诗歌总集《诗经》中，有案可稽的女诗人就有十四人，诗作近二十首。《诗经》中的内容，大多是出于女子境遇发出的闺中相思、弃妇的哀怨、寡妻孤母丧子哭灵的痛苦之声。《诗经》研究专家谢晋表先生曾说，《诗经》也可以看作一部研究古代妇女问题的"圣经"。但古代女作家的作品，一直没有引起人们足够的重视，只是到了现代，随着妇女地位的日益提高，女作家在文学中的影响越来越大，才逐渐引起人们的瞩目和研究。第一个总结出女作家创作特点是英国现代女作家弗吉尼亚·任子芙，她在著名的演说《自己的一间屋》中指出，妇女的特殊生活条件决定了她在观察世界和分析性格方面的特点以及这种特点决定了她在创作中最适合采用的体裁。此后，欧美各国对妇女文学的批评和研究风行一时，而各国的妇女文学也在评论界的促进下日益走向成熟。

在我国，"五四"时曾有过一次高潮，出现了女作家陈衡哲、冰心、冯沅君、凌叔华、谢冰莹、白薇、丁玲、苏梅、冯铿，她们在作品中比较集中地反映了女性的苦闷和不幸，普遍表现出一种强烈的求索精神。新时期妇女文学再次崛起，这是一个复杂的历史现象和文学现象，它是多重因素作用的结果。它的兴起，固然可以用新中国妇女地位的改善、文化程度的提高得到某种解释，但更重要的是妇女身受的苦难和妇女的新觉醒，直接促成了新时期的妇女文学的繁荣。其中，最先觉醒的是女知识分子，而最积极、最活跃的是女文学家。妇女文学正是在这样的历史背景下应运而生。从某种意义上可以说，它又是新时期妇女解放运动的先驱和喉舌。新时期涌现的女作家，几乎都以各种方式，从不同的方面表现了中国妇女的新觉醒，在不同女作家笔下，呈现出不同的色彩，甚至体现出不同发展阶段的特点。中国妇女长期以来由于处于屈辱地位，形成了思想性格的两重性：一方面是对一切外来压迫的强烈的反抗性，另一方面则是抗争中的软弱性和对男子的依赖性。

妇女文学的兴起，除了社会条件之外，还有文学本身发展的因素。新时期的到来，给文艺提供了繁荣的契机，而妇女文学也正是在这种特殊的历史条件下迅速地积聚了自己的力量，扩大了自己的阵营，作为一支独立的力量崛起于文艺新潮之中。中国当代文学向内心的深入开拓，使妇女文学得以扬长避短、内外契合，获得了前所未有的良好的生长条件。当然，中国的妇女文学，与自六十年代开始在西方流行的"妇女文学"具有不同的内涵。西方的"妇女文学"与"女权运动"相联系；而我国的妇女文学则强调从妇女的自我意识出发，重新审视与评价妇女的过去经历与今天的现状，提示妇女在社会中与在家庭中所处的屈辱的从属地位。

二

妇女文学的研究对象无疑是妇女。古代的妇女文学就是以表现妇女自身的生活为主要内容的，也就是以"自我"为表现对象的。这从谢无量先生在《中国妇女文学史》中将妇女文学分为"宫廷文学""闺阁文学""女冠文学""娼妓文学"等类中便可看出。那时的妇女由于历史的社会限制，不可能了解外部更丰富的世界，因此，她们的笔触几乎从未离开过妇女的王国。古代的妇女文学，主要表现了妇女对爱的渴望，对自身命运的悲叹，对现实的反映。当然，由于时代的局限，那时妇女还缺乏自觉的意识，还无从知晓怎样依靠妇女自身的力量来解放自己。

只有"五四"运动的到来，这才为中国妇女开创了一个崭新的时代。在这场社会变革中，中国妇女第一次真正地觉醒了，她们对自身的命运有更明确的认识，对自身的苦难也有了自觉的反抗。革命也为妇女文学带来了生机。作为妇女文学创造主体的妇女作家，在这场社会变革的洗礼中，开阔了审美视野，创造出了无愧于时代的妇女文学，为妇女文学写下了灿烂的一页。虽然她们的表现对象首先是妇女的世界，然而题材都丰富了，而思想也更趋深刻。如丁玲的《莎菲女士的日记》、罗淑的《生人妻》。这个时代的女作家仍然关注着妇女自身的世界，她们应该关心自己的命运；但是这个时代的妇女毕竟是获得了第一次解放的妇女，她们不仅看到了自身的世界，同时也将双耳紧贴着时代与社会的墙壁，倾听着外界的信息。因此，出现了萧红的《生死场》、丁玲的《太阳照在桑干河上》。新中国的建立，为妇女文学的发展开辟了更自由的天地，在建国初期，出现了杨沫的《青春之歌》、茹志鹃的《百合花》、刘真的《英雄的乐章》、宗璞的《红豆》、草明的《火车头》《乘风破浪》，这些作品都具有鲜明的女性风格。

妇女是妇女文学的创造者，妇女文学处在不断的发展之中，随着妇女文学创作主体的变化，妇女文学经历了一个由"自我"世界走向外在世界的历史过程。而当代的妇女文学，又自有它的特色。当代妇女是幸运的，因为经过半个多世纪的奋斗，中国妇女已经从封建枷锁的束缚中得到了解放，政治地位和经济地位都发生了巨大的变化。但是当代妇女又是沉重的，因为他们面对的是一个面临挑战的时代。当代妇女文学与传统的妇女文学不同，它表现在对自我形象的观照上，表现在对自身命运的思索上，表现在对自我价值的理解上。当代的妇女文学在走向外在世界的道路上更迈进了一步。

三

新时期妇女文学最为突出的主题，仍然是爱情之歌，"自从出现了女性，人类就有了永远不竭的爱情"。从古代的《诗经》开始，以及卓文君的《白头吟》、薛涛的《春望词》、朱淑真的《断肠诗集》，其中都凝聚着千百年来女子对封建婚姻的控诉，对自由情爱的向往。"五四"时期的声势浩大的妇女解放运动，提出"男女平等"，要求"恋爱婚姻自由"，反映在作品中就是大胆追求爱情幸福的主题。最著名的涂女士的小说《隔绝》，作者大胆袒露了恋爱时期女性的心理。冲破封建家长和社会恶俗藩篱的"隔绝",勇敢地和自己相爱的,但不被社会所容忍的情人去"旅行"。此时,爱情上的直接阻碍就是封建婚姻制。对长期失去恋爱自由的中国妇女来说,所要求的就是"自由地去爱",她们在追求自由的过程中也逐步认识到妇女的意志自由、人格独立。这可说是追求解放的妇女初步觉醒的印记。随着社会革命的深入,广大妇女逐渐地把追求爱情和推翻社会制度、经济解放联在一起。到了新中国,妇女走向社会,在劳动生活中获得了爱情,也由此出现一系列相应的作品。

但是,中国经历了两千多年的封建社会,在婚姻问题上,封建伦理道德有着强大的制约力量。男女的结合,过去都取决于父母之命、媒妁之言,因而爱情与婚姻分离的现象普遍存在。这虽然给男女双方造成巨大的痛苦,但时间一长,人们司空见惯,也习以为常了;或虽知其谬,也无力改变,只能安于现状。直到二十世纪八十年代,封建的婚姻道德也没有安全退出历史舞台,仍在时隐时现地左右着人们的思想言行。因此,在当今社会中,没有爱情也只有金钱与权势的婚姻,仍然相当多地存在着。在这种情形之下,一些自觉表现时代情绪和人民愿望的作家,开始在作品中探索如何解决现实生活中爱情与婚姻分离问题,探索爱情与婚姻美满统一的新形式。张洁无疑是其中较为出色的一个,在《爱,是不能忘记的》中,她首先对于有爱无爱必须从终的道德准则提出质疑,表现了爱情上已终止的婚姻不仅给一方,而且给双方,甚至第三者带来无法摆脱的痛苦。张洁的这篇小说,有着深刻的思想意义,它冲击着残存的封建婚姻道德,告诫人们不能在传统婚姻道德面前俯首却步,召唤人们为突破现存的封建婚姻道德,为建立新的更合理的婚姻道德而努力。还有青年女作家王安忆的《金灿灿的落叶》,陆星儿的《啊,青鸟》等作品,都体现出要求冲破旧的世俗偏见、旧的婚姻意识和新观念的萌发。

四

新时期妇女文学的另一重要的主题,则是妇女的独立人格观问题。独立自尊的人格观是当代妇女观最基本的内容，也是当代妇女文学倾心关注的对象。当代妇女已经取得了经济的独立，这为妇女人格的独立提供了最基本的保证和必要的前提。然而，怎样才能获得精神上真正的独立，这都是当代妇女所面临的一个新的课题。张洁在《方舟》中多方面表现了妇女在争取女性尊严和实现自身价值时所经受的种种磨难，张辛欣在《同一地平线上》写了为了与丈夫在事业上求得同步发展，不甘忍受家庭的桎梏而与丈夫离异的女主人公。这些作品对如何保证男女两性在发展各自事业的平等权利和如何进一步实现男女两性在人格上的平等方面进行了探索。这些作品中女主人公具有独立不移的人格、自强不息的勇气、超凡脱俗的精神。她们深深感觉到了在事业上有进取心，希望获得一些成就的妇女，在家庭与社会上都很难得到支持。因此，她们对妇女解放的道路也有了更深刻的理解——"女人，这依然懦弱的姐妹，要争得妇女的解放，它要靠妇女的自强不息，靠对自身存在价值的自信和实现"。（见张洁《方舟》）可以说，妇女的解放，不仅需要一场巨大的经济变革，同时也需要一场深刻的观念变革。妇女的自我表现——自我实现，还需要一个漫长的历史过程。

如果说，表现"自我"是妇女文学的第一世界的话，那么，近年来女作家们在第二世界上也进行了有益的尝试，她们以辩证的眼光观照社会生活，在艺术上超脱妇女意识、妇女的感情和生活。如张洁的《沉重的翅膀》，柯岩的《寻找回来的世界》，颜海平的《秦王李世民》。她们冲破了"自我"的牢笼，到工厂，到农村，到无人问津的"小木屋"，到科学研究第一线，她们的足迹跨遍了生活的青山，触角伸向了社会生活的各个角落。妇女文学这种题材的开拓，反映了当代女作家高度的历史使命感和社会责任感。

妇女文学已取得了令人可喜的成就，人们对妇女文学的兴趣越来越浓，但是，在有关妇女学科的建设问题上，还存在许多重大的障碍。相比起来，妇女文学的处境似乎要好一些，但也并不令人乐观。在妇女文学兴起之际，有人就说，那就应有"男子文学"了。也许，是因为在妇女文学研究中，可能无意中触动了传统社会的根基，震动了文明世界的传统结构。

目前，我国的妇女文学研究虽说没有形成浪潮，也已经日渐繁荣起来。从文学创作来看，作家以广阔的社会生活为创作背景，而在妇女作家，又总是以妇女具体的社会体验为其直接创作背景。在对宏观文学现象的考察中，我们已经认识到，文学的繁荣和发展需要一定的社会条件，如思想解放、创作自由、社会安定等。而对女作家来说，除了这些必要的社会条件以外，也还需要女性特殊的社会条件，这就是妇女解放的实际进程和妇女研究的现实成果。我国的妇女社会解放的程度很高，给女作家提供了广阔的生活天地和丰富的创作素材。但具体到个人，妇女素质却普遍较低，特别是文化素质和心理素质。这种矛盾构成了我国当代妇女特殊的社会背景，不可避免地反映在女作家的心理机制中，直接影响着她们的创作。就妇女文学批评来看，也因为与妇女研究脱节，出现了一些在文学范围内难以解决的问题。我们当前的妇女文学研究，在很大程度上是有感于当代女作家群的出现。主要在中国现、当代妇女创作中兜圈子，而没有把中国妇女创作现象放在世界背景下加以考察。还有，缺乏历史的把握。对历史上妇女的作品和妇女创作现象不仅要做一般文学史的考察，还应该在与社会生活相对隔绝的妇女的历史境遇中进行专门研究。当代妇女文学批评，不仅要在女作家和妇女形象身上寻找当代的印迹，而且要借助史学的把握在其中发掘传统气质的积沉。还有理论深度问题，也是目前妇女文学研究中最薄弱的环节。

从社会历史背景上看妇女研究和妇女文学的学科化问题，的确是妇女解放运动的结果，但它的性质并不局限于妇女解放，而是在人类科学体系中占有重要位置。妇女研究和妇女文学理论从不同的方面填补了传统理论的重大空白，扩大了文学的表现力和表现范围，从结构上完善了文明的基本框架。它们是当代人类自我反思、自我认识的重要组成部分，为人类科学系统化建设提供了一个难能可贵的突破口。

原载《武汉社科信息》（1988年3月）

妇女解放的艰难历程

在阶级社会里，阶级矛盾、阶级斗争是推动社会变革和历史发展的基本动力，而妇女争取自身的解放的斗争，则是这种社会斗争的重要组成部分。在以往各种形态社会阶级社会里，劳动者始终处于被统治、受奴役的地位，劳动妇女的境遇更加凄惨，她们处于社会的最底层。正因为妇女在阶级社会中所处境遇的卑微和悲惨，妇女解放问题在长期的历史发展中又显得非常迫切和重要，因此，在文学史上，一些卓有成就的作家，尤其是女作家莫不对妇女的生活处境和命运前途做入细致的观察和研究，给予深情的关注和极大的同情。

二十年代的一些女作家陈衡哲、冰心、冯沅君、凌叔华、谢冰莹、白薇、丁玲、苏梅、冯铿等，她们在作品中比较集中反映了女性的苦闷和不幸；普遍地表现出一种强烈的求索精神，因为她们自己也是妇女中的一员，所以对封建压迫的惨烈有着特别切实的体会，对处于旧思想、旧礼教、旧习俗淫威之下的妇女有着格外诚挚的同情，她们扩大了妇女问题的题材范围，并且从这一最敏感的社会问题着手，尖锐批判了几千年封建制度的罪恶。在她们的笔下，不但有祥林嫂那样的"人肉筵席"上的牺牲品，而且还有着一大批从"黑屋子"里惊醒了过来，愤怒地努力打碎这黑屋子的"新女性"。这些崭新的形象，勇于探索，敢于反抗，具有鲜明的反帝反封建思想。

女作家在作品中表现出来的强烈求索精神，是那一历史时代的必然产物。几千年来，中国社会朝代变换，政权更迭，可是封建制度岿然不动，即使到了二十世纪初辛亥革命之后，也依然如旧，中国的妇女从来没有改变过她们那处于最底层的任人宰割的命运。只有五四运动的到来，这才为中国妇女开创了一个崭新的时代，中国妇女第一次真正地觉醒了。她们对自身的命运有了更明确的认识，对自身的命运有了自觉的反抗。这一时期的知识女性，追求个性解放和婚姻自由，提出了"男女平等"，反对"包办婚姻"，要求"社公公开""恋爱自由""婚姻自由"，如《伤逝》中的子君、《莎菲女士的日记》中的莎菲、《日出》中的陈白露，她们都是受过"五四"思潮的影响，勇敢冲出封建牢笼的时代女性，莎菲是一个倔强自傲而沉郁苦闷的女性，她虽然痛恨和蔑视周围的一切，却不明白主要反抗什么和如何反抗，在爱情上她充满了自己也无法理清的矛盾。子君是二十年代追求婚姻自由、反抗封建家庭束缚的叛逆者，但因为她们这种追求个性解放，争取爱情幸福，不是与反对整个封建制度、建立新的生活联系起来，因此还是逃脱不了悲剧命运。

当然，这是有着时代的原因和作家个人世界观局限的原因，更重要却是历史的原因，被历史湮没了数千年之久的女性，在刚刚掀开重压，得以一试锋芒的二十世纪二十年代，还不能完全摆脱因袭的负荷，作为第一代争取解放的新女性们，她们身上还残留着更多的历史遗留下来的创伤，探索的道路荆棘丛生，她们需要花出更大的力气，才能迈出一步。

在经过了几十年代的今天，妇女解放仍然是一个重要的社会问题。新时期的女作家们，一马当先，在作品中进行了出色的探索。张洁在《方舟》里大声地宣称：女人不是性而是人！妇女的真正解放，不仅止于政治地位和经济地位的解放，还需要以充分的自信和自强不息的奋斗来实现自身存在的价值。新时期的女作家们，再不以幸福的爱、完美的婚姻为题，她们宁愿更清醒地面对现实，并在其中发现自己生存的价值和意义。女作家表现出一种不同层次的追求。这个不同不是一般意义上的事物的两端，而仅仅是差异，是距离，同时是一种不同层次之间亦有的波动，有渗透，有交汇，并在其中达到更高级、更深刻的认识。当然，另一层次的追求也并不单纯，她们所遇到的常常是前种追求形态所遇到过的某些困扰。这样，困扰着的奋斗中的女性"雄化"问题被提出来了。张洁的《方舟》、张辛欣的《我在哪错过了你》、王小鹰的《失重》等作品中的主人公，被人们认为是雄化的女人，也许，作品中也有一些偏激情绪，但是，妇女解放使妇女直面人生社会，而要在社会中生存，就必须要奋斗。于是作品中女主人公们只好自己走出来，依靠一种独立的意识在社会中生存。而社会生活要求女人像男人一样，于是，在抗争中，她们身上就必然被染上"雄化"的色彩，因此遭到一些人的非议，但这是社会、环境所使然。

　　文学作品中不同时期出现的妇女形象代表了我国妇女在不同时期状态下的不同层次的追求，作品中提出的妇女解放问题是值得肯定的，妇女解放与现实社会仍然有着深刻的矛盾：几千年来，荣誉和幸福，事业和爱情，对于成功的男子来说永远是一个良性循环。而女人，想在事业上有所成就，却要付出高于男人几倍，几乎失去全部女人欢乐的代价！这其中有着无可奈何的悲哀与痛苦。

　　　　　　　　　　　　　　　　　　原载《贵阳日报》（2010年3月）

梁凤仪小说论

香港商界女强人、女博士、女作家梁凤仪，在繁忙的商务活动中写作，几年间，创作出了数十部"财经小说"。在内地、香港掀起了"梁凤仪小说热"，她的作品，给我们展示了香港自由的商业社会一幅光怪陆离的生活画图，同时抨击和揭露了工商社会对情爱生活的异化和摧残，她的作品，在情爱和婚姻上表现出了对女性自立自强的呼唤。

一

梁凤仪的财经小说之所以走俏海内外，当有三种机缘作用其中。其一，1997年香港的回归，国际政经界视为大事，海外急需了解港人心态、港府对内地的政策，特别是各财团的临归状况及筹谋，凡此各端，梁凤仪的作品有可供咨询之处。其二，自内地改革开放以来，香港的政治经济地位日见显要，人们急切希望从这条"小龙"身上借鉴种种缔造现代文明的经验。梁凤仪的小说，真有香港财经小百科的价值，能部分满足这种欲求。其三，内地的广大读者，正处于商品潮的熏陶之中，梁凤仪作品中所述论的内容，迎合了阅读大众日益增长的关于股市、债券、自由贸易、商业人际关系等知识的追求。

梁凤仪的小说，如实反映了工商社会女子走出家庭、进入社会的艰难困苦。他们步入人生，面临职业、感情和道德三重危机，众人都身不由己地随着物欲的机器运转。现实的骚动不宁，生活的飞速发展，人际关系的瞬息万变，只能给情爱婚姻带来极短暂的时刻，甚至是"露水姻缘"。

梁凤仪认为女性要获得独立，非使女性成为财经命脉的"执牛耳"者莫属，非通过奋斗拼搏成为事业的女强人莫属。《花帜》中的杜晚晴，才貌双全，人品高洁，却因没有自己独立的事业而仰人鼻息，以致受骗于冼崇浩，受辱于殷法能。《九重恩怨》中的江福慧，因有强大的事业基础，才能向欺骗玩弄过她的仇人报仇雪恨，这正好从正反两个方面说明了情爱观的本质。

此种坚强的女性人格信念，源于反封建伦常和反拜金主义的自觉追求，也源于对工商时代生活本质的深刻认识。其中所蕴含的人本主义思想和民主主义思想对于推动妇女解放运动的历史进程，具有一定的理论价值和实践意义。梁凤仪的小说理所当然地成为妇女生活建设的活教材。

二

情爱悬念的设置是梁氏的强项，她善于将情爱与事业相生相克的关系，转变为山重水复疑团丛生的悬念系列，并于矛盾纠葛发展至炽化程度时，掀起陡起陡落的狂澜，随之于峰回路转之后，推出柳暗花明的可人景观。《千堆雪》中女主人之父立下遗嘱，叮咛小姐悉心照料他暮年的红颜知己，但并未讲明此人来龙去脉，甚至姓甚名谁都三缄其口。小说的铺陈就是从小姐查人找人的悬念开的头，她从身边的娘姨查到女助手，从女秘书查到花街女子。似乎都有过从，但又不是其人，接着又几乎跌进了别有用心设置的陷阱。骗局揭穿，原来所寻之人即是与自己耳鬓厮磨的同窗好友，近在咫尺，"扣子"解开，读者在震惊之余，也感悟到了其中相当复杂的前因后果。

梁凤仪的作品，有一股对人生真情和社会道义的追求，以及对祖国和民族的眷念情怀扑面而来。她写商场的角逐、拼杀，从不忘记扬善挞恶，赞颂人间的恋情和挚爱；写豪门里的恩恩怨怨，又实实在在地展现了个人对情人和"国族"和真情。哪怕是写烟花巷里的富豪与高官们的勾当，小说也不去津津乐道那些肉麻的场景，而是把笔墨泼在揭发高官、巨子们如何操纵市场坑害小股民、小百姓，同时弘扬风尘女子对亲友的责任、义务以及对"国族的情怀"。像在《花魁劫》中，描写贺敬生同酒店侍女出身的爱妾容璧怡的真挚情爱，都让我们生活在内地的读者感到它似一种理想主义的梦幻了，而作者在贺敬生去世以后所抒发的爱国情怀就更为动人心弦。那时已经成了贺氏家族"金融皇后"的容璧怡，对要求在1997年前把资产转移国外的儿子斩钉截铁地说："生意必须要以香港为基础，这是敬生的心意。他说过，以前插上米字旗，贺家尚且发扬光大，将来是在自己的国土上头，怎么可以临阵退缩。如果真有不幸的时局，就算是我们贺家为国族的信心与支持，而作出的捐献，为我们身为中国人的尊严作出的一点表示好了……"这种爱国主义的宣示，蕴含着何等沉重的历史内蕴，又是多么扣人心弦的情怀。还有《花帜》的主人公杜晚晴站在长城的内心独白，那种对祖国、对民族的豪情，都是植根于华夏国土之上的新时代人文精神的宣示。

梁凤仪小说在俯视那个发达商品社会的种种腐朽与丑恶中，从不放弃追求一种高尚的情操与精神。对人生积极进取，对贫弱同情和关怀，对亲人承担责任与义务，对爱情坚贞不渝，对国家和民族一往情深。这是茫茫商海中建构人文精神的呐喊。

三

梁凤仪小说创作的一个基本问题：女性从困境中走出，在寻找自我中实现自身价值。小说中的女性，原来的处境，如同过去千百年的历史长河中没有社会地位的其他女性一样，往往处于一种从属、依附的地位。她们是社会的、男性的附属物，并无独立的人格价值可言。她们既无独立的经济，也没有自己的事业，也处于被动的地位：被宠爱，被占有，被遗弃……自我意识的隐匿，令她们面对生活没有创造，而只有责任感，只有乐于天命之心，是安于空虚的物质享受。生活对于她们不是一种生命的追求、幸福的体验。因此，当她们那建筑在沙砾之上的"幸福"世界在冷酷现实的冲击之下轰然倒地时，她们才有切肤之痛。重新地自我审视成为必然，追求独立、自尊、自信，便成为她们新生活的主旋律。她们倔强地摆脱从属的地位与心态，凭着不比男子逊色的才能——小说中那远胜于男子的才能，去开拓自己的事业。这些可敬的女性，在走出了误区、挣脱了枷锁之后，为自己开拓了一个宽阔而丰富的生存空间。她们感到一种前所未有的自我实现的充实，感到创造的生活乐趣和满足。作品中的女性形象从传统的从属地位移向主体地位，追求自主的精神意识，使作品呈现出耀眼的理性之光。梁凤仪笔下的女性无疑具有这样的认识与审美价值：女性要摆脱从属的地位，要避免受制于人的局面，就必须投身社会，在自我开拓中寻找人生的真谛，在男人统治的社会中显示女性的实力，在创造性的生活中实现自我存在的社会价值。

二十世纪八九十年代的香港商界，是上述女强人一个个串演一出出亦悲亦喜的人生戏剧之大舞台。这些绝色女子，人人身负重创，不得已而背水一战，因此，凝聚了所有智慧与力量，在商业领域中玩得风生水起。梁凤仪凭借自己在商界多年的经验，将熟烂于心的豪门内幕、财经股票知识、种种经营设想与手段赋予这些女主角，使之个个长袖善舞、战无不胜，好生痛快。这是梁氏"财经小说"的一个显著特点。

梁氏小说以香港风云变幻的商界为背景，将财经知识、经营手段等因素融于极富传奇色彩的故事情节之中，塑造出一系列时代女强人形象，而形成独特的"财经小说"，给人耳目一新的感觉。而"财经"到底只不过是小说的框架，是故事的背景，赢得众多读者的，是那些传奇般的故事，是人物的命运，尤其是贯穿于小说始终的女性对两性不平等的反叛情绪，尽管这种情绪带有偏颇性。

四

梁凤仪的小说，较突出地体现了她对女性自身性格和情感的发展的思考和探索，她的小说较之于内地女性文学主力军的张洁、张抗抗、张辛欣等作家有很大的不同。梁凤仪的小说全然没有那种愤世嫉俗的夸张，也没有赤裸裸地宣泄出对女性偏宠的激情，梁凤仪注重女性自身是否具有完整的人格精神，而不是片面追求某种表面的、虚张的平等，更没有追求缥缈的爱的乌托邦没有追求雄性化，她是从女性价值的多种取向中探寻女性的魅力，表现真正的完整的女性。其中梁凤仪极力推崇和礼赞的是女性的自尊、自立、自强的风貌，而梁凤仪追求的自尊、自立、自强，便构成了她小说创作中女性意识的基本内容。这一内容体现在她的小说创作中，那就是格外注重对社会女性的塑造和关怀。梁氏自执笔为文起，就以香港地区为界，以商贾为背景，刻画了一个又一个性格迥异，但在生活中充任着主角的女性，她们中有两度力挽狂澜的女强人顾长基（《豪门惊梦》），有不贪图富贵、不爱慕虚荣的程梦龙（《尽在不言中》），有勇于接受生活考验和挑战的盛颂恩（《我心换你心》），有坚韧、执拗、果敢的庄竞之（《醉红尘》），有以理智毅力重振山河的江福慧（《九重恩怨》）和心地善良而聪慧的杜晚晴(《花帜》),等等。梁凤仪将这些"丽人们"置于当今瞬息万变的香港社会中,让这些女性们在"五花八门的考验和挑战"面前,各呈风采。她们为了事业的成功,"逢山开路,逢水扬帆,坚韧不拔,有勇于战胜各种困难的气魄",她们在爱情和生活中,又经历着各种不同的困难、煎熬与曲折,同时,又苦苦地战胜自身缺憾,苦苦地向世俗挑战,义无反顾地超越自己的心理屏障,勇敢地飞跃人间种种桎梏,走向了多姿多彩的、属于她们的那片沃土之中。她们以自身的魅力、智慧和坚毅向人们展示了现代女性们的"千般风情,万般诗意"。

梁氏的《誓不言悔》,是一部最能体现梁凤仪创作追求及特色的小说,它没有着力展现"人海中惊涛拍岸所卷起的万种恩怨情仇",但作品却非常真实地写出了香港现代女性所面临的各种境遇和困扰。同时给予了女性所面临的各种解救之道,即鼓励女性,无论在何种困境中,都要学习自立,克服自身的软弱和狭隘,勇敢地追寻人生价值,走向更广阔的世界。《誓不言悔》的可贵之处,不仅仅局限于它的现实性以及作者所开辟的独特空间,更重要的是体现在它对人生的深刻领悟,对人世间诸多问题和困扰的洒脱气度上。

《誓不言悔》讲述的是一个家庭妇女在丈夫变了心后,伤心欲绝,便"一哭二闹三上吊",最后当她明白一切无济于事时,便拭去泪水,果敢地走出家庭,言志奋斗的故事。《誓不言悔》所展示的故事的确可以纳入古老的中国式小说母题,尽管其中多了些香港这个开四方之境、来八面之风的洋场气息的点染。但小说所包含的内涵,远非是那句"老故事"所能概括得了的。可见,这一古老的母题是被梁凤仪注入了新鲜血液,那就是积极鼓励妇女进取,在生活中不断充实自己,正确迎对人生的"变难苦痛",并以此作为奋发的原动力走向彼岸,正如梁凤仪在《誓不言悔·自序》中所说:"因为我们深信只有自强不息,站起来奋斗,循修德修行,增强学着沿独立生活的途径走才是正大光明的出路",这些鲜明体现出了梁凤仪对纷纭社会中所有女性的无比厚爱。

梁凤仪关怀女性,反映女性,塑造女性。《誓不言悔》也无例外地为读者塑造了众多女性形象:许曼明、周宝钏、郑淑珍、仇佩芬、李秀环、冯湘湘、方萍、刘笑芬、阿顾,等等,在小说中,她们以其独立的个性,宣扬着各种社会角色。她们或是豪门名媛、贵妇,或是律师、教师、从业员、出版商,或是理发师、按摩师、佣人;她们或家产万贯,或清贫拮据,或聪颖美丽、洒脱豪放,或庸俗势利……在这众多的性格各异的女性之中,梁凤仪为读者所着力刻画的无疑是许曼明和周宝钏这两个形象。

许曼明出身于富贵之家，姿容娇美丽聪慧过人，且受过良好的教育，是个"有大学学位的"。丈夫丁松年也是本城的名门长子。二人虽说不上是严格的青梅竹马，但许家和丁家世交的情谊，确也是二人相爱的因素。婚后的许曼明，日子和婚前也没有什么区别，不愁衣，不愁食，再加上丈夫的温柔体贴，她的生活更是"舒服畅顺"。她一个星期中，总有三几天是在跟一群出身名门望族的女友们搓麻将、谈天说地中度过的。其余时间，无外乎是到理发店做做头发，到时装店选选衣服，到健身美容院练练身，或是陪陪丈夫出席各式各样的名流夜宴。对外面的世界，许曼明是乐得清静，热衷的只是现今生活的享受与既得利益，但许曼明毕竟还不是一个只知享乐而不顾及他人的自私者，她爱丈夫，爱儿子，也很善于体谅别人的处境，有时还能伸出援助之手，帮助贫弱者做些力所能及的工作。所以，许曼明在一帮朋友中很是有些人缘，也常常赢得些赞许。

许曼明对这样的生活很知足，也从未对这种生活怀疑过，正如她所述："我一直以为人生是如一面平镜似的大海，只有在温暖的阳光下嬉戏调笑的弄潮儿，只有在清风朗日之间寄情湖海的泛舟人。"许曼明从未想过大海会突然翻风起浪，也未曾想过维系她整个生活的欢乐畅顺的靠山——丈夫，如有动摇，她面对的生活将是什么。

然而，让她思考这一问题的一天终于来临了。丈夫公然宣布另有情人，要求离婚并离家出走。家庭婚姻屏障庇护一下子彻底地背许曼明而去，这一切，似乎是从天而降，不等她细想，生活便把她抛到了怒海狂涛之中。可以设想，许曼明在片刻的惊愕和手足无措之后，便使出浑身解数要留住幸福。但当她明白了这一切都无法改变残酷的现实之后，才开始直面惨淡的人生，才试图改变自己，开拓未来，以自己的力量顶住这一切突如其来的不幸。

许曼明要一切重新做起，如同那些白手起家、胼手胝足地勤苦劳作的职业女性一样，早起晚归，重新开拓一种生活。作者以敏锐的眼光和笔触，捕捉了许曼明在经历了生活剧痛之后的刚性爆发，让她勇敢地接受了生活的挑战。最初，许曼明在女友周宝钏皮革厂的销售陈列室做销售，她一方面以积极主动的工作热情，赢得了客户的青睐，另一方面，在工作中也得到了满足与充实，重温到了这离她已久的真正意义的快乐。许曼明是在失去丈夫的爱之后，才挺起了自己做女人的脊梁的。从哲学意义上讲，她才开始了自己作为一个真正独立的人的塑造，才迈开了创造自己的人生价值的步伐。

作品中另一个人物周宝钏则是有着另一番风采的现代女性,她身上所展示的女性意识的自觉,具有更特殊的价值。周宝钏在小说出现时,就已是本城珠宝业大王杨真的继室了。她已成功地经营着皮革厂,并在港九开设了若干间零售分店,且发展了销售日本的市场,成绩相当可观,可以说,周宝钏是一个名副其实的女强人了。她依靠个人的奋斗创造了有意义的人生,同时,她又不失传统的女性温柔、贤淑、隐忍的特色,在生活中扮演着属于她自己的角色。周宝钏的生存背景全然没有许曼明优越、矜贵,她从一开始就是小室,饱受了人世间的炎凉。在名不正言不顺的情势下,周宝钏勇于面向社会、家庭、婚姻的挑战,勇于同那些成功者一争高低,靠银行借贷办起了皮革厂,以自己独有的魅力投向了香港工商界。周宝钏格外顽强而执着地与命运抗争,她有不计较、不露锋芒地为自己事业、前途不懈奋斗的精神,且有强烈的自我意识。对于周女士,梁凤仪寄予了厚望,熔铸了她作为女性成员之一的希望和追求,为现实女性提供了一个生活范例。

梁凤仪通过许曼明、周宝钏这两个富有魅力、血肉丰满的人物形象,对女性自身价值从不同角度进行了肯定。特别是作者对女性思想、智慧和独立人格、自我价值实现的重视,使梁凤仪对女性问题的探索进入了较深的层次。梁凤仪以自己的人生经验、独特的创作方式塑造了无数女性形象,为现今女性们提供了参照系,给予了她们种种的人生启迪。

我们以《誓不言悔》为例,总括梁凤仪小说的创作特色,不难看出,作者无论是写人叙事,还是捕捉生活以及语言方式的采用,都以她独特的女性的审美观,昭示了自己对女性人生命运的思考和忧虑。因而梁凤仪小说中表露出来的女性意识,我想是不难为读者所理解和接受的。女性意识赋予了女性文学显著的特色和强大的生命力。其中,特别是女性作家对女性自身的偏爱及其独特的观察、把握,表达生活的方式,都极大地加深和推动了对女性问题的更高层次的探索。梁凤仪的小说创作也无例外,她让自己持守的女性意识、动人的情感、细腻的笔触、精湛的语言、深透的哲理,恰到好处地将自己的小说世界拼缀成了一幅美景。而对于人生的种种感叹,对于生活的种种无奈,也就在这种种景色中自然浮呈而现,让读者自己品味,思考趣味浑然而又复杂的人生。

原载《贵州社会科学》(2008年4月)

浅议网络文学

随着计算机网络的迅猛发展，电脑艺术、网络文学正迎着新世纪的曙光向我们走来，给日渐边缘的文坛带来了新的活力。面对这些全新的文学艺术样式，有人称它们是文坛升起的新星，说它们是传统文艺穷途末路的救星，也有人抱怨它们是艺术审美的克星，不过重要的不是在于给数字化传媒艺术作何结论，而在于以科学的态度全面了解它们，深入研究它们，正确地引导它们走向健康和成熟。

网络文学的迅速崛起，将和传统文学、民间文学也包括市民的通俗文学一起，构成一个完整的、多元化的文学格局。

中国的网络文学已经走过十年的时间，它完全可以构成一部有独到价值和启示意义的文学发展史，网络文学走过的这个十年，对于中国文学来说，也是值得大书特书的。

网络文学较之传统文学具有无可比拟的优势，因为前者几乎不受出版资源、版面容量等方面的限制。创立于1997年的文学网站"榕树下"，其发表文学作品的数量已远远超过新中国成立以来纸介媒体发表作品的总和。更为关键的是，拥有读者的数量是以超过3.84亿网民作为基数（据中国互联网信息中心GLD第25次中国互联网发展状况统计报告数据显示，截至2009年12月）。其影响力使传统文学无法望其项背，就此很多研究者看到了网络文学对传统文学的冲击与挑战，甚至认为已经出现了"取代"的严重趋向。

然而另一方面，目前相当数量的网络文学写手及其作品，表现出了对传统文学标准的自觉趋同，他们在网络首发的作品不仅是形式出版或发表，并且获得了来自传统文学体制内的认可与重视。于是又有研究者据此认为，网络文学与传统文学最终将实现"合流"。

如何准确描述和评价网络文学的存在价值、发展前景和在整个文学格局中的合理位置，还是应该回到网络文学基本特征上来谈这个问题。网络文学的概念通常的表述就是"在线"的三位一体，即由网民在电脑上创作，通过网络发表，并由其他网民完成阅读，参与其特有的"书写和传播工具""作者与读者的互动"，这正是体现网络文学特质的关键词。

网络文学的"作者"更多被称为"写手"，它与传统文学的"作家"两者间的区别绝不仅仅是称谓的变化。在网络文学中"写手"是一个特殊的专业职业，写作成为大众共享的自我表达的精神活动，传统作家的中心地位和诠释权威消失了，不能再从少数人的情感体验来主导大众的审美、大众文化不再是被表现的对象，而是作为创作的主体进行更为生动更为真实的自我表达。一个没有受过文学专业训练的普通人，只要有了创作的冲动，无须得到文学编辑和批评家的认可，亦可以在网络上以文学的形式自由宣泄自己的情感。

1998年3月，网络上出现了台湾大学生蔡智恒（网名：痞子蔡）的长篇小说《第一次的亲密接触》的连载。痞子蔡以平均两天一集的速度，从1998年3月22日至5月29日，费时两个月零八天在网络上完成长达34集的连载。海峡对岸，一位大学生个人的写作行为，为网络文学带来了巨大的启示，《第一次的亲密接触》所具有的"轻舞飞扬"的风采，顿时折服了无数年轻的网民，迎合了他们的青春渴望，无数次的"亲密接触"由此发端，仿佛推开了一扇窗户，仿佛沟通了一条水渠，网络写作一发不可收拾。

不少经济学家都反复说到"跨越式发展"对于发展中国家的重要性，网络在中国大概就属于"跨越式发展"。最新的互联网报告表明，除日、美、韩三国在网络普及率上遥遥领先位居三甲以外，中国已经位居世界第六，接近俄罗斯，直追巴西。回顾中国网络发展史，即"两个十年"，一个是技术的十年（1994—2003），一个是普及的十年（1999—2009）。前者属于技术，后者属于社会，因为网络追随着电脑进入大城市的中国家庭大约在1994年，这也与世界"网络影响期（1998—2002）大致吻合。"

网络到底为"网络一代"提供了什么样的平台与生存空间呢？首先是网络技术平台的迅速提升，为80后、90后提供了"虚拟社会"的生存空间，就是一些学者称之为与现实生活相伴的"第二生存空间"。

其次,以往读者在整个文学活动系统中的作用一直被忽视,直到20世纪60年代接受美学出现后才有所改变。然而在网络文学中对文学本体的深刻影响,是传统文学远远无法比拟的。网络作为新生的、时尚的技术工具,其使用主体必然是趋向于年轻化。国家信息中心发布的数据表明,目前我国近3.84亿的网民中占65.2%是15~25周岁的城市青年,这必然导致了网络文学读者群体的年轻化,他们的知识程度、年龄特点、审美趣味决定了网络文学的题材和样式。情节冗长、意义艰深的作品很难被认可,娱乐性、消费性就成为必然的主流。在网络中,读者对作品的选择会通过点击率直接反映出来,点击率同时可以影响其他读者的选择,更重要的是将决定网站的存亡,点击率较高的作品必然会促进网络写手的创作。作者与读者互动性强,这样就形成了一个循环的圈子。它为读者带来更为多样性的阅读选择。然而,创作者总体地位的下移,几乎不可避免也会降低文学的高度,网络写手创作中有很多自由化、个人化、游戏化、语言粗鄙等倾向,同时也由于没有审查过滤机制,数量巨大的网络文学作品整体质量参差不齐就很自然了。

网络文学的一路飙升,带来了这个社会必须认真面对的后果。首先,它们改变了传统文学一家独大的垄断局面。传统的文学报纸杂志尽管漠视它们的存在,但这并不等于它们真的不存在。相反,精明的出版商一直都在通过运作、发行它们而获利,它们也自然而然地在这个真空的现实关系中发挥作用与影响。当《中华文学选刊》作为平面媒体在国内首次转发了慕容雪村的网络小说《成都,今夜请将我遗忘》时,当宁肯的《蒙面之城》因在网络上风靡火爆而被作家出版社出版时,传统文学界终于默认了这一局面的改变。其次,网络文学必然地与"青春写作"难分彼此,而青春总是意味着激动冲突、想象力和狂放不羁。网络文学的精神资源十分庞杂,不易简单厘定,但至少可以确认王朔与王小波这两位精神导师,他们的反讽和批判精神,在不知不觉中被网络文学所继承。在某些时候,网络文学甚至扮演了思想反叛与文化革命的角色。网络文学与网络语言那种鲜活的先锋性和革命性,夹杂着偏激、颓废、恶搞和无厘头泥沙俱下,既挑战着传统的文学观念,也挑战着社会道德习俗,对整整一代青年产生了巨大影响。

　　网络文学呼唤本体论聚焦与跨学科协作推进。网络文学与现代信息技术、媒介革命、后现代文化、视觉转向、大众文化心理、信息伦理、跨国资本运营、全球殖民话语、时尚消费、艺术范式颠覆与重建等问题密切相关。因而，本体研究，审美范式研究和中肯的现象学批评，应当是网络文学研究的重点；网络技术媒介分析，文化转型研究，是网络文学研究的多学科表征；而网络文学的人文性、审美性研究，永远都应该是这一研究领域理论思维的内核。

原载《理论与当代》（2013年6期）

谈《三年五载》主人公景传耕的形象塑造

最近，贵州人民出版社出版了我省青年作家叶辛的长篇小说《三年五载》，这部小说独具特色，可说是开了反映农村重大改革长篇小说的先河。

作品着力刻画的人物是青年农民景传耕，在他的身上，我们看到了中国农村的希望。他既有着中国农民的传统美德：爱家乡、爱土地、爱劳动；又有着与老农民不相同的一面，也就是"传统的纯朴、善良甚至忍辱负重的农民形象所难以发出的光泽与力量"，这正是能促进这个时代变革的一个因子。

在景传耕的家乡，他所看到的是农民碗里的苞谷糊糊，农民娃崽的褴褛衣衫，粉碎"四人帮"都一年了，可他的家乡竟然会出现变相贩卖人口的现象，这一切使他多么痛心啊！这一切根子都是穷！他住市郊的大哥，希望他们全家搬去住。可是，景传耕在火车上，看见家乡的姑娘像商品似的让人买卖，这犹如一根刺狠狠扎进了他的心里，他感到震惊和耻辱，深感这种状况非彻底改变不可！他中学毕业回到家乡，从生活中、书本上学到了不少知识，变得善于思索了。农村的落后面貌使他痛心，农村中左倾蛮干更使他焦虑，促使他深思："嘎多寨呀嘎多寨，有山有水，有田有土，为啥要出这样的事儿（指贩卖人口）？"

这些话，多么深刻，多么尖锐，他和八十年代的优秀青年一样，在反思历史和探求人生中走向成熟，这些都足以证明：当代青年，与五六十年代是大不相同的，他们不仅"思想活跃，心灵开放"，而且是"肯于思索，正视现实"。景传耕就是其中的一个典型。作品中发生的事，正是今天生活中屡见不鲜的现象，社会上改革的潮流正冲击着各行各业，"叩击着每个人的心弦，检视着每一颗心灵"。景传耕的形象表明：在我们国家的各条战线上，确实存在着一批"先天下之忧而忧，后天下之乐而乐"的人，正是他们"体现了时代本身的要求，人民群众的历史情绪和现实愿望"。

这部作品所塑造的景传耕这一人物形象，是当代青年的楷模，拿他和《人生》中的高加林相比，他们既相同又不尽相同。相同的是，他们都是农村中有才华、有抱负的知识青年，都处于我国正进入社会主义现代化建设轨道的时期，但是，他们的人生观却大不相同：高加林虽然不满足于仅仅靠双手做土地的主人，盼望现代文明所能提供的一切，向往着五彩缤纷的现代文明，但是，他对于家乡的落后面貌，并不是去努力改变，而是迷恋城市，爱慕虚荣，他最终走向失败的结局。相比之下，景传耕对人生的价值更多的是深沉的思考，并且把这种思索付诸实践。他带领群众抵制以工作队长何羽为首的瞎指挥，并创造性地发明了联户联心的生产责任制，赢得了群众的拥护。即使遭到何羽为首的"左"倾思想严重的人的压制，并被非法关押、游斗，但他不屈不挠，坚定不移，官司一直打到县委、省委，最后得到了省委书记的肯定。

在这里，我们欣喜地看到，景传耕的形象表现了当代青年生活的一个重要侧面，反映了一代有文化的新型农民在历史变革时期的心灵历程，折射出我们所处的时代的某些重要特征。景传耕所代表的一代农村新人正像"三年五载"一样，深深砌在祖国社会主义农村的广袤大地上，而我国农业现代化的宏伟大厦，正因为有了如此坚固的"基石"，必将更快地建成。

原载《贵州书讯》（1987年6月15日）

火一般燃烧的爱国热情

——闻一多《发现》赏析

我来了，我喊一声，迸着血泪，

"这不是我的中华，不对，不对！"

我来了，因为我听见你叫我，

鞭着时间的罡风，擎一把火，

我来了，不知道是一场空喜。

我会见的是噩梦，哪里是你？

那是恐怖，是噩梦挂着悬崖，

那不是你，那不是我的心爱！

我追问青天，逼迫八面的风，

我问，拳头擂着大地的赤胸，

总问不出消息：我哭着叫你，

呕出一颗心来，——在我心里！

《发现》写于1925年诗人闻一多回国初期，这首诗表现出对祖国真挚无私的爱和对黑暗现实极度失望的痛苦愤懑这两种感情的交织。它是一首成功的抒情诗，爱与痛苦愤懑交织的复杂情绪，在诗中得到步步深化的展现。

诗人在留学美国期间，饱受殖民主义者的凌辱，深深体会到弱国人民的苦况，他作为祖国赤诚的儿子，怀抱着强烈的爱国之情和殷切期望回来的时候，表现的不是一种狂喜而是呼天抢地的深切悲痛，对此，臧克家同志曾经作了很好的解释："一个热爱自己祖国的诗人，在海外受的侮辱越重，对祖国的怀念和希望也就越深切。……但到希望变成事实的时候，他却坠入了一个可怕的深渊，他在美国所想象的祖国的形象，破灭了！他赖以支持自己的一根伟大支柱，倾折了！他所看到的和他希望的恰恰相反。他得到的不是温暖，而是一片黑暗，残破的凄凉。他痛苦，他悲伤，他愤慨，他高歌当哭……"

其实，在美国的时候，他何尝不知道自己亲爱的祖国被军阀们弄得破碎不堪？他对于天灾人祸交加的祖国情况又何尝不清楚？然而彼时彼地的心情使得我们赤诚的诗人把他所热爱的祖国美化了，神圣化了。诗人从自己创造的形象里取得温暖与力量，当现实打破了他的梦想，失望悲痛的情感就化成了感人的诗篇——《发现》。

这首诗虽然才短短十二行，但是，诗人集中而凝练地表现了他阔别重返祖国后突然变化的精神状态，并赋予它活生生的形象，这就使读者感触到作者那仿佛快是爆炸的热情时，不免深深思索：诗人到底"发现"了什么？他为什么会有这种"发现"？何其芳同志曾说过："这首诗的开头和结尾是不平常的，有吸引力的。"按一般的写法，常离不开对比手法，那就必须平庸无奇，落入俗套。闻一多别具一格，一开始就单刀直入，呼天抢地喊出悲痛的声音——

> 我来了，我喊一声，迸着血泪，
>
> "这不是我的中华，不对，不对！"

这首诗一开头就以"迸着血泪"的喊声吸引着读者，造成"高山坠石，不知其来"的悬念，同时也渲染了那种极度失望和愤懑的情绪。接着在"我来了，因为我听见你叫我；……那不是你，那不是我的心爱！"的这几句诗中，诗人只用了两个"我来了"的排比句和几个比喻，就逼真地写出了自己当初恨不得插上双翅飞回祖国的心情，和他感到是"一场空喜"之后的深切悲哀，诗人撇开了他所见所闻的那些具体事实的描绘，只用"噩梦""恐怖"这两个本来就是惊人的可怕的词语，而挂在"悬崖"上的"噩梦"，则更使人感到绝望和恐怖。诗人想象奇特，形象地展示出了祖国当时危险的处境，可以说是极富表现力。而"我追问青天，逼迫八面的风"，"拳头擂着大地的赤胸"等夸张的诗句，更是"意新语工，得前人所未道"的警句。这种精警动人的诗句是诗人目睹奸贼窃国、外侮日逼，以深广的忧愤凝成的结晶，它绝不是一般思想空虚者刻意求工、故作奇突之笔所能比拟的。结尾两句，又进一步地突出和深化了诗人的爱国主义思想，于失望和愤懑中升腾起一种对祖国的执着和忠贞的爱。作品层层深化地写出失望痛苦，是为突出表现一个"爱"字，爱得愈深，痛苦愈切。极端的痛苦造成肝肠寸断，把心也要吐出来，但即使这样，祖国中华依然在我心里。这是多么强烈而真挚的爱国之情！

　　这首诗既具有屈原以来的古典浪漫主义诗彩的传统特色，又表现出诗人闻一多的鲜明个性。诗中的"我"就如我国古代伟大爱国诗人屈原、陆游一样，驰骋着浪漫奇幻的想象，执着地寻求着、寻求着。然而，由于时代和认识上的局限，由于当时的现实是如此浓黑，因此"总问不出消息"，这是可以理解的。诗人哭啊哭啊，把心都呕出来了。他终于"发现"："我的中华"就在"我的心里"！诗人闻一多寻求的是祖国的独立、自由和幸福。"在我心里"这个结尾，出人意料，而又入情入理，可谓辞警意半，全诗前后呼应，一气呵成，逐层递进，立意不凡，见出了诗人艺术上的功力。这首诗抒发的绝不仅仅是个人的休戚，而是蕴藏于诗人胸际的忧国忧民的情绪。透过字里行间，我们看到了诗人水晶一般纯洁明亮的内心世界，火一般燃烧的爱国热情。正像诗人在评论屈原《离骚》时所说，他把"个人的身世，国家的命运，变成哀怨和愤怒，火浆似的喷向听众，炙灼着燃烧着千百人的心……"

　　这首诗艺术构思和表现也独具特色。它以"发现"为题，但所发现的客观内容，几乎没有什么静态描写，而是紧紧抓住客观现实所激起的主观感受这个环节，着重表面冲出闸门的感情波澜不可遏止的倾泻，在诗情上肆意渲染，而不把重点放到写实方面去，如果正面展现"发现"的内容，十几行诗的短小篇幅，不仅无法容纳"发现"的全貌，而且整个作品的抒情气氛必将受到损害。一首短小的抒情诗，作这样的处理，是匠心独具的。

原载《机关青年》（1987年2月）

宁馨的天籁

——试论痖弦的怀乡诗

诗坛"老顽童"张默先生曾经谈到痖弦先生的诗极有戏剧性，这是许多论者都有的共识。窃以为，与戏剧性相对应，痖弦的诗还有极强的自然性，他的一些诗作，仿佛一曲曲宁馨的天籁，令倦于而又不得不奋力遨游于世俗名利的我辈，情不自禁地躲入这诗的桃花源，浸沉于优美自然的境界，久久不忍离去。虽然他的诗写于三四十年前，但在生存竞争日益加剧的今天，读之，倍涌珍惜之情，诗的艺术魅力丝毫未减。

我以为，《土地祠》是其中最为优秀的一首。土地祠（我的家乡叫"土地庙"）大概是除了人类的住宅之外乡村较为常见的一种建筑物了。在乡村的大小路边，随处可见低矮简陋的土地庙。这首诗归于《战时》这一辑，但仅"酒葫芦在草丛里吟哦"一句似有战乱的意味，从"他这样已经苦笑了几百年了"一句，可见并非指某一特定的战时，更多是一种自然的变迁。但无可否认，"战时"这一时间概念经常在痖弦的诗中出现，因为诗人最为珍贵的青少年时期，他走向社会的脚步是一步步踏着战乱的烟尘，战争已经成为他人生中最为重要的一个生命信号，成为一个恒定的伤痕，在灵感涌动的时候也随之涌动。但我们在解读他的作品时，却不必过于去坐实那一时间概念。而且，诗无达诂，品诗人的理解，或许会得出与诗人的初衷完全不同的结果。这也是艺术欣赏中难以避免的。

《土地祠》一诗，营造了浑然一体的自然氛围。

> 远远的
> 荒凉的小水湄
> 北斗星伸着杓子汲水
> 献给夜
> 酿造黑葡萄酒

　　　　　　夜

　　　　托起蝙蝠的翅

　　　　驮赠给土地公

　　"小水湄""北斗星"与"土地祠"本是风马牛不相及的，但经诗人这么一串连，夜就成为一个浑然的整体了，而且有色有香有味，给人以可见可触可亲之感。这是由辽阔广袤渐而具体的转捩。

　　　　在小小的香炉碗里

　　　　低低的陶瓷瓶里

　　　　酒们哗噪着

　　　　待人来饮

　　北斗星是不可能有什么动作的，但因其形状像一把杓子，而星星照耀的天空湛蓝如水，于是便有了北斗星伸着杓子汲水的想象。汲水干什么呢？原来是供给夜酿造黑葡萄酒的。在诗里，夜成了酿酒师，以及酿造黑葡萄酒等想象，与夜景十分贴切，而且饶具情趣，写尽了夜的芬芳。酒装在碗里或瓶里本是静止不动的，但诗人偏偏要说它们在哗噪，反衬出这里极度的静寂。

　　　　而土蜂群只幽怨着

　　　　（他们的家太窄了）

　　　　在土地公的耳朵里

　　　　小松鼠也只爱偷吃

　　　　一些陈年的蜡烛

　　　　酒葫芦在草丛里吟哦

　　　　他是诗人

　　　　但不嗜酒

　　土地公是那么的寂寞，只有土蜂们陪着他；土蜂们满怀幽怨，因为他们只能借土地公的耳朵栖宿。已经许久没人上供了，小松鼠也只能偷吃陈年的蜡烛，酒葫芦被抛在草丛里无人过问，诗歌失去了灵魂，"酒们哗噪着"，渴望有人来饮。

　　在这样亘古的寂寞中，"土地公默然苦笑/（他这样已经苦笑了几百年了/自从那些日子/他的胡髭从未沾过酒/自从土地婆婆/死于风/死于雨/死于刈草童顽皮的镰刀"，将泥塑木雕的土地神赋予人类的情感。史载，晋文公重耳流亡时，向老百姓乞食，老百姓自己都没有食物，便戏弄似的塞给他一块泥巴。重耳转怒为喜，叩拜感谢上苍——因为土地是生命的载体，是生命得以延续的根本啊，在统治者眼里，又是统治权力的象征！所以土地历来在人们眼中就是十分神圣的，因此老百姓专门想象了土地神，并为之立祠世世代代祭祀之。在诗人眼里，土地神并不是泥雕木塑、冷漠无情的神偶，而是同样有着人气，有着与人类相同的思想感情。土地神还分为土地公公、土地婆婆，他们相亲相爱，因为土地婆婆的去世，土地公公倍感孤独，就那么一直默然苦笑。

这首诗为我们描绘了这样一幅情景：野旷天低、星垂原野，一座破败的土地祠孤零零地矗立在那里，瓷酒瓶歪倒着，香炉碗早已因没有人来上香因积上了一些烛渣灰尘；土蜂群栖息在土地公公的耳朵里，嗡嗡嗡地闹个不停；蝙蝠们在夜里飞来飞去，没有谁来打搅它们；小松鼠睁着十分警醒的小眼睛，骨碌碌转个不停，悄悄地偷食以往残剩的烛渣；由于战乱，再也没有人来上香，甚至连刈草童的镰刀也是遥远的往事了；荒草萋萋，酒壶歪倒在草丛里；夜晚的岚气悄悄地弥漫，草尖上滴下粒粒晶莹的露珠，那是大自然的醇醪，可是却没有谁来饮取，虽然不免让人感到凄清，但却给人以悠然深厚、葳蕤蓬勃的原始生命力的感觉，使人体味到生命存在的伟大。

相较之下，由于在语言方面更多地结合了民歌的技巧，《红玉米》一诗的情调更加动人：

> 宣统那年的风吹着
> 吹着那串红玉米
>
> 它就在屋檐下
> 挂着
> 好像整个北方
> 整个北方的忧郁
> 都挂在那儿
>
> 犹似一些逃学的下午
> 雪使私塾先生的戒尺冷了
> 表姊的驴儿就拴在桑树下面

犹似唢呐吹起
道士们喃喃着
祖父的亡灵到京城去还没有回来

犹似叫哥哥的葫芦儿藏在棉袍里
一点点凄凉，一点点温暖
以及铜环滚过岗子
遥见外婆家的荞麦田
便哭了

就是那种红玉米
挂着，久久地
在屋檐底下
宣统那年的风吹着

你们永不懂得
那样的红玉米
它挂在那儿的姿态
和它的颜色
我的南方出生的女儿也不懂得
凡尔哈仑也不懂得

犹似现在
我已老迈
在记忆的屋檐下
红玉米挂着
一九五八年的风吹着
红玉米挂着

　　这首诗写于1957年底，这时诗人离开大陆家乡已经接近19年，离别故乡、父母兄弟姐妹的相思，长期煎熬着他，故乡广袤的原野、厚实的庄稼，一草一木、一事一物，生动地回荡在心里，默默汇成一股汹涌的暗流，随着时日的流逝，常常涨潮，一浪高过一浪，终于冲破理智的堤岸喷涌而出。《红玉米》就是这样的产物。由于长时期的积郁，诗人已经学会克制、学会忍耐，以及其他个人的修养、感情表达方式，对于喷涌的技巧有着精心的选择，不是像一般的此类诗那样直抒胸臆，声嘶力竭，看似感情充沛强烈，实则言尽意尽，一览无余。思乡情的汹涌与波动燃亮了他童年时候对于红玉米的深刻印象，一下子抓住了红玉米作为思乡情的凝聚物，唤醒了童年时候的记忆，包括趣事、新奇见闻、顽皮的情节等等。于是乎，孩童逃学后去逗表姊拴在桑树下的驴儿，先生很想用戒尺教训他们却抓不到他们，无奈其何的尴尬样；祖父去世时道士的锣钹唢呐，却也迎不回远逝京城的祖父的亡灵，在孩子眼里，祖父却只是出远门还没有回来；葫芦儿藏在棉袍里，滚铜环等生活细节……都像电影一般，在记忆的荧屏上一一展现出来，最终却定格在挂在屋檐下的一串红玉米上。女儿没过过那样的乡村生活，当然不懂得父辈的乡思，凡尔哈仑是外国诗人，由于文化的阻隔，对中国农村的苦难当然更不会产生什么印象。这是属于有痖弦那种经历的整整一代人内心的伤痛啊，作为创作题材，又是诗人的一种财富。这首诗有一个令人疑惑的地方，即诗的写作时间是一九五七年十二月十九日，末尾却写着"一九五八年的风吹着"，难道诗人记错了日子？显然不会！难道诗人对时间可以有超前性？我们可以想象得到，虽然一九五八年尚未到来，但诗人已经明显意识到随着时日的增多，这种乡情只会有增无减，不但会继续延续下去，而且会变得更加炽烈，看似一个时间错误，实则暗含深意。这样的不合理，在诗歌中是完全允许的，而且能够创造一种独特的艺术效果。

　　　　　　　　　　　　原载《理论与当代》（2012年6期）

王启霖烈士及其文学作品

在无数的中华英烈中，有一个熠熠生辉的名字珍藏在贵州人民的心中，他就是王启霖烈士。王启霖作为中国共产党的一名优秀的战士形象，在人们记忆中萦回不灭；王启霖和刘家祥伉俪情深、革命同心曾传为佳话，但王启霖作为一个无产阶级革命现实主义的作家，在极其艰难的条件下创作的一些作品，却鲜为人知。

王启霖（1915—1949）在贵阳一中度过了他的中学时代，毕业后，在广东中山大学读了一年化工系，1935年东渡日本，在东京自学文学。七七事变后，他为了抗日救亡，回到故乡，1938年入党，与著名作家蹇先艾等一起编《贵州晨报》副刊《每周文艺》，并负责中苏文化协会贵阳分会、全国文艺界抗敌协会贵阳分会、贵阳战时科学座谈会、宪政促进会、沙驼话剧社、筑光音乐会等进步群众组织的领导工作。他因被列入国民党黑名单而不得不在1940年秋天离开贵阳，参加了新四军。皖南事变后，又经香港，回西南各地奔波。他一面教书，一面积极从事革命工作，1949年不幸被捕，被国民党反动派杀害，牺牲时年仅34岁。

从回国抗日到被捕牺牲的10多年里，王启霖在参加抗日救国和反内战、争民主的斗争的同时，从事写作。他以文艺创作来反映具有时代特点的生活与斗争，为抗日救国、为人民解放事业作出贡献。

王启霖虽然是在风华正茂的年龄就为革命捐躯了，但他从事写作的时间却在10年以上。他在《文艺阵地》《文学日报》《野草》以及《广西妇女》月刊发表过一些短文，其中有讽刺蒋介石的童话《皇帝的巡礼》，有为国统区被压迫妇女呐喊的《迫害》《告密者》《朋友，伸出你强力的手吧！》等。此外，他还在1941年至1942年写了揭露皖南事变真相的长篇小说《煎》，1943年至1944年写了反映贵州彝民生活与斗争的长篇小说《四围山色中》，1945年至1948年写了青年师生同封建反动势力作斗争的中篇小说《狂雨》。

王启霖以上作品，反映出他政治上已不只是一个爱国青年作家，而是一个代表着被压迫的无产阶级的革命作家。这从他写的《迫害》、《告密者》和《四围山色中》可以明显看出。

王启霖的创作，是他深入生活的产物，也是他顽强战斗的结果。他的长篇小说《煎》和中篇小说《狂雨》的创作过程中，充分证明了这一点。

1940年秋，王启霖和爱人刘家祥为了去抗日前线，离开贵阳，11月到新四军一方，被分配在军政治部文化小组与何士德、任光等一起工作。不久，国民党反动派背信弃义，勾结敌伪，制造了震惊中外的皖南事变，在残酷的炮火中，他们顽强地战斗，突围时被俘，后来在战友和当地群众的救援下，幸免于难，历尽艰辛，回到广西桂林。他们脱险后，首先想到的不是新婚不久的小家，而是尽快提笔揭露国民党蒋介石制造的皖南事变真相。当他们知道桂林难以实现这一愿望时，不顾刚脱险归来的旅途疲劳，毅然去香港。

当时桂林与香港虽然通船，但船票却掌握在国民党特务手中。为避开特务追踪，王启霖化名为王慰民，从陆上长途跋涉。当年粤桂道上，交通阻塞，没有直达的火车和汽车。王启霖不论乘车、坐船或步行，都在构思创作和打腹稿。一到香港，找到栖身之所后，就日夜疾书，仅用不到半年的时间就写出了大约33万字的反映皖南事变的长篇小说《煎》。

1943年夏，王启霖离开桂林赴重庆，先后在南岸民兴中学和乡村建设学院任教。1943年夏，他根据自己在中学任期间亲身经历的青年师生遭迫害，教育事业遭摧残的事实，着手写作中篇小说《狂雨》，用他自己的话说："在事变中，我便蓄意提笔了。"但因生活极不安定，没有写成。不久抗战胜利，人们怀着胜利的喜悦和希望，希望胜利带来光明。但国民党蒋介石坚持内战、独裁、反共、反人民，对青年学生的镇压与摧残也变本加厉。在这样残酷的现实生活中，王启霖"再生活、再思想，封建势力的温床可捣毁，教育可曾有些儿新生？"事实回答说："没有。"于是，他又在工余时间和无数不眠之夜，奋笔再写。经历了3个月时间，抄送给某杂志，不幸又被朋友遗失。

1947年夏天，国统区各地反内战、反饥饿的学生运动蓬勃开展，国民党蒋介石政府在一些大城市大肆逮捕进步师生，重庆也发生了著名的"六一"大逮捕，这时王启霖在乡建学院任教，也因参与领导学生运动被捕，经营救获释。

据林辰同志回忆，1948年夏天，王启霖突然来到重庆，和他一道住在张家花园，每天一早，便夹着《狂雨》底稿，来到罗斯福图书馆（后改名西南人民图书馆）作第二次整理修改，直到黄昏后才回去吃饭。这样日复一日，经过大约一个月，将《狂雨》改好，抄完，亲自装订成册，交林辰同志，请他设法联系出版，但当时没有适当机会，直到新中国成立后，即收入林辰主编的一套文学丛书中，1951年8月由上海华东人民出版社出版。此时，王启霖已牺牲两年了！

王启霖的遗作虽然不多，但作者在短暂的创作生涯中所表现的美好心灵和坚毅顽强的战斗精神在其作品中表现出的鲜明的革命现实主义色彩，将光照人间。

原载《贵州日报》（1997年2月）

第二部分

比较与探索

论中西艺术观之差异

　　近年来，理论界在中西文化的比较研究方面取得了显著的进展，研究者从文学、绘画、音乐等具体门类到综合性的艺术观或美学观，从创作实践到理论体系等多种不同的角度，提出了不少值得注意的问题，出现了异同的对比研究。

　　然而，许多文章尚停留在一般地指出异同现象上，没有去挖掘这些异同现象背后的深刻原因，即回答为什么会出现这种现象。诸如西方文学重摹仿，中国文学重抒情；西方绘画重写实，中国绘画重写意；西方美学传统强调再现，中国美学传统突出表现，等等。但要进一步追问为什么，就不是那么了解了。泰纳的"种族加地理"的模式已显得陈旧。有些文章虽试图从新的高度来解答问题，但不是失之片面（如用中国书法的独特性来说明中国绘画美学的独特性），就是流于一般化（如简单地把中西艺术的不同面貌归因为社会制度、民族传统或心理结构等），尚不能从根本上说明问题。症结就在于，造成中西美学观根本分歧的各自的民族思想传统和文化心理结构究竟是如何产生和形成的？本文拟就此做一尝试性探讨。

一、"早熟的儿童"与"正常的儿童"

　　黑格尔曾把世界历史比作人的一生，把从自在到自为的发展看作人的成熟标志，并以此来区别东方和西方，认为东方人是尚未达到自我意识的小孩子，他断然声称："东方人还不知道，'精神'——人之所以为人的本质——是自由的。唯其如此，这一个人的自由只是放纵、粗野、热情和兽性冲动，或者是热情的一种柔和驯服……"[1] 在黑格尔看来，首先是在希腊人那里才有了人的自我意识，所以他们是自由的，而普遍的自由是在近代日耳曼民族中才得以实现的。根据这种先验的武断程式，黑格尔志得意满地构筑起他那庞大的历史哲学体系：人类自我意识的行程被描绘为自东向西的地理转移，各民族自我意识的独立的历史发展变成了意识本身的自我发展和自我外化。于是，深刻的辩证发展的思想就被体系的需要和欧洲中心的民族偏见所窒息了。

我们不妨拟想一下：自由的希腊人在艺术上反而不自由地摹仿自然；不自由的中国人在艺术上却主张自由表现。

如此颠倒的命题能够成立吗？

问题的提法本身已经逻辑地暗示我们将要探究的方向：既然结果已经毋庸置疑，那么差错只能在前提中去寻找。于是，我们就有了同黑格尔完全相反的新命题：中国人比希腊人更早达到了自我意识，更早完成了从自在到自为的转变。

诚然，单单从形式逻辑中推出这一命题是远远不够的，关键的是历史的客观实际情况如何。马克思分析古希腊神话的一句话也许对我们不无启示："有粗野的儿童，有早熟的儿童。古代民族中有许多是属于这一类的。希腊人是正常的儿童。"[2] 且不论马克思是否曾受到黑格尔的欧洲中心论的影响（如果他把中国人归入"粗野的儿童"一类，那么答案就是肯定的了），仅就"早熟"与"正常"的区分来看，标准应是相对的：若立足于"古代民族"——东方世界，把中国人视为正常的儿童，那么希腊人则是"晚熟"的儿童。这里我们不妨沿用马克思的标准，把中国人看成早熟的儿童，所谓早熟，可以有两种衡量尺度，一是成熟年代的先后，一是成熟程度的高下。按照前一尺度，则埃及、巴比伦、印度、中国都可以说比希腊早熟；但若按照后一尺度，即某种文明最初的文字记载中所表现出来的自我意识发展的程度，则大概唯有中华民族才称得上"早熟"。

"在人面前是自然现象之网。本能的人，即野蛮人没有将自己同自然界区分开来，自觉的人则区分开来了。"[3] 中华民族之所以是早熟的人类儿童，因为它在最初的形成时期就已表现出一种高度自觉的主体意识，并因此而逐渐发展起一种以人为中心的主体世界观，这不仅同希腊思想相比是异常鲜明的，而且同

[1]　黑格尔：《历史哲学》，九州出版社2011年9月版，第56页。

[2]　《马克思恩格斯选集》第二卷，人民出版社1998年版，第114页。

[3]　列宁：《哲学笔记》，人民出版社1998年版，第173页。

东方其他民族相比也是独具一格的。中国艺术的独特风貌正是深深地植根在这种主体思想的基础上，中国的传统美学观正直接导源于中华民族儿童时代的"早熟性"。同理，西方传统的艺术和美学也完全可以归因于希腊人早期的世界观以及由此带来的思想传统。

这样，我们不得不把考察的着眼点放到几千年以前，做一番溯源求本的探究和追寻。

二、中西神话对比的启示

写哲学史的人往往从最早的哲学家下笔，但是，哲学、艺术作为独立的意识形态形式是从远古的混沌思想中脱胎而来的，用马克思的话说，古佣工的哲学"没有前提就不行"。这前提就是原始宗教和神话思想。神话作为民族自我意识的萌芽对本民族后代思想影响极大，故鲁迅有"不知神话，即莫由解其艺文"之说，马克思亦有希腊神话是希腊艺术的"武库""土壤"和"前提"之论。因此，对中西古代思想渊源的探究应从中西神话的对比肇始。

1.中国神话——主体思想的源头。

中国神话以其独立于世界民族之林的主体精神和英勇气概铸成了中华民族的精魂。遗憾的是，这一稀世珍宝的世界意义始终未能引起我们足够的重视。

同其他民族的神话相比，中国神话中神性的成分最少，人性的成分最多；表现人如何受外在自然威力的奴役和压迫的成分少，表现人的劳动生产活动即如何征服自然、战胜自然、自由地驾驭自然规律为自身服务的内容尤为突出。"炼五色石以补苍天"的女娲，"御西山之木石以堙于海"的精卫鸟，英勇不屈地与太阳竞走的巨人夸父……都是自觉地把自己同自然界区别开来、同自然神力相对立相抗争的主体意志的象征。在这里，已经不是原始宗教自然崇拜中常见的渺小无能的人在庞大的神秘力量威压下感到惊恐和屈服，而是以自身的能动性向大自然做不屈不挠的斗争的人类意识觉醒。

太阳作为自然宗教的直观对象，在世界各民族受到普遍的膜拜，我国古代也有"以日光百神之主（《礼记·祭义》注）的记载。但远古英雄羿竟能无所畏惧地向这位最高的神主抗战。这一神话显示出来的已不仅仅是一种征服自然、主宰自身命运的愿望了，它更深刻地表达了人的主体意识的现实化。"这种主体不是单纯地在自然的、自发的形态之下，而是作为支配一切自然之力的活动出现在生产过程里面"。[1]

人们把中国神话叫作"人话"，实在是抓住了特质，在人与自然，人与神的对立中，起决定作用的是有目的、有意志、有能力的人。人是主体，意味着他是外在世界和自身命运的主人。在希腊神话和希伯亚神话中最常见到的那种由神来主宰人、戏弄人、惩罚人，乃至毁灭人类的内容在中国神话中很少出现。

2.希腊神话——自然人神一体观的滥觞。

相对来说，希腊神话产生的年代晚于中国，但其体系之严整、内容之丰富、故事之生动、保存之完备都优于中国神话。然而，希腊神话中所表现的人类自我意识的程度却明显低于中国神话，在那里更多地带有从其母胎"古雅利安人的自然崇拜"中孕育出来的原始宗教色彩。希腊神话有一主导思想，即承认在人和世界之外存在着一个异常强大的主宰力量。神和神所代表的宇宙必然性决定着世界的生灭、人类的祸福和民族的兴衰。人是由神造成的，并始终处于神的庇护关怀之下，而神对人的保护责任是以人对神的绝对服从为前提条件的。这种人神关系表明在外在自然力（神是其代表）面前人还未达到普遍的自我意识。在全能的宙斯统治之下，动辄得咎的人还谈不上真正人的资格和尊严。人只能宿命地听任自然必然性的安排和驱使。

同是有关太阳的神话，希腊的法厄同之命运既无夸父那种悲剧性的崇高，更无羿那种顶天立地的雄伟气魄。这个人类的儿子企图僭越神的权力去驾驭一天太阳车，结果受到自然力的残酷惩罚。

当然，希腊神话中也有一些反映人类征服自然的主体精神的内容，不过同中国神话相比就大为逊色了。希腊神话中主体意识的最佳代表当是从天帝宙斯那里盗火给人类的普罗米修斯。但这位反抗者最终还是被钉在山崖上，被宙斯派来的鹰昼夜啄食他心肝。他留给人类最后的话是："无论谁，只要他学会承认定数的不可动摇的威力，便必须忍受命运女神所判给的痛苦。"[2] 这种以反叛始以忏悔终的神话非但难以启迪主体思想，反而会导引人安于自然命运，俯首帖耳地服从神意。实际上，对前期希腊思想产生影响的不是埃斯库罗斯在悲剧中改造了普

[1] 马克思：《政治经济学批判大纲》，人民出版社1958年版，第3分册，第250页。

[2] 马汉亭、李黄若：《古希腊的神话和传说》上册，人民出版社2010年版，第11页。

罗米修斯,而恰恰是神话原型中的普罗米修斯。

与此相类似的中国神话《鲧禹治水》在主体精神方面无疑要强烈得多了。面临自然力的巨大危害——洪水,"鲧窃帝之息壤,以堙洪水,不待帝命。帝令祝融杀鲧于羽郊",然而鲧死了三年尸身不肯腐烂,又从肚子里化生出后代禹来继续治水功业。这种生生不息、宁死不屈的顽强斗争意志,这种战胜自然征服死亡的主体精神比起普罗米修斯,实在是有过之而无不及。

洪水神话在世界五大洲的许多民族中都有着,但像鲧和禹这样以人类征服自然为结局的实不多见。见于《旧约·创世纪》中的希伯来神话在把洪水的起因归结为上帝对人类的惩罚;希腊的洪水神话也同样是这种无可奈何的基调:"所有的人都被冲击,那些幸免的也被饿死在荒芜的山上。"只有两个最敬畏神祇的善人活了下来,他们相对而泣,完全被自然力和神吓倒了。

不难看出,希腊神话把自然力当成神的意志和力量,而人则是神按照自己的形象造出来的二等生物,人顺从神意则吉,违抗神意则凶,人还根本无法掌握自然以及自身的命运。这一切都是带有宗教色彩的自然神人一体思想的反映,正是这种思想为早期希腊哲学奠定了基础,无形中支配着哲学家的玄思和艺术家的想象。

如果说希腊众神直到公元前五世纪雅典奴隶制民主时期才在悲剧之父的《普罗米修斯》中"悲剧式地受到一次致命伤",[1] 那么,中国的天帝神灵早就在纪元前两千年的无数民间神话中喜剧式地失去了神圣的灵光,可惜黑格尔那包容东西方宗教和神话的美学史竟无一字涉及中国神话,假如他多少了解一些的话,恐怕就不会断言东方有没有自我意识了。

3.几点启示。

在中国神话中蕴藏着光辉的主体思想,作为民族性格和民族心理结构的最初的积淀,给后世的整个中国思想文化发展奠定了不可动摇的基础。中国神话的思维形式作为从自然宗教思维形式到人为宗教思维形式的过渡阶段。打碎了自然崇拜的圣物,削弱了天帝神灵的权威,从而有效地塑造了中华民族非宗教的思想方式。尽管由于没有文字及时记载而大量散佚,并且在奴隶制国家强大的宗教意识(殷商的鬼神观和西周的天命观)排挤下暂时退居后场,但散见在先秦典籍和诸子文献中的片段记载足以证明这一精神遗产非但没有灭绝失传,反而极其广泛地

[1] 《马克思恩格斯选集》第二卷,人民出版社1998年版,第114页。

流传于社会各阶层之间。中国神话以最为振奋人心的直观形式让人类观照自己的本质力量，确证自己的价值和尊严，唤起对生命的创造的反省思考，在启迪无神论的世界观、形成主体哲学传统等方面，发挥了不可替代的积极作用。

基于对中西神话不同面貌的认识，我们才能深入理解，为什么"在希腊，思想史上起点的思想家，例如泰勒士，一开始便提起了宇宙根源的问题，与此一问题和平行，也从事于自然认识的活动。但是，在中国，思想史起点上的思想家，不论孔子和墨子，其所论究的问题，大部分重视道德论、政治论与人性论；其所研究的对象也大都以人事为范围。"[1]

从上述认识出发，我们还可以进一步体会，为什么中国哲学传统始终不脱离主体去考察客体，儒道两家或主用世或主出世，但都以天人不二为其基础信念；而西方哲学直到近代以前总是在客体与主体之间、物质与意识之间摇摆和徘徊。为什么在中国，尽管有历代统治者的竭力倡导，天命观仍然不断地遭到怀疑和否定，人为宗教更一直无法在九州大地站稳脚后跟；而希腊哲学家却基本上笼罩在一层"神意"的迷雾之中，乃至亚里士多德那样通达的大哲学也还把宇宙第一推动力归之于神。一旦犹太教借罗马东侵之力传入西土就能生根和滋长，形成基督教神学的千年巨树。

有了以上粗略的但又是必要的探源性思考，再蓦然回首来考察中西艺术观分歧的原因，似乎可以像盘庚那样叫一声"予若观火"了吧！

三、自然观与艺术观

相传古希腊第一位哲人泰勒士在仰观天象的时候不小心掉进了井里，因而受到女仆的嘲笑。这个故事的象征意义在于，智者之所以见笑于愚者，是因为他在专心致志于外在自然的观照时完全忽视了自身生命的自然，从而显示了迂腐的一面。由这位始祖所开创的希腊哲学的特质，于此可见一斑。它同中国哲学自然观中那种"仰观天俯观人""近取诸身，远取诸物"的认识思想断然两途。无怪乎在中国不是愚者笑智者，恰恰相反，倒是智叟愚公。而正是这位愚公的那种以人自身的能动的自然力之延续（子子孙孙无穷匮也）来战胜外在的自然客体（王

---

[1] 侯爱庐、赵纪彬、杜国庠：《中国思想通史》第一卷，人民出版社1957年版，第131页。

屋、太行二山）的坚定信念和执着行动，用十分纯朴的寓言形式象征着炎黄子孙们高度自觉的主体自然观。以下我们分别从中西两种不同的哲学自然观入手来研讨一下艺术与哲学的本质联系，从而确定不同艺术观的理论基础。

1.从自然哲学到摹仿美学。在古希腊，哲学一词与科学同义，都是指研究自然现象的智者之学。可以说，希腊哲学基本是一种自然哲学。起源于希腊，尔后雄霸西方艺术史两千年的"摹仿自然"美学观，与这种自然哲学有着极为深刻的内在联系。

马克思指出，古代世界起源于自然，起源于实体的东西。希腊神话中已有探求世界物质本源的倾向，如认为万物始于土、石头、火或混合物等。希腊哲人继承了这一传统，力图从自然物质中找出一种变化生成万物的始基。他们大都在《论自然》这个相同的题目下做文章，逞才思。泰勒士写道：水是万物的始基，世界是有生命的，并且充满了神。[1] 阿那克西曼德提出了不同看法，认为世界始于一种不固定的"无限"。此时关于本源和始基的争论空前激烈起来，直到德谟克利特的原子论，争论才暂告一段落。人们只注意自然物，相对忽略了观察自然的人本身。人作为能动的主体只是在苏格拉底那里才真正成为自我认识的对象。在此之前，人始终淹没在自然之中，消融在客体宇宙中。

Physis一词原指植物的自然生长，后来引申为人性的概念，因为在古代哲人看来，人生于太阳、空气或土地、石头，就像植物从土壤中发育一样，是同一种自然本性的表现。人体则又被看成是与大宇宙具有相同的组合因素和形成过程的小宇宙。因此，无所谓产生，也无所谓消灭，一切都是自然元素的化合分解而已。这样一来，人类的进化生成被当成了物理组合，有意识有目的有自由能动性的人被看作是气、水、火、土的特殊存在形式，主体与客体尚未分开。

不仅如此，对人及世界的自然主义解释同时受到唯神主义的局限。普遍流行的物活论把自然看成是有神性有灵魂的存在。米利都学派观察自然的方法本身就包含着一种形而上学的神性观念，它不仅极大地影响了整个希腊思想和社会心理，而且在八九百年以后为基督教的精神统治及其巩固的持续发展提供了潜在的哲学心理学基础。23岁的马克思在他最初与神学世界观统裂之际激烈地写道："不应该有任何神同人的自我意识并列。"他认为希腊化到罗马时期的伊壁鸠鲁

---

[1]　北大外国哲学史教研室：《古希腊罗马哲学》，商务印书馆1961年版，第3、112页。

和怀疑派们才是"自我意识哲学家"。

人把自然（或神）奉为永恒的导师和智慧的无穷之源，相应而来的就是对人的主观、理智和能动性的贬低。赫拉克利特说："智慧就在于说出真理，并且按照自然行事，听自然的话。"亚里士多德认为："自然比任何技艺更精确更好。"建立在这种自然观基础上的美学思想，若不是"摹仿自然"说又有是什么呢？

在赫拉克利特看来，美是和谐，最初的和谐是自然中的对立物造成的，艺术中的和谐"显然是由于摹仿自然"。在德谟克利特那里，摹仿说又从艺术起源论的角度获得了证实："在许多重要的事情上，我们是摹仿禽兽，做禽兽的小学生的。从蜘蛛我们学会了织布；从燕子学会了造房子，从天鹅和黄莺等歌唱的鸟学会了唱歌。"[1] 若不是站在现代仿生学立场来看这段话，那么它简直把人降为物了，这里完全忽略了人类主体实践活动所特有的那种"处处都把内在尺度运用到对象上去"的能动性，从而把人的物质和精神生产归因为对动物那种"只是按照它所属的那个种的尺度和需要来建造"的机械摹仿了。

可以看出，早在亚里士多德一百多年前，摹仿自然的美学观已经牢固地扎根在希腊人心中了。实际上这位被公认为摹仿说鼻祖的哲学家同他的老师柏拉图之间论争也不过是"摹本的摹本"与"摹本"之争而已。亚里士多德本人的独特贡献无非是用对当时已相当发达的各种艺术实践的总结来充实和发展前人的摹仿说，构筑起一个包罗"史诗和悲剧、喜剧和酒神颂以及大部分双管箫乐和竖琴乐的艺术理论逻辑体系。这样看来，当亚氏《诗学》在中世纪埋没千年之时，西方艺术的基本倾向仍不背离摹仿轨道，就不难理解了。

2. "制天命而用之"与"抒情言志"说。汉民族的远祖同世界各族一样，在原始社会中自发地形成以自然崇拜、祖先崇拜为主要内容的原始宗教。但由于后来出现的以主体思想为突出特征的大量神话的长期流传和影响，自然崇拜在日益觉醒的族类意识的冲击下逐渐从根本上动摇了，因而不能像祖先崇拜那样在以后的社会发展中延续下来。虽然在奴隶社会建立以后的数百年间，鬼神天命观念作为王权的精神支柱而盛行一时，但一旦统治阶级上层建筑的核心——政治发生危机，就必然相应地导致天命观、宗教观的破产。

从西周出现的"天命靡常"的怀疑倾向和《诗经》中对"其命多辟"的上

---

[1]　北大外国哲学史教研室：《古希腊罗马哲学》，商务印书馆1961年5月版，第3、112页。

帝的大胆诅咒，到春秋之际"民，神之主也"（《左传》桓公六年季梁语，僖公十九年子鱼语）的普遍觉醒；从子产"天道远，人道迩"的划时代命题，孔子"敬鬼神而远之""未能事人，焉能事鬼"的重要思想的提出，到战国时期屈原《天问》的怀疑论、荀子"从天而颂"不如"制天命而用"的无神论以及韩非子"缘道理以从事者无不能成"的事在人为的命运观，充分体现出汉民族非宗教思维传统的历史恒定性。

与希腊相比，中国哲学在其最初的启蒙时期就发展起一套不脱离主体的自然观点。它所强调的不是人与自然、人与兽相同的一面，而是普遍性的人禽之辨，突出人作为人超出自然的本质以及人在自然和社会事物中的决定作用。由此形成的哲学传统总是"究天人之际"（《史记·自序》）而不是离开人去谈天，要"知天之所为，知人之所为"（《庄子·大宗师》），天即自然。《庄子·秋水》中有如下对话："曰：何谓天？何谓人？""北海若曰：牛马四足，是谓天；落马首，穿牛鼻，是谓人。"这里，自然的必然性与人的自由本质区分得何等鲜明，同那种把人性概念混同为自然概念的希腊客体哲学相比，孰优孰劣，自不待言。董仲舒曰："天地人，万物之本也。天生之，地养之，人成之。离了人则万物无以成。"用现代语言来说，离开了人，就没有自然万物存在的意义和价值，就没有了思维和存在的关系。

在希腊，只要洞悉了自然的奥秘就可知人的奥秘，在中国则恰恰相反："尽其心者，知其性也；知其性，则知天矣。"《孟子·尽心》）由此引申出来的"天人合一"说实与希腊"神人同形"说大异其趣。"人能宏道""万物皆备于我"，从这种主体性自然观中必然推导出人在宇宙中的地位和作用的人道主义思想。虽然先秦诸子在本体论、自然观方面不尽相同，但其基本精神却是面向人自身，而非单纯地求取自然知识。由这里生发出来的艺术理论的立足点，当然不在自然而在人本身。"诗言志，歌永言，声依永，律和声。"（《尚书》）"人禀七情，应物斯感，感物吟志，莫非自然。"（《文心雕龙·明诗》）"诗之作，与人生偕者也。人函愉乐悲郁之气，必舒于言……"（《苏舜钦集·石曼卿诗集序》）在此所揭示出来的理论价值似不亚于托尔斯泰"艺术起源于人的感情之表达"说了。

艺术的本质既然是人的内在情感的外在表现，那么，艺术所追求的真实也必然首先是艺术家本人情感的忠实，"情动于中"就成为审美活动的准则性前提。

所谓"修辞立其诚""实诚在胸臆，文墨著竹帛"（《论衡》）都是针对创造主体的要求，而不是对客体对象的要求。真正美的艺术品，不论是一首绝句，一幅山水画，还是一页书帖，并不在于追求酷似客观外物，而首先要求这种主体人格的象征，自由精神外化、豪宕之气充溢。

总之，不是作为客体的自然要求人去表现它，而是作为主体的人要求得到表现，这就是以各自不同的哲学自然观为基础的中西艺术观的根本分歧之一。

关于中西不同的社会观及其对艺术观的影响，中西艺术观随着艺术实践的发展而渐趋融合（主要表现为西方艺术越来越背离模仿而趋向于表现）等问题，限于篇幅，俟另文探讨。

原载《福建论坛》（1988年1期）

灵魂的腐蚀、毁灭与更新

——赵惠明与陈白露之比较

　　茅盾和曹禺是中国现代文学史上擅长于塑造资产阶级知识女性形象的高手，前者在他的长篇小说中出色地描写了静女士、慧女士、章秋柳、孙舞阳、梅女士、赵惠明等知识女性形象，构成了富有时代特色和个性特点的女性形象系列。后者主要通过话剧艺术成功地将繁漪、陈白露、愫方等知识女性典型搬上舞台，也组成了独特的女性形象系列。而在这两组女性形象当中，茅盾《腐蚀》中的赵惠明和曹禺《日出》中的陈白露，格外引人注目。拿她们相比较，可以看出茅盾和曹禺这两位创作方法、写作技巧、艺术风格迥然不同的作家，如何塑造了相类似的知识女性，并从不同角度深刻揭示了她们腐蚀堕落的社会原因。这显然是值得探讨的。

一

　　茅盾的《腐蚀》写的是抗战进入相持阶段，女青年赵惠明追求——堕落——自新的故事。曹禺的《日出》则是写二三十年代的女青年陈白露追求——堕落——毁灭的故事。

　　赵惠明是一个思想性格复杂、心理上有着显著矛盾的人，这是特殊的环境所造成的。在未陷入特务圈子以前，她是个比较单纯的少女。她出身封建官僚家庭，自幼娇生惯养，形成了她爱慕虚荣的毛病。她好胜，是一个十足的个人主义者。后来她和家庭产生了矛盾，愤然出走。在学生时代，她曾是一个追求进步的女性，是上海大、中学生上京请愿的积极支持者的赞助者。在学校里，她还和同学们发动过"择师运动""封闭教员预备室"。因此，校方串通她的父亲，断绝了她的经济供给，她不得不离开了学校，也断绝了与旧家庭联系的纽带，"心安理得，走一个人所应该走的生活的路"。然而这种孤身奋斗也容易受到由环境的恶劣而带来的经济压迫以及生活上的种种诱惑，这也是赵惠明以后陷入火坑、走上政治上堕落的关键。

曹禺笔下的陈白露也是一个充满矛盾的人物。"她爱生活，又厌恶生活"。她爱生活，是因为生活里充满着欢乐，充满着美好的东西；她厌恶生活，是因为她所想望的欢乐，她所喜爱的东西，又必须通过她所厌恶的方式——出卖自己的色相给自己所瞧不起的人，才能取得。她的矛盾性格与她的出身、教养、生活经历有着密切关系。她出身于辛亥革命时期的一个书香门第家庭，正当她启蒙之年，爆发了声势浩大的五四运动，这使她得以逃避了"三从四德"的训诫，进了洋学堂。资产阶级女学堂的教育，对陈白露的生活道路，发生了重要的影响。以陈白露的聪明和伶俐，她不难成为女校的高才生。但不论出身和童年生活，都没有在她身上培植出一种刻苦的毅力。她不是那种埋头读书的勤奋学生。倒可能是一些轻松嬉戏、晚会、演剧等活动的积极参加者，因而她博得了"校花"的声誉。正当她开始形成自己的人生观，决定生活道路时，也正是"走出厨房""男女平等""个性解放""恋爱至上"等口号在社会上流行的时候。陈白露无疑接受了这些思潮的影响。二三十年代的所谓新女性大都受过这种思潮的影响，但其中先进妇女很快就看出这些口号并不能给妇女带来真正的解放，于是转而参加到真正解放的革命斗争中去。从陈白露的出身和教养情况来说，她不可能是革命的积极探求者。但是如果席卷一切的革命风暴来到了，也许会把陈白露卷进去，那她就有可能走上另一条道路。但陈白露是不幸的，当大革命高潮在南方掀起的时候，她正在北洋军阀虐杀青年、制造"死亡恐怖"的北方。而当她那思想营养贫乏的头脑中充满了"平等""解放"等观念时，"父亲死了，家里更穷了"，她必须单枪匹马面对整个丑恶的社会。

赵惠明和陈白露走出家门、走向社会时，都面临着一个何去何从的问题。赵惠明在离开学校时是有进步的倾向性和以理想追求为基础的，因此她和革命者小昭结合在一起了。开初她当个小学教员，过着清贫的日子。但是，她的追求是以个人主义为核心的。又加之她与舜英——她的一个阔同学常常来往，她就开始动摇了。舜英出身官宦家庭，她不仅学识浅薄而且政治思想反动；她和她丈夫唯利是图，特务、奸商样样都愿干。加之在上海住了多年，半殖民地生活方式深深影响了赵惠明。生活的享受和西方的物质文明，渐渐地在她的生活中变得重要起来。她不想这样轻易把自己"埋没"了，她认为小昭过的生活太死板、太枯燥了，并且尽做些吃力不讨好的傻事情。跟这样的人过日子未免太受罪了，在这种情况下，既漂亮又能干的希强乘虚而入，常常陪她吃喝玩乐，她终于经不住舜英、希强的物质诱惑，而与小昭决裂了。以后，她虽出于义愤在战地做过服务工作，可是，终于无法抵制大特务希强的威胁、利诱、强制而坠入了特务组织的罗网，成为替反动统治者卖命效劳的走卒，兽性占据了内心的主导地位。

陈白露是以一个新女性的姿态走出了学校的大门。也许她曾朦胧地幻想过明朗的前途、光华的未来。但是社会怎样接待了她？适合她发展的一条康庄大道在哪里？陈白露在学生时代就善于外交，因此，一出校门她就成了交际场中的红人。她热衷于拍电影，当慈善游艺会的主办人，以一个社交皇后的身份出现在一切繁花似锦的场合。这是一条使许多像陈白露这样年轻、漂亮的妇女走向沉沦的道路。陈白露不是一个迫于生活不得不"下海"的女人，她是为了追求自由与独立而跨进社会的。当她在社交界获得成功、虚荣心得到满足后，她开始低下头来审视自己的生活，发现自己只不过是受人供养又供人以娱悦的玩偶，这种发现深深刺伤了年轻气盛、自视高贵的陈白露的自尊心，她因此感到在社会上无路可走。

赵惠明和陈白露一样都处于深深的矛盾之中。她们都非常厌恶正在过着的生活，但又感到无力自拔。赵惠明由于她的人性并未丧失殆尽，又加之外部条件的影响，在她的灵魂深处，人性与兽性、美与丑、善与恶、奋力自拔与继续作恶反复地进行激烈的较量，人物内心常分裂为两个"自我"，相互进行着激烈的斗争。一个试图弃恶从善，另一个则要继续作恶：一个对自己的罪行深感痛悔不已，另一个则自我辩解、自我开脱，这种人性与兽性的反复较量，成为人物性格发展最突出的特征。当人性占据她内心的主导地位时，她认识到自己"手上沾过无辜者的血"，并"欲以罪恶者的黑白洗涤我手上的血迹"。她痛恨周围的一切，也痛恨自己。"简直不是人住的世界！我们比鬼都不如！"她"心里像有一团火，要先把自己烧掉，然后再烧掉这世界"，她甚至企图营救小昭，但一到紧要关头，有可能危及自身时，兽性便控制了她的全部肌体。为保全自己，她便出卖了K和萍，她明知供出K和萍的行踪，是"在棺材上加了钉"，却又以"是为了救小昭"为借口，其实这是阿Q式的自我辩解。茅盾极准确、深刻地描写了赵惠明这一复杂性格的发展历程，既真切地揭示了人物有着她人性复归的倾向，又如实写出了此时她尚难以实现人性的真正复归。她的"太极图"，"也有个中心，这便是我!"正是因为赵惠明以极端利己主义为其思想核心和思维出发点，此时当然难以从罪恶的深渊中挣扎出来。陈白露却是把自己仅有的生活经历，当成了普遍的人生经验，得出了消极的结论：人生没有什么是值得追求的，而且愈是追求，愈会尝到加倍的绝望与痛苦。因此，她当了交际花，住进了高级宾馆，天天和那些人鬼混，既感到了厌恶，又无力摆脱，正如第一幕启幕时，作家的舞台指示所写的："缓慢的脚步由甬道传来，正中门呀地开了，陈白露走进来……她眼睛明媚动人，一种嘲讽的笑总挂在嘴角，她时常露出一种倦怠的神色。她爱生活，但又厌恶'生活'。她认定自己习惯的'生活'方式，是残酷的桎梏。她曾试着逃出去，但她像寓言中的金丝笼里的鸟，失掉了在自己的天空里盘旋的能力，她不得不回到自己丑恶的生活圈子里，却又不甘心这样活下去。她拖着疲乏的步子走进来，右手掩着嘴，打了个哈欠。"陈白露就是这样一个矛盾的角色，她的思想性格无不处于复杂的矛盾之中。畸形的社会，产生了畸形的人。高级的卖淫生活，既是套在她脖上的枷锁，又是腐蚀她灵魂的鸦片，即卖淫生活的侮辱损害使她的灵魂备受痛苦，卖淫生活的腐蚀毒化使她堕进了腐化生活的泥潭。正是这种受害者和堕落者的双重矛盾地位，在很大程度上造成了陈白露复杂而深刻的精神矛盾，也正是这种卖淫制度逼迫她一步步走向死亡的边缘。以金钱为轴心的腐蚀社会的"黑暗的吞噬力"，是一种最可怕的无形杀人力量；尽管她是一个高级卖淫者和顶红的交际花，但她的命运一时一刻也逃不出"金钱"的魔掌。从赵惠明和陈白露的身上，我们深深体会到那个时代知识妇女的全部痛苦和悲剧。

二

　　赵惠明和陈白露在恋爱问题上，原先都有自己心爱的情人，赵惠明和小昭，陈白露和方达生，他们都是昔日的恋人，他们的经历既相似又有差别。赵惠明是得到特务组织的指示，要她寻找从前的革命者爱人小昭。他们抓到小昭，经过严刑威逼无效之后，要赵惠明用美人计去软化小昭。惠明不仅没有能软化小昭，还受了影响，企图要他依她的布置由集中营脱身出来。尽管赵惠明想尽了一切办法，小昭还是被害了，这使她受到强烈的震动。通过与小昭的短暂重逢，以及小昭对她的帮助开导，赵惠明思想有了一些变化，因此，小昭之死对于促成赵惠明悔过自新是一个重要的原因。她敬佩小昭，同时痛恨特务机关的残酷。

在《日出》中，方达生对于陈白露的命运也起了非同小可的作用。方达生和陈白露是青梅竹马的伙伴，当陈白露沦为交际花时，方达生的突然到来，使她受到震动。但她已不是过去的"竹均"了，她忆起纯洁的青少年时代。她见到方达生，犹如看到了自己的过去，自己的学生时代。方达生的到来，使她沉浸在过去的回忆里，使她恢复了她的纯真的孩子气的一面。但她却只愿带着诗意的幻想去回忆它，只愿通过回忆去重温旧梦，而不愿重新整个地回到过去，不愿跟方达生走。因为，她过不惯方达生式的生活，而且，她知道她也不能给方达生幸福。她拒绝了方达生。方达生与小昭并不相同。小昭是坚定的革命者，因此他可以感化、开导、教育赵惠明，使她认识到自己应重新做人；方达生并不是一个革命者，他空有热情，而没有准确的行动方向，也无力改变陈白露；陈白露虽厌恶自己的生活，但又不愿意离开享乐腐化的生活去过清贫的日子，梦醒了又无路可走，这是导致她自杀的一个重要因素。从这个意义上说，小昭和方达生在影响赵惠明和陈白露的命运上，都起了相当的作用。

三

在《腐蚀》和《日出》中，我们还可看到茅盾和曹禺在处理人物形象上都有各自的独特之处。前者并不是把赵惠明作为一个单纯的女特务来写她的兽性，而是极力挖掘她灵魂的更深层次，发现其中有善良的光在闪烁，发现赵惠明人性尚未完全泯灭。赵惠明在大学区发现了一个与她同命运的学生N，N几乎被诱骗到特务组织中来，但她敢于同命运抗争，有强烈的正义感，对皖南事变公然提出了自己的看法，不愿意"跟着他们把是非颠倒，去欺骗同学"。赵惠明在她身上看自己的影子，对她产生了同情，为了救这只老虎嘴下的羔羊，她想尽一切办法，果敢决断，终于巧妙地使N逃出魔掌。然后她毅然决定"立即离开这恶疫横行的'文化区'"，以"拔出一个同样的无告者——我自己"。作品结尾意味深长地写道："此时此际，我非拿出像一个男人似的手腕和面目是不行的。"表现出她的悔过自新的坚定信念。《日出》能使我们从腐尸气息中看到生命的跃动，在地狱中发现金子的闪光，在堕落中窥视到善良的灵魂，小东西可怜无助地闯到陈白露身边，她斑斑的伤痕、恐惧的救告、被踩蹦的悲惨命运，引起了白露的深切同情。而当她知道小东西是为了逃避金八的摧残，并且打了金八的时候，她对小东西的救护就不单是同情了，其中也隐含着对金八的一种反抗意识。在赶走黑三、自认为保全了小东西之后，陈白露看见太阳，突然高兴地说："太阳——太阳都出来了。"又满心欢悦地说："你看，天多蓝！嗯，你听，麻雀！春天来了。哦！我喜欢太阳，我喜欢春天，我喜欢我自己。哦！我喜欢！"她因为做了一件有意义的事情而感到喜悦。可以说，赵惠明救N与陈白露救小东西是出于相似的动机，这正是作家在深入挖掘堕落女性赵惠明与陈白露灵魂深处的隐秘感情之后的非凡之笔。

四

赵惠明和陈白露的结局是截然不同的。赵惠明最终悔悟，走向自新之路，而陈白露则没有勇气迎接日出，在阳光到来之前自杀身亡。赵惠明为何会走上光明之路呢？主要原因是：情人小昭的死，震动了她的精神根茎，使其人性真正开始觉醒；皖南事变后政治迫害加剧，赵惠明首当其冲，她原有的地位受到严重威胁，使之不得不考虑到自己的出路问题；作为一个特务，在美与丑、善与恶、人性与兽性的比较斗争中，她有着更为深切的体会和认识；小昭、K、萍的帮助和鼓舞，对其人性的真正觉醒，有着推波助澜的作用；在对N的遭遇的了解和帮助N逃脱的过程中，引起了她对自己出路的切实考虑，并着手进行了摆脱特务集团的设计与活动。总之，她的自新是人物性格本身发展的必然逻辑，因而加强了给赵惠明出路的现实主义描写的真实性。而陈白露最终被黑暗势力腐蚀和吞噬了，当初方达生特意来带她走，也许她能逃脱悲剧命运，但是实际上已经不可能了。因为她变了。从一个书香门第的小姐、读书人变成了一个"演过电影，当过红舞女"的交际花。她已经看透，在那个社会里，"自由"是金钱的奴隶。方达生没有钱，到哪儿去获"自由"？她牺牲了自己"最宝贵的东西"去换钱，正是为的按照自己的意志，"自由"地生活。这些反映了这个年轻妇女多么曲折的心灵历程。关于导致陈白露悲剧的原因，作者有过很好的解释："她在悲观和矛盾中活着，她任性，她表面上玩世不恭，有些自暴自弃。她说混到什么时候就算什么时候。但毕竟她还是一个认真的人，因此方达生的到来，可能使她燃起一线希望，但她终于又彷徨起来。因为她在生活中失去了勇气。……'负债'不是陈白露死的主要原因。陈白露死时是一个二十三岁的女人。认真、热情、年轻、冲动、没有多少人生经历，都使她在一时解不开人生的纽结时，向死亡的道路上撞过去。"[1]

茅盾最后给了赵惠明一个自新的结局，反映了抗日战争相持阶段国统区一部分知识青年的真实历程。他们经不起顽固派威胁利诱，堕入特务组织的深渊，由于现实教育才从这罪恶的环境中挣扎出来，追求新的前程。这在当时历史条件下，对于启发挽救那些失足者，有着特殊的教育意义；而曹禺写陈白露的自杀，是想通过陈白露的悲惨遭遇，对反动统治阶级和罪恶的私有制社会以及资产阶级的道德、生活方式、统治手段和私有制下所产生的一切丑恶的东西，进行全面而强烈的批判和辛辣的揭露。陈白露哀痛的一生，会引起我们的深思，进而发出反抗的呼声。

通过比较，我们还可看到，茅盾和曹禺都注重描写女性，但所表现的角度不同。曹禺刻画的知识女性主要表现了个性解放的时代色彩，侧重于家庭或社会道德伦理范畴来表现她们的民主主义精神；茅盾塑造的知识女性不仅有个性解放的时代色彩，更重要的是体现出强烈的革命政治色彩，作者主要不是从社会或家庭的伦理观上来揭示她们的时代精神，而是着重将她们放在革命时代的背景上，主要从政治革命的角度来表现她们身上的时代特征。陈白露、赵惠明就是作为在那种时代追求个人的幸福、独立、自由而终于幻灭、绝望、堕落的知识女性的一种社会典型形象。这对形象的内涵是丰富的，她们是"五四"后走向社会的知识妇女，渴望独立和自由的代表者。但是，在当时的社会制度之下，这类妇女是不可能得到真正的独立和自由的。同时，茅盾、曹禺在作品中所反映的知识女性的出路问题，证实了鲁迅在《娜拉走后怎样》中的预言："娜拉出走后不是堕落，就是回来。"赵惠明是政治上的堕落，陈白露是生活上的堕落，而鲁迅笔下的子君是"回来"而且死了，这反映一个重要的社会问题——妇女解放问题，赵惠明、陈白露、子君虽然都勇敢冲出过封建家庭的牢笼，但又都进了地狱。这深刻说明了妇女要得到真正的解放，就要把自身的解放和广大人民群众的命运与斗争联系起来，勇敢地投向摧毁旧制度的革命斗争，而且还要在社会的彻底改变之后，妇女才能真正得解放。

原载中国人大《戏剧研究》（1988年2期）

---

[1]　《曹禺同志剧作》，《文艺报》1957年第2期。

不同时代的"变色龙"

——试比较张洁的《条件尚未成熟》和契诃夫的《变色龙》

张洁深受外国文学的影响，她的作品中留下了雨果、托尔斯泰、哈代等著名作家的印痕，但笔者认为，张洁更为重要的是受到了契诃夫的深刻影响，契诃夫淡淡的哀愁、诗意的描写、辛辣的讽刺等等，在她的小说中都有鲜明的体现，本文试就契诃夫的《变色龙》和张洁的《条件尚未成熟》作一比较。

1. 张洁的短篇小说《条件尚未成熟》写的是选拔干部中的小插曲。某局要在中青年知识分子中提拔一名副局长。有人透露，处长、党支部书记岳拓夫可能被选中。他本人自我感觉良好。然而，正当他踌躇满志之际，又听说要提拔的可能是他的老同学、七级工程师蔡德培，这使他产生了极其痛苦而担忧的复杂心理。他不甘心失去这个跻身"第三梯队"的最后机会，便想方设法压制蔡德培，以"条件上尚未成熟"为借口阻挠他入党。在岳拓夫想来，只要卡住蔡德培的组织问题，自己就可以凭借政治上的优势稳操胜券了。可是，他枉费了心机，主管人事的陈局长心明眼亮。正式宣布破格提拔蔡德培。见风使舵的岳拓夫，态度骤变，赶快召开支部大会，讨论蔡德培的组织问题，会前——在他投出"那神圣的一票"之前，他悄悄找到蔡德培说了一番知己话，使蔡德培感激不尽。

契诃夫的短篇小说《变色龙》，描写警官奥楚蔑洛夫在广场上处理一个被狗咬伤手指头的案件。开头他摆出架势，扬言要给狗的主人一点颜色看看。突然有人说，这是某将军的狗，话虽然还不肯定，但是已足以使他担惊受怕了。他急得浑身发热，连大衣都穿不住了，马上改换腔调，袒护起狗来了，并且反过来责备被狗咬伤的人："把手放下来！……怪你自己不好！"可是这时又有人说不是将军家的狗，他又改变了面孔，中间反复几次。反来将军家的厨师走来，肯定说将军家没有这样的狗，警官的态度顿时改变，断然宣布"这是条野狗！用不着白费工夫说空话了……弄死它算了。"哪知道厨师的话还没说完，他接着说，狗不是将军家的，却是将军哥哥的。于是警官马上又换了一副面孔，对那条狗赞不绝口，夸它机灵，能一口咬破人的手指头。他还训斥那被咬的人道："我早晚要收拾你！"最后，奥楚蔑洛夫对赫留金又是恐吓又是耍威风，替自己找台阶下场。最后他就"裹紧大衣"溜走了。

这两篇小说塑造了岳拓夫、奥楚蔑洛夫这一类"变色龙"的典型形象，深刻揭露了他们的卑劣行径，给予他们辛辣的讽刺和鞭挞。

当然，像岳拓夫这样的人，并非今天才有，而且即使在今天也只是极少数，但值得注意的是，他们的思想、行为同党的原则、利益是相违背的，并且早就处心积虑地要往上爬。现在党要把一大批年轻人提拔到领导岗位上来，他们怎么会不觉得这是一个难逢的良机，又怎么会不更加拼命地钻营呢？所以《条件尚未成熟》所揭露的问题，在今天具有新的现实意义。作家把这样的问题如此敏锐地发现并准确地揭露出来，对于我们党正在进行的培养、选拔接班人的工作，对于许许多多亲自主持和过问这个问题的老同志，实在是一个有益的提醒。作家对岳拓夫的行径，是气愤的，甚至还带点焦虑，然而她又是乐观的，深信岳拓夫这样的人，虽然巧于打扮，精于钻营，毕竟是极少数。而且只不过是自以为聪明，人民不会赞成他们，党也不会被他们所蒙骗。所以，作者在用讥讽、轻蔑的笔画勾画岳拓夫的心灵污垢和丑行的同时，又用相当朴实的笔触写了他周围的人——他的妻子和另一个老同学小段的正义感，尤其写了陈局长清醒的头脑，锐利的目光和坚持原则的精神。这样，作品就既尖锐地揭露了问题，又展示了生活发展的必然趋势，使我们看到了矛盾斗争的复杂性，又充满信心。

作家在塑造岳拓夫这个人物形象时，不仅写出了他的能言和善变的性格特征，而且揭示了他更为深沉、更为内在的心理气质，因此，这个人物虽然属于反面角色一类，却不是简单的、脸谱化的，而是一个复杂的、生动的、既概括了某一类人的共性，又有着自己鲜明的个性特征的新的艺术典型。

《变色龙》产生的时代，正是沙皇亚历山大三世加强反动统治的年代。亚历三大三世是在民粹派暗杀了沙皇亚历大二世之后上台的，他颁布了一系列的反动措施，疯狂地镇压革命运动。当时广大工农群众受到农奴制残余和新兴资产阶级的残酷剥削，生活更加贫困。俄国资产阶级软弱无能，屈服于沙皇的反动统治。知识分子苟且偷安，民粹派完全堕落。小市民庸俗、狼狈，社会上呈现出一片死气沉沉的景象。在这样的环境中，奥楚蔑洛夫当然可以公然变色。

　　作者在《变色龙》这篇小说中，非常成功地塑造了这个专横跋扈、见风使舵、厚颜无耻，阿庾献媚的沙皇专制制度的忠诚走狗的典型，契诃夫用变色龙这种惯于根据四周物体颜色而改变自己肤色的动物的形象展示这个人物的主要特征。他通过奥楚蔑洛夫这一反面人物，无情地暴露了俄国下级军警趋炎附势、欺压百姓的丑恶嘴脸。契诃夫在小说中还嘲笑了以赫留金为代表的小市民，揭露了他们百无聊赖，猥琐下流的精神面貌，从我中我们可看到沙皇俄国在十九世纪八十年代的反动统治和当时社会的庸俗和无聊。奥楚蔑洛夫这个典型形象是作者深入地观察了当时的社会生活，对那种不讲是非、惟命是从、趋炎附势、出尔反尔的丑恶现象的生动概括。俄国十九世纪八十年代，反动势力十分猖獗，资产阶级自由化驯服于沙皇专制的反动统治。过去曾经高喊一阵革命口号的一些知识分子现在不是背叛变节，就是苟且偷安。社会上呈现出一片萎靡不振的景象。在这样社会风气下，小市民更是庸俗猥琐，浑浑噩噩，习惯于屈从当时的反动军警，任其为所欲为。因此，作者通过奥楚蔑洛夫这个形象，深刻揭露了那个时代和社会的各种病态，抨击了沙皇专制制度，讽刺了沙皇专制的爪牙的丑恶嘴脸，具有丰富的历史内涵和社会意义。

　　2.《条件尚未成熟》和《变色龙》这两篇作品在艺术手法上也有着相似之处。

　　首先，它们都是短篇小说，文字比较精炼，在不长的篇幅里深刻描绘了"变色龙"这类典型人物。两篇小说都是写了一个生活片断，但作家却从中挖掘出了有典型意义的社会主题，不靠曲折离奇的情节去吸引读者。其次，这两篇作品都采用客观剖析的手法，直面现实，切中要害。像《变色龙》中奥楚蔑洛夫的形象，作者就采取绝对客观的态度来刻画。作者把全部故事集中在一个场景之中，围绕着怎样处理一个狗咬人的事件，采取人物自我暴露的手法，层层剖露奥楚蔑洛夫反复无常、谄媚趋奉、寡廉鲜耻的本质。在这里，作者充分让客观事实说话，没有半点说教。而在《条件尚未成熟》中，张洁对岳拓夫这一形象，也是客观地准确分析与再现，把一个善于变色，见风使舵的岳拓夫，层层剥去外衣，使其显露出真面目。

还有，这两篇小说的标题很独特。高尔基说契诃夫"只要用一个词就足以创造出一个形象"，足以写成"一个使人惊叹的短篇小说"称之为"魔术般的本领"。契诃夫用"变色龙"作标题，活灵活现地概括了这类人的典型性格，起画龙点睛的作用。张洁用"条件尚未成熟"作标题，含意深刻，一语双关，具有讽刺性。"条件尚未成熟"在作品的内容中，不过是岳拓夫为了达到自己升迁的目的，而推迟蔡德培入党的"一句无懈可击的托辞"。但是一用作标题，便像聚光镜一样，以强烈的光束将岳拓夫精心掩饰的个人主义嘴脸暴露无遗。这句话也可以说是岳拓夫自己升迁的"条件尚未成熟"，耐人寻味。由于这篇作品超越了所描写的生活片断的本身，我们从中感到了时代车轮滚压地面的颤动，因此，它被评为1993年全国优秀短篇小说不是偶然的。

3. 这两篇小说虽有很多相似之处，但两位作家创作的指导思想则是不同的。契诃夫年轻时一直为家庭的温饱而奋斗着。尽管他的早期作品与当时幽默杂志上的庸俗小品并不相同，但总的来看社会意义不大。正因为如此，俄国著名的作家戈罗维奇在一八八五年给他的信中写道："您有您的才能，那种使您高高地站在新一代作家的圈子上面的才能。我深信，您的使命是写几部卓越的、真正的作品。您要是辜负这些期望的话，您就会犯了重大的道德方面的罪过。为了这个目的，必须对于难得的天赋才能加以尊重……"这使契诃夫感到震惊，他在回信中写道："我差点哭出来，我感动得了不得，现在我觉得您的信在我的灵魂上留下了深深的印记……"从此，他开始了思想上的认真探索，逐步走上了自觉地为社会、为人民服务的道路，并写了许多优秀的作品。

张洁的家乡在抗战期间，有许多大学教授、中学老师迁往农村，他们常给农村孩子讲故事，并介绍一些外国作家作品。当时著名作家骆宾基就住在张洁家，老作家对她起了潜移默化的作用。粉碎"四人帮"后，她写的第一篇小说《从森林里来的孩子》，得到了骆宾基的有力帮助，小说荣获1978年全国优秀短篇小说奖。从此，张洁走上了创作之路。她在《我的船》中这样写道："文学对我不是一种消遣解闷的爱好，而是对种种尚未实现的理想的渴求，愿生活像人们向往的那个样子。"通过文字表现对于想生活的追求，这就是张洁的创作指导思想。

　　张洁和契诃夫的艺术追求也是有差异的。契诃夫追求完全的艺术形式。他善于抓住日常琐事，运用卓越的讽刺技巧，揭露出现实生活中的美与丑、善与恶。他创作的突出艺术特色是朴素和精炼，只需寥寥几笔就将情节和形象绘声绘色地描绘出来，没有丝毫矫揉造作之感。他曾说："学会写得有才气，也就是写得简炼"。契诃夫的艺术语言十分精粹，善于运用个性化的语言塑造典型，刻画人物性格，他的小说题材广泛，人物众多，情节生动，富于戏剧性。

　　张洁的艺术追求，在于她的普通的、不被注意的若干生活现象中，看到了它所显示的"宽阔"。她所触及者小所揭示者大。狭小的题材限制不了她，她以女性作家的纤细笔墨，写出了自己所特有的雄浑。张洁不仅是宽广的，而且是独立的，她无视那些要作家写这个或是写那个的指令，她坚持写生活中真正让她激动——包括愤怒的激动的东西。她的小说"实际上不讲究情节，更重视的着力描写人物的感情世界，渲染出一种特定的气氛，描述人物所处的环境，以期引起读者感情上的共鸣，给读者留下难以磨灭的印象。"张洁是一位新人，她之值得重视，不仅在于她在表现当代社会生活方面所达到的思考的敏锐、揭示的深刻、探索的勇敢，而且在于她创造了一个独特的艺术个性，尝试着一种不拘一格的文体。她在艺术风格也正由创作的头两年所追求的淡墨山水画和轻音乐似的阴柔之美转向以《沉重的翅膀》为标志的"大江东去"的阳刚之美。

　　总之，张洁虽受契诃夫的影响，但并不拘泥于契诃夫，她有自己的特色。

原载中国人民大学复印报刊资料《外国文学研究》（1988年10月）

《长恨歌》主题新探

白居易的《长恨歌》，是我国古典长篇叙事诗中流传极广、影响极深的作品之一。然而这部作品究竟表现了什么样的主题，众说纷纭，迄今仍无定论。这种现象在我国文学史上也是绝无仅有的。

古代学者，有的认为该诗是"讥明皇迷于色而不悟也"（唐汝询《唐诗解》）；有的认为"不过述明皇追怆贵妃始末，无他激扬"（洪迈《容斋随笔》连昌宫词条）。前者为讽喻说，后者为爱情说。新中国成立以来，研究者们对《长恨歌》主题展开了几次讨论，各抒己见，相互诘难，除讽喻说与爱情说外，又出现了"双重主题"说。

这三种说法，虽各有依据，但也不无偏颇。讽喻说只强调作品前半部分一些含有讽刺意味的文句，对后半部分描写李、杨爱情的大量诗句则无法阐释。爱情说则只强调诗中表现的缠绵悱恻的思念之情和生死不渝的坚贞之爱，对诗中流露的怨忿之情则不能作合理解释。

双重主题说则采用折中手法调和讽喻、爱情两说的矛盾。表面看来两者都兼顾，但它们之间的关系怎样，是独立的并列关系，还是有主有次的主从关系？何者为主，何者为从？

本文拟运用"知人论世""以意逆志"的手法从作品产生的时代背景、作者的世界观与作品意图及作品所创造的艺术形象的分析入手，探究该诗的主题。

一

李（隆基）、杨（玉环）爱情悲剧的关键事件是天宝十五年（765年）的

"马嵬事变"。"马嵬事变"的直接导因是天宝十四年（755年）爆发的"安史之乱"，而安史之乱则是唐王朝由盛转衰的转折点，也是唐明皇这位在政治上颇有作为四十年的"太平天子"，因荒淫失政而丢掉皇帝宝座，以致悲苦终身的关键。

唐明皇晚年幽闭深宫，受儿子肃宗李亨和权奸李辅国的监视。据史载："上皇多御长庆楼，父老过者往往瞻拜，呼万岁。"（《资治通鉴·唐纪》卷三十七）使肃宗深感忧惧，逼迫唐明皇移居西内，不得与外人接触。而明皇身边无一旧人，孤苦伶仃，抑郁而终。人们对此种境遇是深表同情的，在民间关于李、杨爱情的传说中，流露出无限惋惜与同情，《长恨歌》作者白居易自然也深受这种情绪的影响。

安史之乱后，武将拥兵自重，终于"尾大不掉"，形成藩镇割据的分裂局面，战祸频仍生灵涂炭。而唐明皇以后的几代皇帝，如肃宗李亨、德宗李适（kuò）、顺宗李诵等，都是昏庸无能之辈。人民群众热切期望有像唐明皇那样英睿练达、励精图治的君主出来，平息战乱，安定民生，重新出现"开元之政"。相形之下，人们自然更加怀念李隆基这样的"好皇帝"。

白居易本人对唐明皇也深为敬佩，对"开元之政"非常景仰，对唐明皇制谱的《霓裳羽衣曲》尤为喜爱。他写过好几首关于听霓裳曲、观霓裳舞的诗。如《法曲》中写道："法曲法曲舞霓裳……开元之人乐且康。"把霓裳舞视为"开元之政"的象征，几乎与唐虞之世的《卿云》可比拟了。

对杨贵妃，历来毁誉不一。亲身经历安史之乱的诗人，激于一时义愤，曾对杨氏加以谴责。如杜甫在《北征》中对陈玄礼诛杀杨国忠兄妹之举大加赞扬："桓桓陈将军，仗钺奋忠烈。微尔人尽非，于今国犹活。"

但是，杜甫在《哀江头》等诗中却有这样的诗句："明眸皓齿今何在？血污游魂归不得"，"人生有情泪沾臆，江水江花岂终极"，表现了对杨氏的哀怜之情。

随着对历史真相的认识日益清楚，对安史之乱真正原因的理解愈加深刻，人们认为杨贵妃并非如妲己那样的"祸水"。有的诗文不仅对她的惨死深表痛悼，甚而为她抱不平之鸣。如唐代诗人李益在《过马嵬》中写道：

> 汉将如云不直言，寇来翻罪绮罗恩。
>
> 托君休洗莲花血，留记千年妾泪痕。

徐黄《开元即事》中说：

> 堂上有兵天不用，幄中无策印空多。
>
> 倾固破国必蛾眉，千秋休恨马嵬坡。

当然，对唐明皇、杨贵妃进行讽喻的诗作也有。如白居易的《胡旋舞》《李夫人》等就含有很深的讽刺意味，但其主要精神不是把唐明皇当作无道昏君来严加切责，而是对他的晚节有亏深表惋惜。又如罗隐的《马嵬坡》与《帝幸蜀》，前一首罪责杨贵妃，后一首则为她抱不平之鸣。这种矛盾现象的出现，与作者世界观的矛盾有关，也表明了对历史人物品评的复杂性。

通过以上分析，可以看出人们把李隆基看作功大于过的"好皇帝"，对他既敬慕又惋惜，对其爱妃杨玉环则既有谴责，又有同情与不平，但同情与不平的成分大于谴责。不仅士大夫，下层人民如此，白居易本人也是如此。

<h1 style="text-align:center">二</h1>

"论世"不仅在于更深刻理解作品的内容，也在于更完整地认识作者其人。鲁迅认为，评论作品必须顾及原作者"全人"的问题。他说："我总以为倘要论文，最好是顾及全篇，并且顾及作者的全人，以及他所处的社会状态，这才较为确凿。要不然，是很容易近乎说明的。（《且介亭杂文二篇·题未定草（七）》）这对我们如何"知人"是很有指导意义的。

"知人"首先要认识其世界观，世界观包括人生观、政治观、道德观、爱情观等。

先谈谈白居易的政治观。白氏受儒家思想熏陶，实行"仁政"是他的最高政治理想。"贞观之治""开元之政"是他的理想中的楷模。在《策林》一书中，他提出过举贤授能、广开言路、补察时政、革滇黔之俗的政治主张。当时朝政掌握在贵族及旧官僚手中，一些善于阿谀奉承的小人攀附权贵而窃取朝廷中的要职，他们狼狈为奸、鱼肉百姓；对一些敢于直言之士和有政治头脑的人则排斥打击，甚至杀戮。朝廷非常黑暗。地方官对百姓横征暴敛，弄得民不聊生，一些农民到处流亡。加上藩镇与朝廷之间连年征战，整个社会一片混乱。面对这样的社会现实，白居易抱着"忘身命、沥肝胆"的决心去贯彻其政治主张。他任谏官时候，毫不顾忌地多次上书指陈时弊，"不惧权豪怒，亦任亲朋讥"（《唐生》），结果连遭打击、陷害，被排挤出朝廷，贬到蛮瘴之地去做官。尽管如此，他仍然坚持用诗歌揭露社会黑暗，反映人民疾苦，"惟歌生民病"是他坚守不渝的信条。

白居易的政治思想和政治主张是开明而卓越的。他爱人民，但也敬天子，只痛恨那些腐败的贵族和贪赃的官吏，把实现政治理想的希望寄托在皇帝一人身上，这正是他的阶级局限。事实上，唐明皇以后的几代皇帝大部分都是昏庸无能的家伙，白居易要想依靠他们去贯彻自己的政治主张是绝对不可能的。失望之余，自然对创造"开元之政"的唐明皇更加仰慕和怀念了。

白居易的人生观是比较复杂的，既受儒家思想的制约，也受佛家、道家思想的影响，但主导面仍是儒家思想。"达则兼济天下，穷则独善其身"，是白氏一生的指导思想。他出身于中小地主阶层，早年经历过逃亡和痛苦，和下层人民有较多的接触，同情人民疾苦，力疏民困是他力行的准则。他当过几任地方官，每到一地都为百姓做好事，晚年还自出资财开凿龙门石滩，疏通一段险峻航道，不仅免除了船工寒冬涉水的痛苦，而且保障了过往船只的安全。白氏这种"但伤民病痛，不识时忌讳"（《伤唐衢二首》）的精神，是难能可贵的。

白居易对妇女问题的看法是比较民主的，如对不合理的"仪婚"制，以及皇帝掠夺青年女子入宫、摧残千百名妇女青春的罪行，他写诗加以揭露和鞭挞。如他的两首《后宫词》写道：

> 泪湿罗巾梦不成，夜深前殿按歌声。
>
> 红颜未老恩先断，斜倚薰笼坐到明。
>
> 雨露由来一点恩，争能遍布及千门。
>
> 三千宫女胭脂面，几个春来无泪痕？

为此，他曾勇敢地向皇帝上过《谏放后宫内人》的奏书，对妇女的悲惨命运，白氏寄予深厚的同情，常为她们鸣不平。《太行路》中说："行路难，难重陈。人生莫作妇人身，百年苦乐由他人。"在那违反人性的封建制度下，妇女哪有一点人身自由！对王昭君的遭遇，诗人突破了一般的传统观念，写出"自是君恩薄如纸，不须一向恨丹青"（《昭君怨》）的诗句，为昭君鸣不平，把矛头指向最高统治者——天子。

妇女本身是社会的弱小者、受压者，因此，白居易还不是"女人祸水"论的信奉者。既以杨贵妃而论，她是千百个宫女中唯一得到"至尊"专宠的人物，虽然一时恩宠有加，但她也不能不为"君恩难固"而时刻有岌岌可危之感。后来的历史事实证明，到了危急存亡的严重关头，果然是"宛转蛾眉马前死"，"君王掩面救不得"。在《长恨歌》中，诗人没有把祸根归罪于杨贵妃，虽然其受专宠，尤悯其惨死。

白居易的爱情观是较为通达的。挚友王质夫说他是"深于诗，多于情者"，的确，白氏是个多情的人物。早年的一些爱情诗表现了深挚婉恋之情。如《闺妇》：

斜凭绣床愁不动，红消带缓绿鬟低。

辽阳春尽无消息，夜合花前日又西。

描写女子失去了爱情安慰的痛苦，委婉动人。又如《采莲曲》：

菱叶萦波荷飐风，荷花深处小船通。

逢郎欲语低头笑，碧玉搔头落水中。

描写男女爱情的喜悦，很有生活情趣。诗人生动描写了这种爱情生活的真情实感，表现了人们追求幸福爱情的愿望，也显示出诗人健康、纯洁的爱情观。

但是，白氏毕竟是统治阶级的一员，也受当时官场拥姬纳妾的不良风气的影响，比较嬖爱女色。他在诗中夸耀过"樱桃樊素口，杨柳小蛮腰"，为自己能享此"艳福"而颇有自得之色。他在七十余岁的高龄，犹不忍放出二十多岁的爱妓，还说："噫，予非圣达，不能忘情"，真可谓"心有灵犀一点通"了。《长恨歌》对李、杨刻骨相爱的描写，正寄托着诗人自己的爱情理想。

在一首"鉴嬖惑"的讽刺诗《李夫人》中，白居易感叹道："伤心不独汉武帝，自古及今皆若斯""人非木石皆有情，不如不遇倾城色"。以勇武著称的汉武帝都那么重情，何况婉娈多情的唐明皇！既遇倾城倾国之色，那相爱之情自然更加深切了。

总之，白居易是一位具有先进政治思想，怀抱"兼济之志"的文士，他为人民仗义执言，不避权贵，虽屡遭贬斥，仍不稍改初衷，更不同流合污。晚年"退隐"以"独善其身"，思想较为消沉，但关怀民生的情怀并未消减。他对妇女的不平遭遇表示深切同情，追求真正的爱情。这一切，决定着他思想中进步的民主的成分属于主导地位；他的人生观、爱情观也与下层民众有相通（绝非等同）之处。不难看出白氏在《长恨歌》中所表达的李、杨爱情的坚贞，正是作者追求的理想。

三

我们站在人民大众的立场，运用辩证唯物主义的观点和方法，根据今天所能掌握的艺术规律，从古今思想认识的高度去考察历史渊源，探究具体文学作品，经过反复的切磋琢磨，是可以得出比较合理而恰切的结论来的，对《长恨歌》的探索，也应该如此。

从历史上看，探索《长恨歌》主题的第一个人要算是《长恨歌传》的作者陈鸿了，他在《长恨歌传》中写下了这样一段文字：

元和元年冬十二月，太原白乐天自校书郎尉于盩厔。鸿与琅琊王质夫家于是邑，暇日相携游仙游寺，话及此事，相与感叹。质夫举酒于乐天前曰："夫希代之事，非遇出世之才润色之，则与时消没，不闻于世。乐天，深于诗、多于情者也，试为歌之，何如？"乐天因为《长恨歌》。意者不但感其事，亦欲惩尤物，窒乱阶，垂于将来者也。歌既成，使鸿传焉。

这段文字，使我们清楚地了解《长恨歌》创作的背景和动机，动仪者王质夫对这"希代之事""感叹"之余，担心它"与时消没"，才力劝白乐天"润色"，使之家传千古。他们所感叹的"希代之事"，到底是指李隆基因为宠爱杨玉环而酿成祸乱呢，还是李、杨之间生死不渝的爱情故事呢？如果因为要"惩尤物，窒乱阶"而让其"垂于将来者"的话，那何不选取陈后主或隋炀帝因迷恋女色而弄得国破身亡的故事，岂不更有惩戒意义吗？显然，王质夫所感叹的，主要的还是李、杨爱情在特殊环境中产生的悲剧。后文"意者"一节，看来只是陈鸿自己的揣测之辞，也是他写《长恨歌传》的指导思想，与王质夫的意见并不一致，更不能代表白居易本人写《长恨歌》的本意。

陈鸿这段"意者"之言，成了讽谕说的主要立论依据。由于他深受"女人祸水"论的影响，缺乏正确的历史观点，把安史之乱的根本原因归罪于李隆基对一个妃子的宠爱，而把一个长得漂亮的女人当作罪魁祸首加以惩戒，这是何等的不公平！

从以上分析来看，讽谕说是站不住脚的。但是，《长恨歌》中毕竟还有一些带有讽刺意味的描写。如开头一句就是"汉皇重色思倾国，御宇多年求不得"，中间还写了"春宵苦短日高起，从此君王不早朝""金屋妆成娇侍夜，玉楼宴罢醉和春。姊妹弟兄皆列土，可怜光彩生门户"等，都表现了诗人对唐明皇迷恋女色、荒嬉失政的不满情绪。尽管这种讽刺表现得不显著，客观效果也很微弱，但这毕竟是讽刺。同一首诗中，既有歌颂，也有讽刺，那么，"双重主题"说是否就应该成立了呢？这需要作进一步的探讨。

辩证法告诉我们：在事物内部的多重矛盾之间，其中必有一组矛盾居于主导地位。两组或多组矛盾相互并列成平行的情况是不存在的，"双重主题"或"多重主题"在一些文学作品，特别是一些大型作品中是存在的，但其中必有一重主题居于主导地位，从属的主题对主导主题起着陪衬、补充的作用。《长恨歌》中讽刺与歌颂这两重主题在性质上是绝对对立的，二者既然不可能并列，但能不能融合为一？又怎样融合为一的？

为了合理解决上述问题，还必须对作者主观的"志"和作品的客观意义，以及作品所刻画的艺术形象进行更深一层的探讨。

四

《长恨歌》中所表现的"志"，既对李、杨荒嬉误国表示愤怨和惋惜，也对由此而产生的爱情悲剧，特别是对李、杨之间天上人间、生死不渝的爱情寄予深厚的同情和热烈的赞颂。

作者主观的"志"既然如此，作品的客观意义是否与之一致呢？

在文学史上，作品的社会意义超越作者主观意图的现象是常有的，有时甚至出现与作者愿望完全相反的情况。这就是"形象大于思想"的艺术规律的表现。

为探讨作品的社会意义和客观效果，先得从分析作品所刻画的艺术形象入手。《长恨歌》不仅精细地描绘出人物的外在特点，而且深刻地揭示出人物的精神面貌和内心世界。如马嵬事变杨贵妃惨死后，唐明皇朝朝思念，诗中写道：

蜀江水碧蜀山青，圣主朝朝暮暮情。

行宫见月伤心色，夜雨闻铃断肠声。

……

夕殿萤飞思悄然，孤灯挑尽未成眠。

迟迟钟鼓初长夜，耿耿星河欲曙天。

不仅描写蜀地的景色，也通过月色、铃声在唐明皇心目中激起的特殊感觉，表明他悲切凄楚的心境。唐明皇返长安后，往日的景物和时令的转换，无一不引起许多痛苦的回忆，激起心情的波澜。如：

> 归来池苑皆依旧，太液芙蓉未央柳。
>
> 芙蓉如面柳如眉，对此如何不泪垂！
>
> 春风桃李花开日，秋雨梧桐叶落时。

诗人对唐明皇这种"物在人非"、触景伤情的深刻描写，真实而生动地表现了悲剧主人公对情人刻骨思念的感情。一位多愁善感、对爱情执着的人物形象，非常鲜明地突现在读者眼前，唤起悲悯的情感。

诗的后半部分，诗人以浪漫主义手法描绘了仙岛上的仙子——太真的动人形象：

> 闻道汉家天子使，九华帐里梦魂惊。
>
> 揽衣推枕起徘徊，珠箔银屏迤逦开。
>
> 云鬓半偏新睡觉，花冠不整下堂来。
>
> 风吹仙袂飘飘举，犹似霓裳羽衣舞。
>
> 玉容寂寞泪阑干，梨花一枝春带雨。
>
> 含情凝睇谢君王，一别音容两渺茫。
>
> 昭阳殿里恩爱绝，蓬莱宫中日月长。
>
> 回头下望人寰处，不见长安见尘雾。
>
> 惟将旧物表深情，钿合金钗寄将去。
>
> 但令心似金钿坚，天上人间会相见。
>
> ……
>
> 在天愿作比翼鸟，在地愿为连理枝。

诗中不但描绘出太真娇懒轻柔的体态和泪痕满腮、含情脉脉的外貌，而且表现了这位悲剧女主人公惨遭大难后的寂寞、忿恨和惆怅的心情，也表现了她对爱情的坚贞与执着。诗人对自己塑造的这个艺术形象，倾注了深切的同情，没有丝毫讥刺的意味。全诗着重描写的既然是两位主人公天上人间刻骨相思之情，所以，歌颂爱情的坚贞执着应是全诗主题的主导方向。

再从作品所显示的社会意义和客观效果来看，《长恨歌》的确使"希代之事"传之不朽了；不仅当时就广泛流传于"王公妾妇牛童马走之口"，而且至今仍传诵不衰。历代一些文士和民间艺人都采用这一题材，编写了不少弹词、戏曲。其中有名的如元代大戏曲家白朴的《唐明皇秋夜梧桐雨》，清代戏剧家洪昇的《长生殿》，特别是后者，对爱情作了更多的渲染，可见《长恨歌》的影响是相当深远的，它的价值不容低估。

《长恨歌》的社会意义和客观效果和作者的本意是比较吻合的。也就是说，双重主题是矛盾地纠合在一起的。这种现象，正是作者世界观中矛盾因素的反映。

作者本身出自封建地主阶级，而且是忠君爱民的正直之臣，在剪裁题材时自然会有意无意地为君王讳，没有在讽喻方面加重笔墨。但他又不是专为统治者涂脂抹粉的御用文人，而有自己的政治见地。他的"仁政"既重君也重民，要求君主"爱"民，人民拥戴君主。因而对君王专宠妃子而导致"渔阳鼙鼓动地来"的祸乱，诗人是有所讥刺的，但讥刺的目的不在于从根本上否定君王，而是怨其不依正道，乱失纲纪，惋叹其酿成悲剧，自食苦果。由此推知，追究失败之由，正是从同情出发的。

根据以上分析，笔者议为《长恨歌》主题的主导方面是对李、杨爱情悲剧的同情和对他们坚贞、执着的爱情的赞颂，讽刺居于从属地位。唯其同情，必然会对导致悲剧的原因的追索，从而产生怨忿、惋惜之情。作品以"长恨"为题，是很有深意的。绵绵不绝的"长恨"之情统率全篇，荒嬉为"长恨"之因，人间天上两分离为"长恨"之果。因果相应，因而讽喻与同情相反相成，融而为一。

总之，《长恨歌》主题的爱情说、讽喻说以及"双重主题"说，都不完全切合作者愿意和作品实际，而"以爱情为主导的双重主题融合"说，似乎更接近作者之"志"，也较符合作品的实际和客观社会效果。这种看法也许不尽恰当，特提出以就教于广大读者和研治《长恨歌》的专家。

原载《贵州教育学院学报》（1998年1月）

客籍文人与贵州文化开发

贵州这片地域，早在五六十万年前就有人类生存繁衍，并留下多处文化遗存。秦汉开发西南夷，使中原文化渗入，出现过盛览、尹珍等见诸史册的文人。各民族的先民虽在这片地域上创造着自己的文化，但处于相对孤立或不时争斗的环境中，文化发展的进度缓慢；而中原文化在这里的发展极为艰难。

明代初期，外地移民（包括随军屯、民屯及商屯而涌入者）大量进入贵州地域，带来了中原及江淮地区的先进农耕技术和先进文化，加速了这片地域的开发。特别是永乐建省（1413年）以来，疆域渐趋划一，政教设施日益完善，使贵州经济、文化出现蒸蒸日上的局面。从文化方面考察，大批流官先后来黔任职，加上一些游幕、受贬入黔的文人，他们或推进贵州文教建设，或直接琢育贵州人才，或在此地从事学术研究，从事文学艺术创作，或传布宗教文化，总之，这一批批的客籍文人，对贵州文化的发展作出了巨大贡献，功不可没。本文拟选择一些代表人物的作为分述于后。

发展文化教育，推动学术研究

学校之兴，人才所系。贵州建省之前，仅有三所儒学（播州、顺元、思州三宣慰司学），建省后，陆续于各府、州、卫、县建学，至嘉靖十六年（1537年）已增建二十余学，便于省城设贡院，独立举行乡试，至明末增至三十余学。清朝又陆续增建儒学，达到县、州、厅、府均有儒学，增至一百余所。儒学为官办学校，须经地方大吏向朝廷奏请允准，各级地方官主持修建。其间重视文教，请建官学成绩卓著者，当推明代郭子章与清初田雯。康熙年间，贵州巡抚田雯一次就请准增设永宁等三州，贵筑、永从等九县的儒学，使黔中教育大为普及。

官学只收生员（秀才）入学，数额有限。书院则可容纳有一定文化水平而未能入官学的生童。书院具有半官方色彩，大都由地方绅耆筹资兴办，地方官员聘任院长（俗称山长）；也有私家自办的书院。贵州最早的书院"銮塘书院"（在今沿河县境内）始创于南宋绍兴年间（1131—1362），元代有顺元路"文明书院"（在今贵阳市内），算是凤毛麟角。书院大批涌现则在建省之后，各府、州、县纷纷建立，甚至一县有二至三所者。有史料可考者，明代有书院21所，清代有131所。在人才琢育方面，书院产生了重要作用。

主管全省教育的官员，明代叫提学副使，明代有蒋信、王杏、万士和，清代有洪亮吉、程恩泽、严修等。

蒋信，号道林，湖南武陵人，曾来龙岗书院求学，是王阳明先生的及门弟子。嘉靖年间出任贵州提学副使，大力弘扬阳明学说，并创建正学书院，为阳明祠增置祀田。返乡后创办桃岗书院，培养湘黔大批英才，贵州的理学家孙应鳌、马廷锡、李渭三人，均出自道林先生门下。

王杏，字少坛，浙江奉化人，嘉靖年间任贵州巡按御史兼管教育。他筹资兴建贡院（考棚），使贵州独立在省城举办乡试，获准增加解额，极大鼓舞黔中士气。他又创办阳明书院，使阳明先生的教育精神和学术思想得以发扬。此书院经后世多次重建，直到清朝雍正年间才更名"学古学院"，延续300多年，培育出不少英才。

江苏宜兴人万士和，字思节，王阳明再传弟子。于嘉靖后期出任贵州提学副使。见黔中学子贫穷，无力继续读书，便捐资创办"义仓"，解决学生燃眉之急。由此兴起"捐资助学"之风，延续至清代。他集资新建阳明祠一区，内设书院。延聘著名学者马廷锡主讲贵州省会的两所书院。又大力支持少数民族子弟入学读书，提高其素质。

清代洪亮吉，字稚存，号北江，江苏阳湖人。乾隆晚叶入黔督学。捐俸购置大批古籍运入贵州，分发各府州书院，让边陬学子大开眼界。任期正逢甲寅、乙卯正科、恩科两届乡试，他捐俸增加学额，选拔优秀生员来省城贵山书院讲习，亲作指导，使两科所取举人多为有才之士，有的连捷成进士，如花杰、翟锦观、胡万清、傅潢等，均为颇有建树的人物。在都匀府甄拔的生员莫与俦，几年后入翰林院，拜洪先生攻习汉学。与俦把治学门径传来黔中，培育出郑珍、莫友芝两位"西南巨儒"。洪先生是乾嘉经学大师之一，又是著名诗人，傅潢继承其学术，主讲贵山书院，培育出黄辅辰、杨明照及儿子傅寿彤等。寿彤精研阳明学说和汉学，著述颇丰，学术成就可与郑、莫相媲美。黄辅辰之子黄彭年，总纂《畿辅通志》，是驰名全国的学者和散文家。杨明照及其弟子颜嗣徽、袁思韦等五人，形成"黔南六家"诗派。

程恩泽，号春海，安徽歙县人。他是著名汉学家，"宋诗运动"领袖，文章称天下宗伯。他于道光前期出任贵州学政，遴选郑珍等大批贡生，接纳张琚、莫友芝等为门人。调任湖南学政时，特招郑珍、张琚为幕宾，借游幕以游学，把汉学及诗文法传授给郑珍等。后来郑珍青出于蓝，诗文与汉学成就均在其师之上。

黔中私家办书院，开创于王阳明先生。阳明是王守仁的称号。守仁字伯安，浙江余姚人。明正德初被贬谪为龙场驿丞，并在此悟道，创办龙岗书院，招收少数民族汉族子弟入学，有教无类。远近负笈求学者络绎不绝。又受聘来文明书院讲学，首先传播"知行合一"学说，听讲者数百人，由此大开黔中向学之风。门生汤伯元、陈文学等能得其学术之正。以其名义修建的阳明书院、阳明祠，成了黔中教育与学术活动的中心与文明标志，影响深远。

都匀的南皋书院，以邹元标的号命名。元标字尔瞻，江西吉水人。万历初，因斥责宰相张居正被谪戍都匀卫。他是阳明先生的四传弟子，在都匀培育出陈尚象、余显凤、吴铤等一批人才。赐还后，门生集资修建南皋书院，一直延续至清末，为黔南文化的开发作出过特殊贡献。莫友芝一首诗中说："南皋远戍旁沟旁，讲学大畅知能良……只今庠序载馀泽，科第接踵群相望。"都匀府后来出现了莫与俦、莫友芝这样的学者，出了"状元"夏同和，都与邹南皋的教泽不无关系。

在清末"西学东渐"大潮中，偏僻的贵州率先改革书院，引进西方自然科学。主持改革者是贵州学政严修。

严修，字范孙，天津人，青少年时代主动学习西方数学、格致等科学知识。于光绪二十年（1894）出任贵州学政，以贵阳学古书院为重点进行改革，聘请学通中西的学者雷廷珍（字玉峰，绥阳人）为院长，制定新的学规，增设新课，除经史之外，设有时务、数学、英语、格致、地理诸科，并用分斋（即分系科）讲习之法。严修从全省生员中选拔40名优秀生入学肄业，这批人后来成了颇有作为的人才。如毛邦伟（后任北京师范大学教授、北京女子高等学校校长）乐嘉藻（后任贵州教育总会会长）、刘显治（留学日本，民初任国会议员）、姚华（留学日本、任国会议员、著名艺术家）、周恭寿（留学日本、曾任贵州教育总会会长、贵州大学校长)、钟昌祚(留学日本、任贵州自治学社社长),还有陈国祥、黄干夫、彭明之、王延直等,不一一列举。为办教育和创办书局,严修花光薪俸,还向故乡商号借债,"视学三年,欠债八千",传为美谈。

由于历代众多客籍文人对贵州教育事业的大力扶持,甚至亲自教诲黔中子弟,使素称"蛮荒之区"的贵州人才辈出,涌现了"六千举人,七百进士";还有一位武状元,两位文状元,为西南诸省之冠。而黔中学术之风的兴起,学术人才的成长,以及学术著作的形成,与客籍文人的启导、训诲不无直接和间接的关系。

激励文学艺术创作

来黔文士中,有不少是杰出诗文作家和艺术家。他们被黔中神奇的自然风光和民族风情所吸引,激情迸发,创作出大量文学作品和艺术作品。

王阳明谪居龙场,留下《居夷诗》二卷,文二十六篇,其《瘗旅文》脍炙人口,今天仍选作中学语文教材。四川状元杨慎旅游黔中,写有近百首诗。明代"后七子"之一的吴国伦任贵州提学副使,赴各府校士,留下不少吟咏黔中山川的诗作。清初查慎行入贵州巡抚杨雍建幕,随平定吴三桂之兵入黔,有《慎旃集》二卷,生动地描绘动乱年代贵州的风貌。赵翼于乾隆年间任贵西道员,由广西入黔,历经民族地区,写有几百首描绘黔中风情的诗作。洪亮吉黔中诗作也有数百首,并撰有《贵州水道考》。舒位、吴嵩梁、贝青乔是清代著名诗人,分别写有咏黔诗作数卷。此外,阮元、程恩泽、何绍基、林则徐等也留下一些咏黔作品。

描写黔中民情风习的作品,如田雯《迎春诗》描绘元宵节各族文艺队伍游街表演的壮丽场面;洪亮吉《贵阳元夕灯词》十首,舒位《黔苗竹词》五十一首,郎葆辰《黔中杂咏十首》,贝青乔的长诗《跳月歌》、组诗《五砂咏》等,反映各族人民的生产和生活情景,很有特色。

明末徐宏祖《黔游记》两卷,是游历贵州54天的日记,描绘黔中山川风物,录写各地生活风貌,细致生动。如写"白水河瀑布"的壮美景观,让世人得知中国第一大瀑布。描写贵州风光的,清代有陈鼎的《黔游记》、檀萃的《黔囊》、蒋攸铦的《黔轺纪行集》等。

贵州境内多奇峰湍流,气势磅礴雄浑,使身临其境的画家震撼不已,情不自禁点染丹青。明嘉靖年间奉命在娄山山脉督采大木的官员龚辉,把民工采木的艰辛与山势、运道的险恶情状，绘成《采木图》15幅，配上说明文字，上奏皇帝，谏止再采大木，以免引起民众暴乱，迫使朝廷下令禁采大木。

清初，江南画家黄向坚赴云南寻找父亲，把滇黔的山水绘成画册，题名《寻亲图》，有8幅现藏贵州省博物馆。乾隆前期，名画家邹一桂两任贵州提学使，对贵州林壑烂熟于心，格外有情，后来画《山水观我》册页数十幅。有22幅为一套的原作，今藏省博物馆，其中《白水河》《铁索桥》《黔灵山》等，令观者如身临其境，心旷神怡。邹一桂还是位理论家，所著《小山画谱》流传颇广，主张师法自然，不惟表现自然之美，更要表现自然的神韵，力求"活脱"："花如欲语，禽如欲飞，石必竣嶒，树必挺拔。观者但见花鸟树石而不见纸绢，斯真脱矣，斯真画矣！"后来的画家多受其启迪，坚持"独师造化，中得心源"创作道路，如郑珍、袁思韠、姚华、黄干夫等，均以写生见长，逐渐形成黔中独具的画风。

客籍的文学艺术家，对贵州出生的文艺家颇为关注，或为其作品作序品评，大力推荐，或亲自指导，提高创作水平。其间有不少感人的事迹。如晚明贵州诗人谢三秀，与江南名流汤显祖、李维祯、王季思等交游唱酬，得其赞赏，或为谢氏诗集作序，使之名噪国中。又如贵州巡抚田雯，折节下交青年诗人周渔璜，二人同官京师时，不时相聚论诗，田雯为渔璜诗集作序，称其"人之奇，诗之工"。周渔璜与京师名流查慎行等唱和，颇受赞赏，誉满京华。

明遗老吴中蕃诗集《敝帚集》，孔尚任读后极为钦佩，特作序给予颇高评价，从而使中原诗界知黔中诗人之诗，成就不在中原名家之下。

有"诗佛"之誉的吴嵩梁，号兰雪，江西东乡人。道光年间出任黔西知州。他建"香海棠巢"，把青年诗人史胜书（黔西人）、戴粟珍（清镇县人）招来巢中习诗，后来，二人被称为"黔中二妙"。充任乡试同考官，荐取的举人陈钟祥、莫友芝成了他的门生，诗法也受其沾溉。

前面提到的程恩泽，向郑珍、莫友芝传授宋派诗法，使二人成为"宋诗派"代表作家。郑珍成就尤高，有"清诗第一"之誉，他的《巢经巢诗集》，被"同光体"诗派推尊为"不祧宗祖"，视为永久的楷模。

修纂地方志乘

贵州的地方志乘，早在宋代就出现《遵义军图经》等四部，元代也有《顺元路安抚司志》等四部，惜均亡佚。明代修方志八十部，仅九部保留至今。清代和民国期间保留下来的志书稍多，分别有七十部和九十一部，亡佚的有一一七部。这是一笔宝贵的文化财富。这些方志，绝大部分是由外籍入黔的官员主持修成，编纂者多本地文士，也有少量外籍文人。私家修志者不多。

明代地方志中，有三部值得一叙。

嘉靖《贵州通志》，谢东山主修并删定，张道主纂。谢氏为四川射洪人，嘉靖年间任贵州提学副使，张道籍贯不详，曾任贵州宣慰司学训导。此志有杨慎《序》，颇有见地。

万历《贵州通志》，沈思充主修，陈尚象、许一德纂写。沈氏为浙江桐乡人，任贵州提学副使。陈、许为贵州人。

《黔记》，郭子章撰，这是私家著作。郭氏字相奎，号青螺，江西泰和人。平播战役前夕出任贵州巡抚，在职10年，颇有建树。于戎马倥偬间搜求资料，著有《黔记》六十卷，保存了丰富的地方掌故轶闻，首创《大事记》一目，为贵州后来方志所采用。

清康熙年间有前后两部《贵州通志》，前志由贵州巡抚曹申吉主修，后志由巡抚卫既齐主修，两部均由吴中蕃参与总纂。继任巡抚阎兴邦以后志为基础，补充内容，增加《杂记》一门，刊刻行世。

乾隆《贵州通志》，鄂尔泰、张广泗主修，靖道谟、杜诠纂。鄂尔泰，满洲镶蓝旗人，姓西林觉罗氏，任云南、贵州、广西三省总督。张广泗，汉军镶红旗人，曾任贵州巡抚。靖道谟，黄冈人，曾任云南姚州知州。杜诠，马龙人，曾任仁怀知县。都是客籍入黔文士。这部志书四十六卷，收录入《四库全书》。《四库总目提要》评道："贵州僻在西南，苗蛮杂处，明代始建都指挥司，后改布政司，分立郡县，与各行省并称。而在唐宋以前，不过羁縻弗绝，尚未能尽辟狂獠，故古来纪载寥寥，最为荒略。明赵瓒始创修《新志》，其后谢东山、郭子章及本朝卫既齐等递事增修，渐有轮廓。终以文献难征，不免阙漏；唯田雯之《黔书》，笔力颇称奇伟，而意在修饰文采，于事实亦未胪具。此书综诸家著述，汇成一编，虽未能淹贯古今，然在黔省舆记中，则详于旧体远矣！"

清代各朝贵州均修有志书，但乾隆以后未有官修《通志》，大都是府、州、县志。其间以道光朝所修方志质量最高。贺长龄抚黔9年，大力倡修府州县志。评论界论定清代名志百余部，贵州有五部：《遵义府志》《贵阳府志》《大定府志》《安顺府志》和《兴义府志》。这五部均出自道光朝，均与贺氏倡修相关。

　　《遵义府志》由遵义知府平翰、黄乐之主修，遵义学者郑珍和独山州人莫友芝总纂，贺长龄作序。梁启超称之为"天下第一府志"。

　　《贵阳府志》由知府周作楫主修，萧琯、翟镳观主撰，邹汉勋删正。志稿完成后，省、府官员看后不满意，贺长龄特引荐其同乡后辈邹汉勋来黔删改。邹汉勋，字叔绩，湖南新化人。精汉学、舆图学，又通天文、六书、九数、金石之学。与邓显鹤同纂《宝庆府志》，一举成名。时人论湘中学人，王夫之之后，当推邹汉勋与魏源。《贵阳府志》删正后，成书一一〇卷，条分缕析，体大思精，成为纪传体志书的典范。贺长龄《序》中说："是编之辑，虽止一郡文献，而领袖全黔，将来续修通省之志书，以此为权舆；条举通省之政事，以此为圭臬。所系岂不重哉！"

　　《大定府志》，知府黄宅中主修，特聘邹汉勋主纂，两年内成书60卷。当时云贵总督林则徐看后，致信黄宅中，称："深叹编纂之勤，选择之当，综核之精。以近代名志较之，惟严乐园之志汉中，冯鱼山之志孟县，李申耆之志凤台，或堪与此颉颃，其他则未敢望其项背也。"

　　《安顺府志》，知府常恩主修，聘邹汉勋总纂，永宁（今关岭）人吴寅邦全纂。一年即成书五十四卷。汉勋亲自踏勘疆域及山川，所作舆图以方格表经纬度，凡城廓、山脉、水道、桥梁、村寨等，都各有标记符号，并用红黑双色套印，观览极为醒目，有独创性，足为后世取法。

　　《兴义府志》，知府张锳主修并纂辑，历时13年，义例严整，内容详赡。最后聘邹汉勋参与总纂定稿。邹汉勋于此志贡献有两大端：一是将编年体与本末体并用；二是舆图用五彩套印，更加明晰。

　　私家撰写与贵州相关的地方志类专著有数十部，其中质量较高、影响较深者，有田雯《黔书》二卷，张澍《续黔书》八卷，李宗昉《黔记》四卷，吴振棫《黔语》上下卷。内容涉及贵州的建置沿革、山川疆域、交通关隘、名胜风光、风俗物产、人文故实以及异事轶闻。

　　田雯，字纶霞，号山姜子，山东德州人，工诗，著有《古欢堂集》，与同乡王士禛齐名。《黔书》分篇记述，有类历史小品，文采斐然。张澍，号介侯，甘肃武威人。嘉庆间任玉屏知县，迁广顺知州。所撰《续黔书》内容充实，颇富奇情异彩，可惜刻意追求古奥文字，生僻典故，令人难以卒读。李宗昉，字芝龄，江苏山阳人，嘉庆间视学黔中。为补《黔书》之不足，撰写《黔记》，涉及农桑、政教及民族风情诸多方面。吴振棫，字仲云，浙江钱塘人，道光年间历官贵州粮储道、按察使，后升云贵总督。《黔语》于史事轶闻、人文故实、殊方异物，考订详核，而且文笔流畅，文辞典雅。

禅宗文化

贵州境内有多种宗教传布，其中创作并流传典籍最丰富的，应是佛教的禅宗经籍。流传至今的，有僧人《语录》《禅灯》等二十多部。近年由《黔灵丛书》编委会点校出版，总字数360多万。贵州文化老人陈福桐先生，把"诗""志""禅"定为贵州文化的"三主流"，足见"禅宗文化"是贵州文化的重要组成部分。而传世的《语录》《禅灯》大都是外省入黔的僧人所著。

佛教于唐代便传入贵州地域，宋、元时出现过规模可观的寺院。而佛教在贵州传播的鼎盛期，却在明末清初这一时段。由于荆湘、巴蜀一带战乱频仍，贵州境内相对安定，僧人纷纷来黔避乱，出现了"百廿高僧入黔疆"的局面，其中绝大部分是外籍僧人。清康熙年间释善一所著《黔南会灯录》，录载120位高僧的行事和语录，其中111位出自破山禅师"双桂堂系"。破山是禅宗第三十一代正宗法嗣，其弟子如敏树、丈雪、破朒、燕居、灵隐、象崖等13人传法黔中各地；各弟子又有多位门徒，传承不辍。其中佛学修养高深、影响最大者，有丈雪和尚、赤松和尚（敏树弟子）、语嵩和尚（破朒弟子）。

释丈雪，法名通醉，四川内江李氏子，5岁即入佛寺为沙弥，四处参师学道，学养深醇。原住内江昭觉寺，避乱来遵义，在沙滩黎氏居地附近开创禹门寺。著有《丈雪醉禅师语录》十卷，《锦江禅灯录》二十卷。善书法，工诗文。郑珍在禹门寺中见过破山、丈雪的手迹，录丈雪诗数十首入《播雅》，赞叹其为"出家之雄"。

语嵩禅师，法名传裔，川西人，俗姓宋。从破朒和尚受法印成为临济宗第三十三正宗法嗣。传法来黔，在息烽西望山创禅院多所，广收门徒。著有《语嵩禅师语录》十二卷，工诗，《黔诗纪略》录其诗二十八首。与丈雪齐名，被誉为"宗门龙象"。

赤松禅师，法名道领，四川潼川人，俗性韩。少年出家，参拜四方民宿，从敏树和尚得法印，为临济三十三世法嗣。他首开黔灵山，创建弘福寺，立黔灵法脉，三百数十年来，传至十五世。著有《赤松禅师语录》五卷，《黔灵山志》十二卷。工诗，有《游行草》二卷，与名士查慎行、周渔璜等唱和。

此外，明代一些官员遁入空门，隐于黔中山乡，招收门徒，传播文化，成为变革时代传递文化的关键人物。其中著名者有大错和尚钱邦芑和大友和尚陈启相。钱邦芑，江苏镇江人，曾任永历王朝四川巡抚。隐居余庆他山和瓮安后岩。清代瓮安文人蔚起，就得益于钱氏沾溉。陈启相，四川富顺人，任河南御史，隐居遵义掌台山寺，培育罗兆生、谈亮等一批文士。郑珍称他是"文章巨手"，对遵义地区文化发展有较大贡献。

总而言之，在贵州文化开发的历程中，客籍文士不仅在贵州这片地域上创造了大量珍贵的文艺作品，而且奖拔、琢育出一批批黔中文士。他们不畏艰辛、不厌穷荒和勇于开发山区文化的高尚情操，以及捐资兴学、诲人不倦的精神风采，成为激励黔中文士奋发进取的精神力量。客籍文人开发贵州文化的功绩永不磨灭！

原载《贵阳师专学报》（1998年1月）

黎庶昌地理学成就评述

黎庶昌是晚清著名散文家和爱国外交官，也是位学者。他治学范围广泛，除地方史志外，还研究校勘学、民俗学和地理学并都有一些成果传世。本文拟就其地理学的成就作一些评述。

黎庶昌研治地理，是从他出任西欧诸国外交官开始的。他在英、德、法、西班牙四国任参赞五年多，游历意大利、奥地利、瑞士、比利时、荷兰等十国，所以他的地理研究也以欧洲为重点，成果有《欧洲地形考略》《西洋游记》等。为加强祖国西北边防，黎庶昌一度研治中俄边界地理，写成《由北京出蒙古中路至俄都路程考略》和《由西北俄境西路至伊犁等处路程考略》。后来，他由贵州老家入京，路经四川、陕西、山西、河北（当时名直隶）等省，考察沿途水土民情及关山道里，写成《丁亥入都纪程》。现分欧洲地理、西北地理及川陕诸省地理三个部分来论述。

一

19世纪中叶以后，资本主义列强先后叩关而入。中国一些有识之士"睁眼看世界"，留心世界大势，急于了解各国地理概貌及内情。一些学者把研究世界地理提到议事日程，着手搜求资料，撰写著作。道光年间，林则徐编撰了《四洲志》，魏源进一步充实，撰成《海国图志》，使国人眼界大开，方知地球上有五大洲四大洋，广阔无垠。但徐、魏等人均未出过国，所写著作，都凭第二手资料汇辑撰写而成；缺乏个人的实际观感。黎庶昌治学以"经世致用"为宗旨，主张"整饬内政，酌用西法"。他很赞同林则徐、魏源等"师夷长技以制夷"的观点。要"师夷"或"制夷",都必须深入了解外国实情。有机会长期驻扎外国,正好从容进行周详的考察,以便探求西洋列国富强的原因,寻找一些切于实用的匡时救弊之术。他到西欧之后,很细心地考察各国的风土人情及政教得失,兼及军事实力、物产、实业诸方面的情况。写成一部纪游性的散文集《西洋杂志》。此书虽涉及许多人文地理的内容,但不能算是一部严格的地理学专著;但此书所附《西洋游记》七篇,记述他七次游历诸国的见闻,涉及城镇相距里程、各地风物胜迹、关山形胜、工农业发展情况、特有物产等。应该说,这是实录性的地理著作,虽然缺乏严格的系统性,却具有较强的准确性和实感性。

这七篇游记,写于出差途次及因公陪游或循例游历的旅程中。其游历时间及路线如下:

《西洋游记第一》记述由伦敦调往柏林沿途见闻。时间是1877年(丁丑)11月。由伦敦乘火车去都勿尔(今译多弗尔,括号内为今译名,下同)港口,乘轮船在伯尔希克(比利时)的客利登岸,再乘火车经布鲁塞尔、可伦(科伦)、享诺法(汉诺威)到达伯尔灵(柏林)。《西洋游记第二》写于1879年(己卯)2月,陪驻英、法公使郭嵩焘赴瑞士考察,由巴黎乘火车去瑞士首都拜尔楞(伯尔尼)。

《西洋游记第三》记述郭嵩焘、马建忠(驻法使馆译员)等游历意大利的见闻。时间与上次游历相衔接。由法国马赛出发,乘汽车沿海岸东行,经都郎、丽司,到小邦国马纳哥(摩纳哥),再经门车到达罗马;然后至拿布勒(那不勒斯)海口,参观古城榜背(庞培)遗址。在拿布勒港送郭嵩焘上船,由此启程返国。黎庶昌与马建忠返罗马,游历了敷老郎司(佛罗伦萨)、弥郎(米兰)、堆尔兰(都灵)等地,最后返回巴黎。

1879年秋,黎庶昌三年的任期将满,公使曾纪泽准他一月假期游历各国。他同马建忠一道,先去法国西部,到达海滨城市包尔多(波尔多),游比利牛斯山。再经马赛、尼斯进入意大利,特地去参观"赌城"马纳哥。游历了"水城"威尼斯,奥都维也纳。回程中参观德国慕尼黑。写成《西洋游记第四》。

1880年(庚辰)6月,"端午节"后,黎庶昌在洋译员路赛陪同下,游历日斯巴力亚(西班牙)全境及葡萄亚(葡萄牙)东部地区,写了《西洋游记第五》。

次年春,黎庶昌因公与译员尔路赛由马得力(马德里)去巴黎,再度游历西班牙北境及法国西部,路线与以前略异,写了《西洋游记第六》。同年秋,黎庶昌返国前，重游英、法、荷兰、比利时、瑞士和德国，写成《西洋游记第七》。

七次游历，前后达五年之久。各次游历目的不完全相同，所记载的重点也互有差别，如第一篇着重记述沿途各城镇相距的里程、居民数量、主要厂矿，也间或描述所见景色。第二篇写法国和瑞士的山水景观，如勒沙得勒湖、热勒弗（日内瓦）湖，都是旅游胜地。有的着重记述参观各地工厂的见闻，有的还记述军港及炮台设施。这些游记，从地理学的角度来考察，有以下一些特点：

一、对名胜古迹记载较详。如罗马城中的古代宫殿废址，壮丽的教皇礼拜堂，从火山灰烬中发掘出的庞培城遗址；西班牙干纳达山峡中的"回宫"，苏格兰的旧王宫，等等。

二、注重实业考察。所经过的城市，凡有著名工厂、矿山，黎庶昌都要专门去参观，仔细记录生产情况。如在西班牙参观一家造纸厂，详细记录其生产流程、操作技术，对其生产效率十分钦佩，如云："凡经机轴六次，皆一气呵成，神速异常，不假人力。"他参观一所卷烟厂后，还注意考察了该厂用工制度："堂中所用，悉皆妇女，老者少者，下至七八岁者，约三千人。主者按日计工，计所成之多，给予工资。散工早迟，听其自便，章程最善。大约勤者每日可得一个牛备细达（按：西班牙钱币，约中国铜钱三百）。"这是当年的劳动工资情况。游记中记不了的，黎庶昌还分gU写有专文，如《葛美尔制铁厂》《布生织呢厂》《马里制治炮厂》《巴黎印书局》等，收入《西洋杂志》一书。

三、留意记述关山险隘、港口炮台等设施。如法国西部重要军港卜赖司脱（布勒斯特），"其海口天然形势，人口处颇窄，两边俱有炮台扼守。内则分两岔，江面宽阔，可容兵船数百号"。这里专门训练海军，中国"闽厂"有几个人在此学习。又如荷兰港口，"闸门以内，河道深，两岸平平，芦苇成丛，绝似苏州一带风景"。尔诺特达干（鹿特丹）为通商大海港，尔兰江（莱茵河）入海处，江面宽阔，与扬子江同，铁桥长数百丈。苏格兰首都格拉斯哥，其西南海深入，地势雄伟，海滨一带，风景绝佳。这类记述颇多，不一一列举。

四、对政教设施与社会风情也颇留心。如在瑞士，专门访问了上下议院，其国不设总统，由七人轮流执政，每年一换。黎庶昌颇觉奇异，说："西洋民政之国，其置伯理玺天德（总统）本属画诺，然尚拥虚名。瑞士并此不置，无君臣上下之分，一切平等，视民政之国又益化焉"。钦羡之情，隐透字行之间。他应朋友之请去意大利一家尔诺司大剧院看戏，由两位"名优"主演，最后有百余人的女子的跳舞，"衣分五色装，联翩而舞，应弦赴节，夸容轶态，婉妙绝伦"。黎庶昌特意去参观马德里"农务学堂"（国立农学院），并对其教学设施，学生来源及去向作了仔细考察，写有专文。他们还去"赌城"马纳哥观看"开赌"的场面："厅长十余丈，现设长桌三，环坐数层……桌上皆画斜格，中设圆转盘，盘中有球。每次由赌官转盘，视球之所落以定胜负。金钱之声，铿锵盈耳，堆积者动以万计，胜者以象牙长柄小爪爬之，真可谓见所未见。"富人们在这里除参赌之外，还住在高级旅馆中饮宴跳舞，尽情享乐。黎庶昌也看到一些"穷民"的生活情况，如在意大利境内，但见"穷民沿山而居，零星错落，或结茅于云气之上，颇类川黔深山穷谷气象"。他也留意考察各国民众的精神风貌，如维也纳多华丽宫殿及游乐场所，"人民习于游乐，风气与巴黎无殊"。"水上都市"卫力司（威尼斯），以前是繁荣的大商港，而"近则生意寥寥，屋宇多见颓"，呈现出没落衰败气象。西班牙"斗牛之风颇盛，其人毡帽而阔边，皆斗牛者也"。

这些游记，把地貌、景观、实业与风情融合在一起，是人文地理与经济地理的巧妙结合，又以目击者的观感形式来描绘，使读者如身临其境，感受特别真切。

还有《奉使伦敦记》，记述由上海乘海轮赴伦敦沿途的见闻，如新加坡的动物园，槟榔屿的椰林、馒头果，锡兰的佛寺、贝叶经，亚丁一带印度洋中的飞鱼，阿拉伯的鸵鸟，麦加城的咖啡，苏彝士（苏伊士）运河的景观，毛儿达岛的船坞，支布洛陀（直布罗陀）海峡的炮台，等等，一派异国风情，令人神往。

《欧洲地形考略》写于黎庶昌任法国参赞期间，地名译音用法语，与今天的译名差异较大。全书篇幅不长，仅13000余字，结构完整，文字精炼。着重论述欧洲的行政区划与地形概貌，算是专题性的地理学专著。

此书分两大部分：第一部分介绍行政区划，第二部分记述海洋、山脉、河流。

从行政区划方面来看，把欧洲分为15个区，其中北4区，中6区，南5区。各大区中包含不同国家。如北4区即今之北欧，有英格勒待尔（即英国），丹勒马尔克（即丹麦）、薮得（瑞典）、诺尔威什（挪威）和罗而豫洗（俄罗斯）。中6区有佛朗司（即法国）、伯尔希克（比利时）、蒿朗待（荷兰）、须衣士（瑞士）、奥脱利什益路里（即奥地利）、阿尔曼尼（即德国）。南5区有波尔维加尔（即葡萄牙）、哀司班业（西班牙）、意大里（意大利）、堆尔基（土耳其）和格赖司（即希腊）。

其次，分国记述其所分省、府或州，或"工待"（英国）。这部分内容较多。在记述某些城市时，点明其主要特点，或为军港，或为商港，或有什么特产和工矿企业，或为旅游胜地，等等。如意大利分16省、69府，分省分府逐一记述。论及刚巴尼省主城拿布勒（那不勒斯）时，注明"通商海口，法公司轮船赴中国经此。有火山"。这就使内容更加丰富。

地形部分大约分四类：分别为海、海峡、海湾；岛，半岛；地峡，地角；湖泊与河流。由于当时地理术语在汉语中未有相应的称谓，黎庶昌只得根据自己的理解来创造。如法语的"黑尔"（译音），译为汉语"海"，与今天一样。"待脱洼"黎译为"仄海"，今天作"海峡"。"哥尔弗"译为"海汊"，今天作"海湾"。"伊尔"译为"海岛"，与今天同。"卜赖司稽尔"译为"洲"，今天作"半岛"。"伊司脱漫"译为"西洲相连处小峡"，今天称"地峡"。"加卜"译为"山脊"，即今天的"地角"。其他如山、湖、江、河的译名与今天相同。在当时，黎庶昌采用译音兼译意的方式，其意译与今天有差别，但术语的内涵是一致的。他的这部地理专著，为后来汉语术语的统一提供了参照依据。

这部专著的主要特点是纲目分明，论述简要，是很有实用价值的普及读物，对一百多年前希望了解欧洲形势的中国人，有如干渴之际的泉水，颇受欢迎。可惜地名译音以法语为准，且系首译，与后来的译名不一致，给读者带来一些不便。

二

黎庶昌研究西北地理，与当时边界形势极度紧张相关。

早在1864年，新疆回民起义反清，浩罕酋长阿古柏乘机于1867年自中亚细亚侵入南疆，在英国、土耳其支持下建立"喀什葛尔"王国。沙俄也于1871年出兵侵占伊犁。李鸿章主张放弃新疆，退守玉门关，"准其自为部落"。左宗棠力主以武力规复新疆，于1878年率兵出关，终于打败阿古柏，收复南疆，陈兵以待，与俄国交涉索还伊犁。清廷先派崇厚赴俄，草约失败，又派曾纪泽为驻俄公使，再度谈判。

黎庶昌一直支持左宗棠武力规复的战略，为了确保西北边防，弄清中俄边境一带的地理形势，决心研治西北地理。他写信给曾纪泽，要求以游历之名义，派员前去实地考察，他愿意亲自前往，不顾风沙干渴之苦，以求得到第一手的见闻资料。在《上曾侯书》中这样写道："窃谓俄人允还伊犁，收回故地，将来事定之日，正宜早建善后长策。商告俄廷，于出洋人员中选派数员，酌带翻译、随人，亦假游历名分，两道并发，径从俄境陆路回国，至京销差。以两年为期，限令其从容行走。凡所经过之处，山川城郭、风土人情、道途险易、户口蕃耗、贸易盛衰、军事虚实，以及轮车、电线能否安设，一一咨访查看而后载之；可图者并图其形势而归，备日后通商、用兵有所考核，不为俄人所欺。"这是一个完备可行的考察方案。他表示"不惜生命，乞充一路之任，以上报国家，为奔走臣"。但清廷及曾氏均未同意。黎庶昌赴中俄边境考察的愿望落空，但他并未就此罢休，千方百计搜求有关资料。自18纪60年代以后，外国人借通商、游历之名深入中国内地及中俄边境一带，就有不少英、法、俄等国的冒险家前去探察，写了一些日记或游记，其中一些在外国刊布。黎庶昌居然搜到七八种之多。如未署名的《英商节略》，英人密溪的《自北京出蒙古中路至俄都载记》、法人密仰的《由俄都经西必尔利（即西北利亚）至北京载记》、英人瑞勒尔的《至土耳其迄司当、伊犁、塔什干等处游记》、俄人卫勒果夫的《游历新疆记》等。这些东西虽是亲历的记载，但内容庞杂，次序凌乱。黎庶昌便请翻译人员把有关部分译出，自己反复研读，再细加编纂，整理成两个资料：《由北京出蒙古中路至俄都路程考略》和《由亚细亚俄境西路至伊犁等处路程考略》。

这两个《考略》条理清楚，内容丰富，涉及面广。概括起来有以下几个特点：

一、实感性强。所采用的资料都是游历者亲自耳闻目睹，记述较确实。如沿途城镇、村落相距里程，道路险易，交通条件等，都如实录载。何处平坦，何处陡险，何处有沙漠，何处可走小路，何处可骑马，何处可用骆驼，何处可驾车或驾雪橇，两地之间是否别有间道，都详细记述，使读者如亲历其地。

二、搜罗宏富。举凡地形，气候、物产、植被、交通、贸易、军事设施、政治体制，等等，无不采录。有些材料记述得很细致，如写咸海（原译"阿拉尔拉克"）上的交通状况："湖中有小火轮船数只，西南可到机洼（基发），东南可到塔什干，惟江中时有沙浅处，行船甚是艰阻。"又如记俄国的"路照"分三等，与中国驿站的"火牌"相似。但制度严密，等级、急缓、待遇差别都大。何处有城堡，何处有炮台，何处住什么军官，驻防人数等，都如实记录，有时还联系以往战争史迹，写一段掌故。

三、反映社会风情。各地所属民族不同，有的一城住有不同国别、族别的居民。如塔什干城中"半是回人,半是俄人,百姓约有三千,驻防兵六千。""城内一花园,每礼拜兵士作乐三日。"食物如羊肉、白菜、瓜果之类均佳;西洋酒比俄酒昂贵,生意稀少。又如萨马尔罕,居民约三万,印度人、犹太人都有,以阿富汗人为多。元代帖木儿在这里建都城,修建的大礼拜堂至今仍在;帖木儿夫人所建学院也在,"回人至今尊仰"。

四、介绍旅游知识与经验。如何购置沿途所用衣物、食品,如何租用廉价马匹、骆驼或车辆,如何与车夫打交道,如何防盗、防毒虫,怎样应付驿站的夫役,连带小绳、大绳,铁钉、烘骆驼粪的铁炉等都规定得明明白白,甚至如何去找懂德语或法语的翻译(临时),都考虑到了。这两个《考略》,不仅于用兵、通商有重要参考意义,而且是很实用的旅行指南。研究中国西北边境地理,在道光、咸丰年间出现了一批学者和专著,其中颇有名气的有张穆的《蒙古游牧记》,何秋涛的《北徼汇编》《朔方备乘》。这些论著从十几卷到几十卷,内容丰富,征引浩博。但大都是"汇编"性质,引自历代有关史料。如所引主要书目为《永乐大典》《一统志》《大清会典》《皇朝通典》《皇朝文献通考》等,属于第二手、第三手的资料,时间差距较大,难免古老、陈旧。黎庶昌也是引用他人资料,但这些资料都是游历者的实录,而且与编纂时间相去不远,内容新鲜、切实,富于现实性,有较高实用价值。为了给有关部门提供参考,黎庶昌把这两个《考略》呈送总理各国事务衙门(相当于外交部)。那颗拳拳的爱国之心,令人敬佩。

还值一提的是,黎庶昌引用这些资料,常常写明"×××曰"字样,一是表明资料来源,二是便于对差异处互作比较,同时表明他诚恳笃实的治学态度和作风,不掠人之美。

三

《丁亥入都纪程》分上、下两卷,以日记体的形式,记述黎庶昌由黔入京,特意绕道川、陕、晋、冀的历程,以及进行地理及古迹名物考察的收获。此行从丁亥(公元1887年)三月下旬启程,七月上旬到京,历时三月有余,逐日记录,凡行程道里,停宿村落场镇,游历的山光风物、古迹名胜、沿革考核、会客访友等等,无不备载。此书不是一般的旅行日记,而是考订沿革、辨别古籍记载真伪的学术著作，属历史地理学范畴。概括起来，有以下一些特色。

一、留意关山要塞及古代战场。川、陕、陇与秦晋一带，两千多年来都有大小不同战役，黔北也一样。黎庶昌经过时，不仅留意观察险峻地形，还从战略高度总结古人用兵得失，如关于娄山关、重庆佛图关，都引述明末杨应龙、奢崇明与明兵争关夺隘的史迹。如经四川汉川时，指出此城在西汉名"雒县"，东汉名"广汉"，是"自昔谋蜀者所必争之地"。如先主入蜀，邓艾入成都，都力争此城。又如对绵州的战略位置，《纪程》中作了这样的评述："此州城颇狭，百里内外皆矮山回抱，虽水陆四冲而无险可扼。诸葛武侯北伐经营汉中，正以进为守，蒋琬乃舍汉中而驻涪，厥后费祎屯汉寿，姜维耕沓中，均落第二义。至诸葛瞻退住绵竹，一战而蜀亡矣。"守绵竹比守涪州、屯汉寿等在战略上更为失策。有些关隘自古称雄险，若守者失去人心，再险的要塞也无济于事。如剑门关为川陇之间第一险关，确有一夫当关、万夫莫开之势，但据蜀而王者，均未能据此关而长保蜀地。

访古战场时，随手引述战况。如凭吊留坝县的武关驿时写道："古武休关，路旁新立一碑曰'古三交城'。宋绍定四年，蒙古拖雷入大散关，破凤州，一军趋华阳，屠泽洲；一军攻武休关，生山，截焦崖出武休东南，遂围兴元，军民散走，死于沙窝都数十万，即此。"于客观记叙中，隐含贬抑之意。对成都的战略地位，黎庶昌用历史上割据势力兴衰成败的史实加以论述，如云："其地势东向，只是偏雄局面。自古争天下者，用蜀以资高强则可，若得蜀便以自足，如公孙述、成李、王氏、孟氏之徒，燕雀处堂，无一能久存者。此诸葛武侯所以匆匆北伐也。"此论相当精辟。黎庶昌治历史地理学，能从战略高度总结历史的经验教训，以之为割据称雄者戒，表现了史家卓识。

二、经实地考察以纠古籍记载之失。黎庶昌熟读地志，如顾祖禹《读史方舆纪要》、郦道元《水经注》、班固《汉书·地理志》以及《尚书·禹贡》等。这次游历途中，通过考察实地情形，他发现古籍中有不少错误之处，均一一考订辨别。如《读史方舆纪要》称绵谷县有石柜阁，又有龙门阁及千佛崖。经黎庶昌实地考察，才确证"千佛崖即石柜阁之称，人所共知，龙门则未闻。以是知顾氏误也"。又如诸葛亮经管的筹笔驿，有许多诗人题咏，但《读史方舆纪要》却把朝天驿当作筹笔驿，而且"言之确确"。其他如"诸葛亮墓"，在沔县有数处，黎庶昌对此作了考察，得当地父老的指点，审度了地势，引述历代诸家有关论述，并绘了图加以辨别，力纠《水经注》"因山为基，不起坟垄"之说。此类纠谬多处，在历史地理学研究中很有价值。

三、运用实地考察材料，论述一些城市历史沿革。如重庆，古为巴子国，秦代为江州。张仪筑城，蜀汉李严扩建。又如都江堰古今概貌的变迁；成都"锦官城"的由来及"少城"的变迁，引证各部史书及一些诗文。其他如写褒城的沿革，宝鸡（古陈仓）的变化，都有精到的考证。《纪程》中这类例证颇多，不再赘述。

四、关切国计民生，凡与此有关者，均录载书中。如对物产、贸易的情况，黎庶昌十分关心。路经綦江，见农家屋角的桑树及山坡间的青杠林，特地写了此地及黔北的蚕丝业盛衰概况。对綦江一带的"黄葛树"很感兴趣，记录了特殊的种植方法。在资阳见到小溪中的"水车"，形制比黔北精巧，且用料省，"轻而灵活"，他准备"异时当告吾乡人仿之"。

黎庶昌还注意观察土壤质地的变化。他在一则日记中写道："自未出黔境之桐梓，土色即红，直抵华阳大百铺，千里如一。至成都二三百里间，忽变青黑。山林坝镇，色又复红。《禹贡》梁州厥土青黎，殆京川西坎土色为衡也。讲地利者，亦不可不知。"又如华州产竹，居民多营竹器，引《史记》以证其历史之悠久。行经秦、晋平衍之区，却见"赤地千里，一无喝荫"。在介休县才见乡村多种树木，他深有感触地写道：

"自介休至张兰镇，经行村落间，树木葱菁，风景绝佳。往余游欧罗巴，见西人种树之利甚博，往往长林数十百里，皆人力所为。此次经由秦、晋，具有深意，实欲查看西北土地所宜耳。以秦、晋两省之平衍，不必废田而种树，但能于各县大道两旁，按照西人之法，每距一丈种槐柳之属一株，及各家田土界畔亦用此法，种树为界，以时芟补，不出十年，材木便不可胜用。"此法在今天仍有现实意义。《纪程》记录各地特产之处较多，不再论列。

总而言之，黎庶昌是一位富有爱国精神和革新思想的外交家和学者，他抱着富国强民、捍卫祖国疆土的目的来研治地理学，向国人普及地理知识，为外事、交涉及军事、商务提供参考资料。这种治学的精神，是值得发扬光大的。

原载《贵州文史丛刊》（2013年1月）

贵州遵义的沙滩文化

贵州遵义是著名的历史名城，沙滩位于遵义市东八十里的东安江畔，今属遵义县新舟镇。

沙滩在清代乾嘉以后的百余年间，文化蒸蒸日上，成为大儒之乡，诗文之乡，书法之乡，外交家的摇篮。出现了郑珍、莫友芝、黎庶昌这些了不起的人物，形成了一个冠冕全黔的文人群体，他们不仅是贵州文化史上的杰出代表，而且是驰名中外的学者、诗人和作家。

沙滩文化的奠基人黎安理（1751—1819），号静圃，乾隆举人，大半生从事教育，培养了大批人才。晚年曾作过山东长山知县，平反冤狱，很有政声，著有《锄经堂诗文集》《梦余笔谈》等。他的德操对子孙影响很深。

沙滩文化第二代传人是黎恂、黎恺两兄弟，文才过人，有"黎氏双璧"之誉。黎恂（1785—1863）字雪楼，嘉庆进士，出任浙江桐乡知县，设塾授徒，他把三万多卷图书陈列在锄经堂中，让门人及族中子弟取阅，时加指点，为门人及子弟们文学创作和学术研究打下扎实基础。黎恂研读经史，治宋五子之学，著有《蛉虫斋诗文集》《千家诗注》《读史纪要》《四书纂义》等。他是沙滩文化由萌芽走向成熟的关键人物，英国《大百科全书》录载其行迹。黎恺（1788—1842）字子元，道光举人，任过印江县学训导、开州训导，著有《近溪山房诗钞》。

沙滩文化的第三代传人是黎兆勋、郑珍和莫友芝诸人，是他们把沙滩文化推向辉煌阶段。黎兆勋（1804—1864），字柏容，青少年时代与郑珍、莫友芝同窗艺砚，探讨学习，切磋诗艺，友谊深厚，通经史，尤嗜诗词。礼部尚书潘祖荫称他和郑珍、莫友芝三人为"黔之通人"，任过石阡府学权教授，开泰县教谕，湖北鹤峰州州判。沉沦下僚，怀才不遇，与江汉、吴越诗家交游，诗、词创作成就渐高,有《侍雪堂诗钞》《莳烟亭词钞》传世,为黔中一流词家,在全国诗坛也有名望。

郑珍(1806—1864)字子尹,少年时代就读于黎氏家塾,得大舅父黎恂精心指导,博览群书,精研宋学;又拜贵州学政程恩泽和遵义学府教授莫与俦为师,研习汉学,以"汇汉宋为一薮"为治学宗旨,融合宋代理学和汉代许(慎)郑(玄)之学。著述宏富,经学和文字学的成就很高,有许多独创性见解,学界推尊为汉学大师,有"西南巨儒"之美誉。中过举人,任过古州厅(今榕江县)学和荔波县学训导,主讲遵义湘川书院和启秀书院,培养大批英才。黎氏门中兆祺、庶焘、庶昌诸昆仲,均出其门下。

莫友芝(1811—1871),独山人。其父是翰林院庶吉士,是他把乾嘉学派的汉学传到西南地区。莫友芝承家学,又师承雪楼先生,广交天下英儒硕彦,学识渊博,著述等身,是清代著名版本目录学家和书法家,著名诗人。终身从事教育,不鸣一官,晚年入曾国藩幕府。与郑珍齐名,有"西南巨儒"之称。

沙滩的第四代传人有一大批,其中以黎庶昌最为突出。黎庶昌(1837—1898),字莼斋,从小就有大志,26岁时向皇帝上"万言书",指陈时弊,力主改革。在曾国藩幕府供职多年。师从曾氏,为曾门四大弟子之一,成为晚清著名散文家;曾任外交官,驻西欧四国达八年之久;又两度出任驻日本国公使。著述颇丰,代表作有《拙尊园丛稿》《西洋杂志》等。

黎庶昌之后,沙滩文化渐趋式微,其子侄辈中虽有不少人能诗善文,有成就者不太多,黎氏之学只汝谦、黎尹融较有名望。汝谦是光绪举人,两度赴日任神户、横滨领事;任过《时务报》编辑,著有《夷牢溪庐文集》《夷牢溪庐诗钞》,并翻译《华盛顿传》。黎尹融是光绪进士,任过知县、知州等官,曾赴日本考察,有诗文传世。黎尹融之子黎渊、黎迈留学日本,分别获法学博士和理学硕士。黎渊在民国初年创办中国第一所高等政法学堂。郑氏之学后继乏人,莫氏之子虽有莫友芝之子绳孙,祥其之子莫祁、莫堂继承,但均留居江南,成就不甚高。

沙滩文化出现在西部贵州,必然会带有黔中地域色彩。如,诗人吟咏黔中的风土民情和山川风物的诗词;作家描写山乡景色,记述本邦史实与人物的文章;史学家撰写的《遵义府志》《播乱纪事》等,无不具有浓郁的地域特色。正是这些富于地域特色的文化成果流传到全国和海外,产生了广泛的影响,成了中华民族优秀文化的组成部分。此外,沙滩文人也研究一些非地域性的课题,如郑珍的

"三礼"研究、文字学研究；莫友芝的金石学、目录学研究，书法艺术研究；黎庶昌的地理学、版本学研究等，都取得相当高的成就，如新编《辞源》中一些古字的注释，就直接写有"参考郑珍《说文新附考》"的字样。日本人编的大型工具书《清人篆隶字汇》，选录了莫友芝的独体书法若干。

黎庶昌出驻英、法、德及西班牙等四国参赞前后达五年之久，游历西欧十国，广泛而深入地考察了西洋的政治、经济、文化与风土民情，写了《西洋杂志》一书，详细记述考察见闻，向国人介绍西洋各国的民主政治、机器、火车、轮船、电报的便利，以及奇特的风俗习惯，优美的山川景色，使读者眼界大开。

黎庶昌两次出使日本，历时六年。与日本朝野文士广泛交游，每年春秋佳日，举行修禊之宴和登高之会，邀集日本友人诗酒唱酬，倾心谈论。中日两国文士或赋诗或作文，回顾中日两国人民悠久的历史，畅叙当今的深情厚谊。这些诗文共有六个集子，汇编为《黎星使宴集合编》。这部诗文集既是中日文化交流的结晶，也是中日人民友好的丰碑。

当时，日本明治维新已进行二十多年，在学习西方科技文化方面，取得很大成功，这使黎庶昌看到改革中国内政、学习西洋以振兴中华的一线希望。他把在东西洋多年考察和研究所得，制定出一个全面革新中国社会的规划，写成《敬陈管见折》直接向皇帝上书，要求"整饬内政，酌用西法"，提出七条改革措施，涉及军事、内政、外交、经济、文教诸方面。这个奏章显示了黎庶昌卓越的政治见地和成熟的革新思想，他写于1884年，比康有为等的维新变法活动早了十几年，可以说，黎庶昌是中国近代史上主张推行维新变法运动的先驱。

沙滩文化的代表人物郑珍、莫友芝和黎庶昌，成为享誉海内外的文化名人，在中国文学史和学术史上都占有相当的地位。抗战期间，浙江大学史地研究所编写的《遵义新志》把黎、郑、莫三个家族共同创造的丰硕文化成果所体现的人文精神，统称为"沙滩文化"。近数十年来，沙滩文化的研究引起学术界的重视，有的学者把它同"巴蜀文化""吴越文化""河洛文化"等地域文化相提并论。

原载《贵州特色文化研究》第1辑

试论蚩尤在历史上的地位

在中华民族的发展史上，炎黄之外，还有一位祖先是我们绝不能忽视的，他就是蚩尤，九黎部族和蚩尤也是中华民族的伟大开创者，与炎、黄、九夷同辉。

一、蚩尤是中华民族的伟大祖先之一

九黎之君号蚩尤。蚩尤是五千多年前活动在晋、冀、豫、鲁之间的九黎部族首领，也是中国西南民族苗彝的直系祖先。在黄帝、炎帝、九黎、九夷四大黄淮部族的融合战争中，蚩尤先胜炎帝，再胜黄帝，最后却败给炎黄两大部族联军，战败而为黄帝所擒杀。九黎部族战败后，分成三路向西、西南和南方迁徙，他的主体沿秦岭、武夷山、苗岭一线，过黄河、长江，进入川、黔、滇，形成西南民族苗彝的先民；另一支沿秦岭西迁，与西部居民融合形成彝族的祖先西羌；还有一支过黄河、江水、长江。进入湘中鄂，与荆楚吴越居民融合，形成南蛮和南方方言苗族的先民。此外，有一部分为东南黄淮的九夷所吸收。

蚩尤被杀，从此在中华民族的族谱上陨落了；九黎南迁，从此一度在中华历史文化舞台中心销声匿迹。然而，蚩尤却在中华民族的形成史上留下了辉煌的铭记；而九黎的后人则创造了同华夏文化一样光鲜人类的蛮夷文化，他们共同组成了举世瞩目的中华文艺艺同体。

蚩尤如闪电一般，刺激了中华民族原始共同体的融合形式，为此，中国古代众多的古籍都有记载，《尚书》《竹书纪年》《春秋》《诗经》《周易》《左传》《国语》《管子》《越绝书》《史记》《后汉书》《山海经》《礼记》《太平御览》等都载有蚩尤或九黎的事迹；而《苗族史诗》《苗族古歌》《蚩尤神话》《苗族迁徙歌》《传说蚩尤》等苗语文献传说则更确证了蚩尤的历史地位，他不仅是苗彝的伟大祖先，也是中华民族的伟大祖先之一，与炎、黄日月同辉。尽管蚩尤是远古伟大悲剧的主角。

二、蚩尤对创始中华文明的突出贡献

早在八千多年前，蒙古人种的东亚人群就在黄淮海、江河海流域开始了中华文明的创始工作。五千多年前，他们越过构木为巢的"有巢氏"进入巢居、屋居时代；又越过茹毛饮血的"遂人氏""知生氏"进入原始演猎的"优毅氏"时代，中国出现了原始的、农业的、"民知其母、不知其父"的"神龙氏社会"。

在西北的黄河上游，洛河、太行山一带，活动着黄帝部落，崇拜云、土和黄色，号"有熊氏"，在陕西中部的渭河、黄河、秦岭一带，活动着炎帝部族，崇拜火和红色，号"神龙氏"。炎、黄都为崇拜蛇、龙的部族（《史记·五帝本纪》）。

在黄河中下游的晋、冀、豫、鲁之间，活动着蚩尤部族，号"九黎"，崇拜鸟和枫木，在黄河下游和淮海流域活动着"九夷""东夷"部族，崇拜鸟，号"凤夷""鸟夷"等；九黎、九夷都是崇拜凤、鸟的部族（《史记·五帝本纪》《诗经·商颂·弦鸟》《蚩尤的传说》《苗族文献·传说》）。

五千多年前，中华民族同源（《史记》、苗族《蚩尤神话》、《三神助蚩尤成家》），一统两体（炎、黄、九黎、九夷）、黄淮海东西四方（炎、黄、黎、夷以冀为中心由西向东南并列）。在东西四方、龙凤两大集团中，母系社会的炎帝族较早地步入了农业定居生活，因而称"神农氏"；而蚩尤九黎部族则由于创造了一系列的新发明而在炎、黄、九夷中间崛起了。

蚩尤九黎对创始中华文明的突出贡献，首推铜、铜矿、铜器等的发明、发现和使用推广，从而使中华民族先于其他人类较早地步入了青铜时代。《管子》说："蚩尤受庐山之金而作五兵。"《龙鱼河图》说："有蚩尤兄弟八十一人，并兽身人语，铜头铜额。"苗族文献《蚩尤神话》《传说蚩尤》也确认蚩尤最先发现铜矿并最先使用铜器、铜具，用铜兵器作战，还使之传入炎、黄部族。

蚩尤九黎对创始中华文明的突出贡献，其次是将铜器的使用推广到炎、黄、九夷三大部落，从而对中华民族原始的共同体的形成，起到了很大的推动作用，并使整个中华文明发展进入了一个崭新的高度。《越绝书》说："黄帝之时，以玉为兵。""蚩尤九族是中国和世界最早使用铜器的人群，是冷兵器时代的开创者，在人类文明史上具有崇高的地位。"苗族文献传说《蚩尤神话》《传说蚩尤》等也确证，炎、黄集体是向蚩尤九黎部族学得了铜器技术以后才反败为胜的。

蚩尤九黎对创始中华文明的突出贡献，其三是创立了一系列的新知识、新技术。史书大都公认蚩尤是铜器技术的创始者，也公认蚩尤是冷兵器战争知识的创始者；而苗族文献传说则推崇蚩尤是声乐知识、医药知识、天文历算知识、军事知识、生产技术知识的创始人。

由以上可知，蚩尤九黎对创始中华文明作出了突出的贡献，在一些领域甚至超过了炎、黄两大部落。所以，蚩尤九黎同炎、黄、九夷一样，是中华文明的伟大创始者之一。

蚩尤发明了铜兵器和一系列的新知识之后便向西扩张，与向东西扩张的炎帝部族相冲突，由此引发了中华民族历史上第一次大规模的部族兼并、融合、统一战争，史称"涿鹿之战。"

三、蚩尤是首次部族融合战争的主角

记载蚩尤九黎事迹的众多典籍，无不同五千多年前的炎、黄、蚩尤大战相关，这是中华民族历史上第一次大规模的部族融合战争，蚩尤正是引起这场战争的悲剧性的主角。

《史记·五帝本纪》说："神农氏世衰，诸侯相侵伐……而蚩尤最为暴，莫能伐。"《蚩尤的传说》则说蚩尤在"打龙战争中"首先斩杀了垂耳妖婆（黄帝的妹妹），也说赤龙公（炎）、黄龙公（黄）因为垂耳妖婆被蚩尤斩杀而相互为仇；《史记》说，"蚩尤作乱，不用帝命。"于是黄帝乃征师诸侯，与蚩尤战于涿鹿之野，遂擒杀蚩尤。《蚩尤的传说》则说赤龙公（炎）和黄龙公（黄）联合打败了蚩尤。《史记》是汉族史典，《蚩尤的传说》是苗族文献传说，两者立场各异却记载相同一个事实:蚩尤是引发中华部族兼并大战的主角，却是悲剧性的主角。

武器先进的蚩尤九族为何会被炎黄打败呢？其一，冷兵器时代，落后部族

民族打败先进部族民族的史实不胜枚举，如多利亚人之于迈锡尼、日耳曼之于古罗马，等等；其二，黄帝部族学会了蚩尤部族的铜兵器制作方法和战法，后来居上；其三，黄帝部在战争过程中发明了更有势头的新技术、新武器，如原始战车、牛马骑兵等；黄帝族发明并使用了新式弓弩，终于转败为胜。

炎、黄、蚩尤大战在人类文明史上，在中华文明和中华民族的发展史上具有深远的历史影响。其一，在中原地区（晋、冀、豫、鲁、陕）形成了以华夏族（黄炎）为核心的中华民族原始共同体；其二，第一次在中国历史上形成了以华夏中心、四夷环绕的华夷互补同一体；其三，第一次在中国形成了中华文化共同体一统（中华）、两体（华、夷）、四方（夷、狄、蛮、百）的文明聚合过程和基本模式；其四，第一次促使整个中华民族原始共同体统一地进入了一个新的历史高度：青铜时代、华夏文明；其五，第一次促进中华民族的先民向四面八方大迁徙、大融合，从而为中华大文化共同体奠定了基础。

蚩尤就像一颗星，一闪而过间照亮了整个东方世界。

原载《理论与当代》（2010年8月）

贵州文化浅论

一、关于贵州文化

贵州文化，是4000万汉、苗、布依、侗、彝、水、回、仡佬、壮、瑶等各族兄弟与其先民千万年来在中国西南部的贵州高原上所创造的一切物质文明和精神文明，它以特有的多民族之风采、高原之雄浑、森林之神奇而著称于世界。

贵州文化的主体是贵州高原各族人民，贵州文化的客体是贵州高原文化环境和资源，贵州文化的载体是贵州高原的时空与历史传统。

贵州文化，作为中国文化的一部分，它与世界文化相异；作为中国西部文化的一部分，它又与中国东部的大河文化、平原文化不同，更与中国东部的海岸文化、海洋文化相异；同时，作为西南文化，它又与西部文化、黄土高原文化和北方草原文化不同，此外，作为夜郎文化、贵州文化，它与滇文化、云南文化、巴蜀文化风格迥异。

贵州文化，作为多民族的贵州民族文化，作为西部高原的贵州高原文化，作为西南大森林的贵州原生文化、原始文化和森林文化；作为现代中国贵州的科学技术文化，它都在世界文化、中国文化、西部文化和西南文化中独树一帜，别具一格，具有较为突出的文化地缘特点。

贵州文化形成了在贵州高原、贵州森林环境与其资源之上，保留了极其罕见的原生文化和原始文化、传统文化，因此，高原文化、森林文化和原生原始文化也由此构成了贵州文化的三大基本特色；同时，贵州文化既是古代南蛮文化、夜郎文化，又是现代中国西部文化、西南文化和民族传统文化。

此外，贵州文化自身又是中国大文化系统内的一个巨大的文化小系统。

贵州文化，包括以汉、苗、布依等民族为代表的系列民族文化，包括以贵烟、贵酒、贵药、黔味为代表的系列酒文化、食文化或饮食文化，包括以蜡染、织锦、民族服饰为代表的系列服饰文化，包括以山寨、鼓楼、栈桥为代表的系列建筑文化，包括以遵义文化、岩画文化、夜郎文化为代表的系列历史文化，包括以二月二、三月三、四月八、六月六、七月七等为代表的系列节日文化，包括以芦笙舞、踩木鼓、古瓢舞等为代表的系列舞台文化，包括东线民族风情、西线自然景观、北线历史文物为代表的系列旅游文化，包括以玉屏箫笛、思州石砚、民族花边、金瓜盆桶、大方漆器、平塘陶器为代表的系列工艺美术文化，包括以傩、彝族古歌、各民族歌谣为代表的系列文学艺术和宗教哲学文化，包括以民族风情、风俗、时尚为代表的系列民俗文化，等等；一句话，贵州文化与贵州文化资源极其丰富，价值无比。总之，贵州文化以贵州民族文化为主体，以中国西部为方位，以高原文化、森林文化、原生态文化为基本特色；它是当代世界珍奇，它是中国西部高原文化圈独树一帜的，富有原始、原生态、高原与森林特色的贵州多民族文化。

二、贵州文化的特征

贵州文化的基本特征是由贵州文化的内涵与外延共同体现的。

首先，贵州文化具有五大基本组成：①贵州民族文化；②中国西部文化；③贵州高原文化；④贵州森林文化；⑤贵州原生文化。

同时，贵州文化又呈现出贵州多民族文化、高原文化、森林文化三位一体的总体特征。而且，贵州文化三位一体的总体特征还是贯穿于整个贵州文化形态之中，表现出10个三位一体的表现特征：

1.以贵州傩文化为表象的原生态文化、次生文化、再生文化的三位一体；

2.以贵州节日文化为表象的生存文化、生产文化、生活文化的三位一体；

3.以贵州蜡染文化为表象的原生态文化、传统文化、现代文化的三位一体；

4.以贵州酒文化为表象的民族文化、中国文化、世界文化的三位一体；

5.以贵州旅游文化为表象的民族区域文化、历史文化、社会文化的三位一体；

6.以贵州饮食文化为表象的生命文化、森林文化、人类文化的三位一体；

7.以贵州建筑文化为表象的高原文化、森林文化、地域文化的三位一体；

8.以贵州古歌、岩画、舞乐文化为表象的人文化、鬼文化、神文化的三位一体；

9.以贵州民族工艺美术文化为表象的技术文化、价值尺度、思维方式的三位一体；

10.以贵州原生态文化，原始思维为表象的真（实用文化或知识文化）、善（道德文化）、美（思想文化）的三位一体。

总之，贵州文化的三位一体的总体特征，全方位地体现在贵州文化的一切形态之中，体现在贵州文化的所有层次和侧面上。

三、贵州文化的价值

中国文化在世界上独享神奇，作为中国文化一部分的贵州文化因此也是世界文化中独享神奇的一部分，贵州文化在世界文化、中国文化和西部文化中都具有无比珍贵的价值。

第一，贵州文化作为中国民族优秀传统文化的一部分，具有极大的中国民族文化价值，在弘扬中国民族优秀传统文化中举足轻重。

第二，贵州文化、贵州文化资源具有极其宝贵的开发、利用价值，如果加以勘察、分析，搞好开发、生产，将产生出社会、经济、文化的三重效应和效益。

第三，贵州文化作为贵州民族文化、高原文化、森林文化、原生文化和西部文化，具有极高极大的审美价值，当代世界的审美返祖、文化返祖现象，正是在科学技术文化极度发展的情况下，重归自然、重归民族、重归传统的，贵州文化以它的完整的民族文化、原生态文化、高原文化、森林文化而独具神奇，顺此潮流，必将在当代世界大放奇彩。

第四，贵州文化作为贵州文化资源，还可以与贵州矿产资源、自然生态资源相媲美，与它们并列为发展贵州经济文化的"三大资源优势"，搞好了，可以借此联结省内外、国内外、海内外，以它为社会、经济、文化桥梁，内引外联，吸收投资。

第五，人才和信息，为贵州社会经济的发展提供巨大的动能。

第六，贵州文化、贵州文化资源自身还可以形成系列的商业文化产业，发展文化产业、文化商品，在省内外、国内外形成独特的贵州文化商品市场，再由此形成国际贵州文化资源开发中心，从而直接形成贵州社会、经济、文化的良性循环，三重发展效应和效益。

总之，贵州文化、贵州文化资源具有形成贵州系列文化资源产品、系列文化产业群和系列文化商品的潜力，也具有形成省内外、海内外贵州文化商品市场的魅力，因此，贵州文化、贵州文化资源在发展贵州经济、发展贵州文化产业、文化商品方面，在经济、社会、文化三者协调发展方向上，都具有无比的文化社会价值和开比广阔的前景。

原载《贵州民族研究》（2009年2期）

节日与庆典

　　节日与庆典是人类文化现象中最具有喜庆意味的，每个民族都在他们的节日中尽享欢娱和畅快，人们常以自己认为最能够抒写情怀、表达喜悦的方式去欢度他们的节日，这些节日经过祖祖辈辈历史的传递和继承，形成了具有民族特色的庆典活动，他们用那些形式各异的庆典活动以彰其喜和乐。在人们的心目中，参与到节日和庆典中去是人生最喜悦的事，也是最值得记忆和留念的。

　　然而，事情往往是以其截然相反的形态呈现的，节日与庆典便是一例，倘若我们究根溯源，就会极其惊异地发现，那些欢乐的节日和庆典的源头，绝大多数是发轫于悲怆之事。也就是说，那貌似喜庆的节日之后都有着令人不堪回首的悲剧性意蕴。我们还是就一些较有代表性的民族节日的起源作一番探究。

　　节日庆典从广义上分，主要有两类，一类是史事型的，另一类是祈愿型的。但无论哪一类，都与人类先民在自然中的卑微地位以及由此生成的悲辱心态分不开。弗雷泽曾令人信服地列举许多民族节日的庆典都起源于对死者的哀悼仪礼，我们可以从文明古国的历史文化中找到根据。北美印第安人在丧葬仪式之后都要进行一系列的跑步、投射等活动。鞑靼人在掩埋了他们的死者之后，照例总是要进行热烈的赛马活动。高加索人除了在人死之后要进行隆重的仪式之外，在周年还要举行纪念活动。中国也有一些节日庆典直接或间接地与悲悼的丧葬祭祀有关，比如"鬼节"(系我国俗称)，原是佛教徒追荐祖先的葬日，佛教徒称为"盂兰盆会"，它是专门求佛超度亡人的活动。是日，在大规模的仪式活动中，最重要的一项就是佛教徒上坟祭祀亡祖。佛教传入中国以后，该节日在形式上有了一些变化，因为中国的"鬼节"大部分流行于广大乡村，原来以寺庙僧徒的大规模形式已转变成了以家庭为单位的祭悼亡灵的活动。但就其实质来看，追忆、哀挽、缅怀死者的性质仍未易改。再如端午节，其端由也是以一定的意象性方式（龙舟竞渡、扔粽子于江湖等）欲使屈原尸骨得以挽救和保存，表达人们对死者的悲恸和景仰之情。贵州清水江地区苗族的"龙船节"与汉族的"端午节"规模相仿，苗族人民举行了一年一度的祭祀节日庆典。悲与喜同源一体，互为糅合，悲为本，喜为象，当为一个极好的注疏。

现在让我们接着讨论祈愿型节日庆典。顾名思义，祈愿型就是祈祷的方式寄寓着人们深切而真挚的意愿的节日庆典，它大致可分为以下几种：

（一）祈求类

在喜庆的节日中祈求神灵保佑生灵平安算得上是较有代表性的节日类型了。这种节日庆典在中国少数民族中最为盛行，他们一般是选择一个吉日或标志性很强的日子，举行蔚为壮观、热闹异常的节庆日，以此贿赂神灵，让神灵享受了丰盛的款待之后赐福保佑人们太平。贵州的苗族有过"三月三"的节日习俗，他们在这天要吃"三月粑"，原因何在？据说是三月三系冬眠的蛇神苏醒出洞日，蛇虫鬼怪在偏僻边远的山区经常对人们的生命和生活构成威胁，苗族人民选择这一天吃"三月粑"，意在祈求蛇虫鬼怪不要侵害人们。苗族的牯藏节也是一个极有代表性的节日，比如西江的苗族把牯藏节看作最隆重的祭祖庆典，十三年才一次。节日这天，家族老少全部到齐，把象征祖先灵魂安息之所的牯藏鼓（铜鼓）从鼓房接出，然后由一壮年男子庄重地背在背上，徐徐而行，行间由牯脏头（主持节日者）唱"引鼓歌"：

　　爹娘鼓像太阳，

　　他们向我们招呼：

　　老者长寿，

　　幼者苗壮……

牯藏节庆典仪式繁缛复杂，此不赘述。很清楚，它无非是以声势浩大的节日庆典来告慰先灵，祈求它们保佑平安。人们终年辛苦勤俭，断不敢有所挥霍，有所浪费，更不敢作任何造次。而在节庆时，把长时间积累下的最好礼物祭献给神灵，以表示人们对神灵的臣服之态。可悲的是，这瞬间的机会不是人们自己争取到的，是神灵、鬼怪、祖先施舍的。难道我们不能体会到其中的悲凉意味？此外，许多民族还要为山石河木雷电雨虹等精灵妖怪举行节日庆典，比如丹寨苗族中就有一个节日叫"忌雷节"，人们以庆典的方式感激春雷给大地带来的生机，感激轰隆的怒吼给人间僵死的生命带来了复苏和感知，那阵阵雷声实际上是神灵意的显现和转换，它把春天和生命怒抛出来，悄悄地告诉人们的潜台词却是：我是宇宙生命的主宰!真是威严与畏惧同生，喜乐与悲辱俱在。

（二）时序类

冬去春来，四季变化，万物在时令中枯荣，这原本是自然的律动，然而，在原始文化阶段，任何事物都被认为是神灵作用的结果，很自然，那些由远古时期产生、变化和发展而来的时序性节日庆典也就带来神灵的烙印。与时序节日有主要关系的是时岁节日和农事节日。时岁节日源自古代人民对季节时令的认识。

农事节日算得是节日中最重要的一部分。考世界古代的历史，各民族大都经历过漫长的农业历史阶段。贵州镇远地区的侗族盛行一个独特的节日——"活路节"与农事活动密切相关。活路节规定在正月初旬逢戊的第二天进行，届时要举行隆重的活路节仪式，以表示一年一度的春耕、春纺到来。仪式开始，由活路头把牛扶犁，进行犁田春耕的意象性动作，并祈求神灵保佑庄稼丰茂，新的一年年景好。贵州榕江县加宜地方的苗族一年中的主要节日大都是农事节日。三月初有一个"下种节"，这天活路头天未亮就下田撒谷种，家家户户在这天都要杀鸡宰鸭，敬祭祖先神灵，祈求保佑庄稼苗壮成长。四月初有一个节日叫"开秧门"，这天活路头照例天未亮就下田插秧，村寨的其他苗民还要以丰盛的饭菜款待神灵。五月底有一个节日叫"吃粽粑"，是日又是一番祭祀和祈祷。七月中旬有一个叫"吃新节"，这时是稻子灌浆，人们又来一次供祭仪式，求神灵让稻穗饱满。一个个的农事节日，一次次的虔诚祈求，一次次向神灵顶礼膜拜，那农事也就在神灵的一次次施恩赐泽中进行。

（三）宗教类

在名目繁多的节日庆典中，有宗教性质的节日也有不少，形态也各不相同，然万变不离其宗，都未能摆脱人们对神灵的祈求意识。我们在此仅就原始宗教遗俗节日稍做论述。贵州威宁的彝族有一个传统节日叫"过十月节"，一年一度，其规模可以和汉族的春节相媲美。过节时，人们要把神龛打扫得干干净净，插上松枝，堂屋内也铺上松叶，传说这是与当地彝族的原始图腾物黑虎有关，意在与其共享佳节，并期望它携带吉祥同来。贵州的仡佬族在十月初有一节日叫"牛王节"，据说也与图腾观念有关。宗教式的节日庆典早已把人与神灵的关系暗示得清清楚楚，无须作格外解释。

原载《贵州特色文化研究》第2辑（2014年2月）

龙里岩画简介

　　龙里岩画是贵州省最大的一处岩画，它位于龙里县谷脚镇谷远村的巫山崖壁岩体上，是贵州省目前已发现的面积最大、图像最多、内容最丰富的岩画群。它生动再现了远古人类悲壮的生命历程，具有很高的历史价值和艺术价值。岩画，是一种具有时间性广度和历史性深度的泛文化现象，是人类最早的绘画艺术，也是人类社会记录在岩画上的形象性史书。国外岩画研究工作已有百余年的历史，已有百余个国家成立了专业的文化研究机构。许多国家已把岩画列为本国重要的文化遗产加以保护，建立了供研究的资料库。在当前，国际上岩画学研究的特征是：在建立完备的资料库的前提下，运用多学科的综合性手段对岩画进行解读和破译，以期得到古代人类社会的更多的信息。公元6世纪初，我国北魏时期的地理学家郦道元在其著作《水经注》中所记载的岩画点就达二十余处。国内关于岩画的研究工作是20世纪初才开始的，在我国从北到南、从东到西广袤的国土上，我国学术界相继在黑龙江、内蒙古、宁夏、甘肃、青海、新疆、西藏、四川、云南、贵州、广西、江苏等地发现了大批的岩画。近几十年来，国内有关学者就岩画方面的研究写了不少的考察报告、研究文章、专著等，出版或刊登在国内外的各类刊物上。

　　我省的岩画研究是20世纪80年代开始起步的。主要有：贵州省文物管理委员会的吴正光、庄嘉如于1986年1月在《贵州文史丛刊》发表的文章《贵州境内的几处岩壁画》；贵州省考古研究所曹波、车家骧于1987年1月、1985年2月在《贵州文史丛刊》《大众科学》上发表文章《开阳古代岩壁画初探》《清水河畔的艺术奇观——开阳古代岩壁画》；贵州大学王良范、罗晓明分别于1989年3月、1990年4月、1992年3月，在《贵州大学学报》上发表学术论文《贵州古代岩壁画探幽——开阳"画马岩"考察记》《岩壁上的文化影像——关岭古代岩画考察初步探索》《岩画：贵州古代文化与历史的一种文本》；后两人又于1997年出版专著《贵州岩画——描绘与解读》，2002年2月在《贵州民族研究》上发表学术论文《贵州岩画的再发现——龙里巫山大岩脚岩画群初探》；贵阳高等师范专科学院王天禄在《贵阳高等师范专科学院学报》（2002年4月）发表文章《贵州龙里巫山岩画考察记》；新华社贵州分社记者周芙蓉也于2002年9月24日在《中国文化报》发表文章《贵州新发现岩画群》；2004年9月曹波在《贵州民族研究》发表了《贵州龙里巫山岩画人物图考释》。2001年以来，从中央电视台到省内的各大新闻媒体也相应地报道了有关我省龙里县新发现古代岩画群的消息。上述的新闻报道和学术研究拓宽和丰富了我省已发现的地方性岩画的原始性文化的研究领域。这些在文字产生之前的岩画，作为一种特殊的文化现象和造型艺术，并以图像形式记录了当地土著先民在各个发展过程中的劳动、生活、经济活动和他们在原始社会中的生活实践、心理状况、思维方式、民族信仰及人类与大自然之间的种种关系，在这样的基础上，我省龙里地区的岩画进一步的深度研究工作正待开展，利用现已获得的有关岩画综合研究的相关成果，调动各种方法，去分析、比较该地区的种种文化现象。

贵州龙里地区岩画蕴藏着丰富的原始文化信息，它同我省古代土著民族有渊源关系。可以通过深入的研究，去探知未被文字记录的古代人类活动的空白点，去获得研究工作中从未有过的最大容量的新知识。龙里岩画对贵州古代民族史、古代艺术史、社会生活史、动物生态学、人类学以及相关的旅游开发等诸多方面均有极其重要的社会意义。党中央国务院非常重视文化遗产的保护工作，因此，我们研究这个课题具有重要意义。

第三部分

时代与思考

用勤劳的双手托起伟大的"中国梦"

中共中央总书记、国家主席习近平在第十二届全国人民代表大会第一次会议上讲话中指出："面对浩浩荡荡的时代潮流，面对人民群众过上更好生活的殷切期待，我们不能有丝毫自满，必须再接再厉，一往无前，继续把中国特色社会主义事业推向前进，继续为实现中华民族伟大复兴的中国梦而努力奋斗。"这是新一届中央领导集体与时俱进、继往开来，站在新的历史起点上，向全国各族人民发出的实现中华民族伟大复兴的进军令。理想在人民心中，希望靠我们奋斗。

一、实现中国梦，是中国各族人民的共同追求

中国几千年的文明史，无不印证着中华儿女勤劳智慧不断追求美好生活的奋斗轨迹。几千年来，中国在绝大部分时期都领先于世界。有资料表明，1800年，全世界有9亿人口，中国有3亿人，占世界人口的1/3；中国的粮食产量也占世界粮食产量的1/3，居世界之首；中国的工业总产值（主要是手工业）占世界的33%；全世界超过50万人口的大城市有10个，中国就占6个。在伦理道德和治国理政方面也是世界领先，法国思想家伏尔泰在18世纪中叶的一篇文章中写道："由于它是世界上最古老的民族，它在伦理道德和治国理政方面，堪称首屈一指。"中国梦不断在延续。

只是到了近代，由于封建王朝的腐败，西方列强趁机蹂躏我国，中国梦几经断送……

中华民族是奋发向上的，中国虽然一度落伍，受到屈辱，但最终找到了改变中国命运的领导力量和正确道路。中国共产党的成立使中华民族的中国梦重新燃

起。在中国共产党的正确领导下，经过艰苦卓绝的抗争和奋斗，中国人民推翻了压在自己头上的"三座大山"，赶走了帝国主义列强，结束了半殖民地半封建社会。新中国的诞生和中国共产党成为执政党，为中华民族实现中国梦提供了道路制度保障和坚强的领导力量。中华民族正满怀信心地向着实现中国梦而奋进。

二、实现中国梦，我们具备了充分的条件

回顾新中国成立以来革命建设和改革开放的历史，我们发现，中国每前进一步，都是以具备发展条件为前提。实现中华民族伟大复兴的中国梦，仍然需要具备实现中华梦的条件为前提。

建国初期，我们之所以能够在短短的时间内就完成了对农业、手工业和资本主义工商业的社会主义改造任务，实现了财政经济的基本好转，正是基于新中国的成立，确立了社会主义制度，中国共产党作为执政党的坚强领导，在全国人民万众一心实现中国梦而积极投入到社会主义建设热潮中。

改革开放短短的三十多年，我们的国家由一个贫穷落后的农业国变成了繁荣昌盛的世界第二大经济体，人民生活离小康目标越来越近。缘此，我们说，实现中华民族伟大复兴的中国梦具备了以下的充分条件。

其一，道路保障。"道路关乎党的命脉，关乎国家前途、民族命运、人民幸福。"我们说的道路保障，指的就是中国特色社会主义道路。习近平总书记指出："这条道路来之不易，它是在改革开放30多年的伟大实践中走出来的，是中华人民共和国成立60多年的持续探索中走出来的，是在对近代以来170多年中华民族发展历程的深刻总结中走出来的，是在对中华民族500多年悠久文明的传承中走出来的，是有深厚的历史渊源和广泛的现实基础。"有了这条正确的道路，中华民族实现中国梦就有了坚实的道路保障。

其二，精神支撑。我们所说的精神支撑，指的是以爱国主义为核心的民族精神，以改革创新为核心的时代精神。二者的有机结合形成了中国精神。习近平总书记指出："这种精神是凝心聚力的兴国之魂、强国之魂。"这是实现中华民族伟大复兴的中国梦的强大精神力量。

其三，力量凝聚。我们所指的力量凝聚，指的是中国各族人民大团结的力量，即中国力量。习近平总书记指出："中国梦是民族的梦，也是每个中国人的

梦。只要我们紧密团结，万众一心，为实现中国梦而奋斗，实现梦想的力量就无比强大。"当前，中国13亿各族人民正万众一心、紧密团结、聚精会神、一心一意搞建设，为实现更加美好的生活而不懈奋斗，这种不怕艰难、开拓创新、勇于实践的中国力量，正是我们实现中国梦的基本保证。

其四，特质基础。物质基础是实现中国梦的前提。改革开放以来，特别是近10多年来，我们取得了一系列新的历史性成就，为全面建成小康社会、实现中国梦打下了坚实的基础。我国经济总量从世界第六位跃升到第二位，社会生产、经济实力、科技实力迈上一个大台阶，人民生活水平、居民收入水平、社会保障水平迈上一个大台阶，综合国力、国际竞争力、国际影响力迈上一个大台阶，国家面貌发生新的历史性变化。我们正充满信心地在为在2020年全面建成小康社会而努力奋斗，在为实现中国梦打下更加雄厚的物质基础。

其五，党的领导。中国共产党是中国特色社会主义事业的领导核心，也是中国各族人民实现中国梦的领导核心。党的十八大报告向我们展望了党的前景：在中国共产党成立一百年时全面建成小康社会，在新中国成立一百年时建成富强民主文明和谐的社会主义现代化国家，进而实现中华民族伟大复兴。这三个环节紧扣的目标，体现了人民的愿望和民族的利益，是激励全党全国各族人民前进的壮丽蓝图。自中国共产党成立之日起到现在的90多年时间里，从带领中国人民"站起来"，到改革开放让人民"富起来"，再到建成全面小康让13亿人民"幸福起来"，证明我们党有智慧、有能力，是坚强的领导核心。我们完全相信，有中国共产党的正确领导，中国梦一定能够实现。

三、实现中国梦，要立足实干

任何目标的实现，不是靠喊出来的，而是靠干出来的。"空谈误国，实干兴邦"。这句话道出了实现中国梦的基本要求。回顾历史，面对西方列强的凌辱，中国梦没有破灭；面对新中国成立之初的一穷二白，中国梦没有破灭；面对奋斗征程中的挫折和坎坷，中国梦也没有破灭。中华民族之所以在百折千回中迎来一次次复兴的曙光，靠的就是一代又一代人的艰辛奋斗和实干。党的十八大为我们的国家和民族制定了发展复兴的宏伟蓝图，使中国梦焕发出鼓舞人心的力量，激荡起亿万人民的共鸣，为我们实干兴邦提供了明确的路径和具体的目标。

时至今日，中国正处在实现梦想的关键点，"雄关漫道真如铁，而今迈步从头越"，我们一定要立足于社会主义初级阶段的基本国情，面对发展起来以后出现的问题和挑战，面对前进道路上遇到的重重阻碍，不仅需要各级党政领导、广大干部职工、专家学者成为"实干家"，而且更需要全国各族人民都成为"实干家"。切实做到人人都敢于跨越"人间正道是沧桑"的今天，更敢于向"长风破浪会有时"的明天奋进，一步一个脚印地昂首前行。

中国梦，既是国家梦、民族梦，也是每个中国人自己的梦。要把中国梦变成现实，还有很长的路要走，需要付出艰辛的努力。最根本的，就是要求每一个人都要在各自的岗位上实干，付出自己的智慧和劳动。那就是：中国人的命运掌握在中国人自己手里，中国各族人民美好生活的获得，归根到底是靠自己的劳动来实现。我们要扎扎实实、脚踏实地，用勤劳的双手托起伟大的"中国梦"。

原载《贵州日报》理论版（2013年4月）

实施西部大开发与加强党风廉政建设

实施西部大开发战略,加快西部地区经济社会发展,是以江泽民同志为核心的党中央总揽全局、面向新世纪、全面实施社会主义现代化第三步战略目标而做出的重大战略决策。

面对实施西部大开发的新形势新任务,我们要保持清醒的头脑,既要不失时机地抢抓机遇,乘势而上,加快发展,又要正视所面临的挑战和困难,对可能出现的各种问题进行预测和研究,采取正确的政策措施,把阻碍和影响西部大开发的各种困难和问题造成的不利因素转化为加快发展的有利因素。

西部大开发战略的实施,将为我国西部地区的改革、发展和稳定注入强大的动力和全新的活力,并且必将在全国以及国际政治、文化和经济生活中产生重大的影响。实施西部大开发战略,中央必将从政策上、资金上对西部地区给予大力的倾斜和支持。不仅有中央的支持,我国沿海发达地区也要支持;不仅有国内的支持,许多有远见的外商也会纷至沓来,参与开发西部这片黄金宝地。

由于我国市场经济体制尚未健全以及立法滞后于经济发展和国家调控在管理上还存在许多漏洞等原因,不可避免地会给腐败分子留下可乘之机。因此,加强党风廉政建设,是实施西部大开发战略的必然要求。

在少数民族地区加强党风廉政建设,为结合西部大开发战略净化社会环境,提供强有力的法治保证,需要认真抓好"五个结合"。

第一,实施西部大开发战略大讨论与进行党风廉政建设教育紧密结合。加强党风廉政建设教育的目的,就是让广大干部,特别是领导干部认识到它对实施西部大开发战略的巨大作用,克服那种认为西部大开发是"硬任务"、党风廉政建设是"软任务"的错误观点,对在实施西部大开发中可能出现的违纪违法现象保持清醒的头脑，并采取正确的对策措施，尽量把违纪违法行为消灭在萌芽状态，从而为实施西部大开发战略净化社会环境，提供强有力的政治保证。因此，我们一方面要开展实施西部大开发战略的讨论，一方面又要进行党风廉政建设的大教育；一方面要实施西部大开发战略，一方面又要加强党风廉政建设，切实做到"两手抓，两手都要硬"。

第二，大胆使用干部与加强教育干部紧密结合。"政治路线确定之后，干部就是决定的因素。"西部大开发战略能否在少数民族地区顺利实施，并且取得好的效果，关键在干部，特别是各级党员领导干部能否从讲政治的高度对待西部大开发战略，能否以"三个代表"的要求去实施西部大开发战略。可以肯定地说，在少数民族地区，不论是少数民族干部，还是汉族干部，绝大多数是具有很高素质的，必须不拘一格大胆使用，把他们放到实施西部大开发战略的第一线去，为他们的健康成长提供展示才能的舞台和空间。同时，也应清楚地看到，随着实施西部大开发战略的进展和形势、环境的发展变化，更需要对党员干部，特别是领导干部进行党性党风教育，用"三个代表"来要求和衡量党员干部，使他们真正树立起正确的世界观、人生观和价值观，自觉抵制"私欲"膨胀，摒弃"利欲"攀比，战胜"物欲"诱惑，无论在什么情况下，都能顶得住歪理，耐得住清苦，抗得住诱惑，管得住小节，"自重、自省、自警、自励"，以一个优秀干部的魅力和良好的形象影响和带领少数民族群众脚踏实地实施西部大开发战略，为加快少数民族地区脱贫致富奔小康，为实现富民兴黔的战略目标努力奋斗。

第三，放手让干部大胆工作与加强对干部的有效监督紧密结合。放手让干部大胆工作与对干部进行有效监督是一个有机的统一体。放手不等于撒手，监督不等于监管。中央和省委领导多次强调，进行社会主义现代化建设，要靠广大的干部，要放手让他们大胆地创造性地工作。同时也强调，要加强对干部，特别是领导干部进行有效的监督，使他们能够用好手中的权，管好国家的钱，更好地为人民服务。在实施西部大开发战略中，放手让干部大胆工作的同时，进一步加强对干部，特别是领导干部的有效监督显得尤其重要。要通过纪律监督、制度监督、法律监督、群众监督和舆论监督，构建完善牢固的廉政体系，把权力的运用纳入法律和制度的轨道，防止权力的滥用，杜绝吏制腐败，从而有效地落实从严治党治政的方针，确保少数民族地区实施西部大开发战略的顺利进行。

第四，尊重民族习惯与依法行政紧密结合。少数民族传统习惯是在长期的历史过程中形成的，是少数民族对物质生活和精神生活的喜好、风尚和禁忌等的一种反映。少数民族传统习惯是少数民族群众共同遵守的，按照党的民族政策是要受到尊重和保护的。但随着国家法制的完善，随着党风廉政建设的加强，在少数民族地区实施西部大开发战略的过程中，必然会遇到二者如何结合的问题。实际上，尊重少数民族习惯与坚持依法行政并不矛盾，二者都是一种行为规范。从一定意义上讲，尊重民族习惯，执行党纪和国家的法律法规，也是党风廉政建设的重要内容，都应该得到遵守和认真地执行。

第五，争取和引进资金与管好用好资金紧密结合。实施西部大开发战略，国家将对少数民族地区加大资金的投入，沿海发达地区的资金投向也会向西部地区转移。同时，金融部门也将加大信贷的力度。在这种情况下，如何管好用好资金无疑将摆在少数民族地区各级党委和政府的面前。一方面我们要鼓励和支持少数民族地区更多地去争取和引进资金；另一方面又要强调加强对资金进行有效的管理，防止因渎职失职和不良行为造成的漏洞。因此，强调管好用好资金就显得非常重要。资金管好用好了，就能从物质上保证西部大开发战略的顺利实施，使之取得更大的、良好的经济效益和社会效益。

总之，实施西部大开发战略与加强少数民族地区的党风廉政建设都非常重要，两者既是经济问题，又是政治问题，关系到民族地区经济发展、脱贫致富、民族团结、社会进步和政局稳定，关系到国家的社会主义现代化建设第三步战略目标的实现，必须引起少数民族地区各级党委和政府的高度重视，必须引起各级民族工作部门的高度重视，万万不能忽视。

原载《西部抉择》，贵州民族出版社2000年版

全面推进政务公开工作

田俊　田原

今年 2月17日，中共中央办公厅、国务院办公厅印发了《关于全面推进政务公开工作的意见》(中办发〔2016〕8号)（以下简称《意见》），并发出通知，要求各地区各部门结合实际认真贯彻执行。对全面推进政务公开工作提出总体要求。《意见》共五个部分，二十一条。确立了新时期政务公开工作的指导思想、基本原则和工作目标，针对政务主动公开、政务开放参与、政务能力提升及其强化保障措施等方面明确了工作流程、关键环节、重要抓手、节点要求并提出了具体做法。《意见》的发布不仅标志着国家全力推进政务改革尤其是政策透明度和政务服务水平的坚强信心和决心，也是增强政府公信力、执行力，促进政务公开常态化的重要举措，更是国家着力全面推进依法治国和发展社会主义民主政治、推进现代国家治理和民生福祉的制度保障。

4月2日国务院办公厅于印发了《关于2016年政务公开工作要点的通知》（国办发〔2016〕19号）。通知指出：2016年是全面建成小康社会决胜阶段的开局之年，也是推进结构性改革的攻坚之年。今年政务公开工作的总体要求是：紧紧围绕党中央、国务院重大决策部署和公众关切，深入贯彻中共中央办公厅、国务院办公厅《关于全面推进政务公开工作的意见》和《中华人民共和国政府信息公开条例》，认真落实《政府工作报告》有关要求，细化政务公开工作任务，加大公开力度，加强政策解读回应，不断增强公开实效，保障人民群众知情权、参与权、表达权和监督权，助力深化改革、经济发展、民生改善和政府建设。国务院办公厅将对各地区、各部门落实情况进行督查，组织开展第三方评估，并公布评估结果。

国务院办公厅于印发《关于2016年政务公开工作要点的通知》（以下简称《要点》），具体详尽地部署了2016年政务公开重点推进的内容，涉及深化改革、经济发展、民生改善、政府建设、政务参与、公开时效等方面，目的，就是深入贯彻《意见》提出有关任务部署的具体落实。

根据中共中央办公厅、国务院办公厅印发的《意见》和国务院办公厅印发的《要点》精神，4月25日，贵州省人民政府办公厅印发了《2016年政务公开工作要点的通知》，对全省全面推进政务公开工作进行了部署提出明确要求。

一、深入学习《意见》和全面推进政务公开工作面临的形势任务

中办、国办印发的《意见》既是贯彻全面推进依法治国的重要举措，也是推进十三五规划的有力保障，是新形势下建设阳光政府的指导性文件。意义重大，影响深远。首先，《意见》的颁布施行是党和政府全面建成小康社会，实现更高质量更高水平治国理政方略的重要保障。党的十八大以来，党中央、国务院高度重视政务公开，习近平总书记多次就政务公开作出指示。因此，《意见》的颁布施行就是深入贯彻落实党的十八大和十八届三中、四中、五中全会精神，深入贯彻习近平总书记系列重要讲话精神，紧紧围绕"四个全面"战略布局，牢固树立创新、协调、绿色、开放、共享的发展理念，深入推进依法行政，全面落实党中央、国务院有关决策部署和政府信息公开条例，坚持以公开为常态、不公开为例外，推进行政决策公开、执行公开、管理公开、服务公开和结果公开，推动简政放权、放管结合、优化服务改革，激发市场活力和社会创造力，打造法治政府、创新政府、廉洁政府和服务型政府。《意见》具有很强的理论性、实践性和指导性。 其次，全面推进政务公开工作是进一步转变政府职能深化行政管理体制改革，确保二〇二〇年全面建成小康社会实现奋斗目标的必然要求。党的十八届五中全会指出，到二〇二〇年全面建成小康社会，是我们党确定的"两个一百年"奋斗目标的第一个百年奋斗目标。"十三五"时期是全面建成小康社会决胜阶段，为实现这个奋斗目标，必须紧紧围绕深化行政管理体制改革，进一步转变政府职能深化行政管理体制改革，持续推进简政放权、放管结合、优化服务，

提高政府效能，激发市场活力和社会创造力。第三，全面推进政务公开工作是建设法治政府的必然要求。《意见》指出依法设定权力、行使权力、制约权力、监督权力，依法调控和治理经济，推行综合执法，实现政府活动全面纳入法制轨道。第四，全面推进政务公开工作是建设阳光政府和服务型政府的必然要求。《意见》要求，公开透明是法治政府的基本特征。全面推进政务公开，让权力在阳光下运行，对于发展社会主义民主政治，提升国家治理能力，增强政府公信力执行力，保障人民群众知情权、参与权、表达权、监督权具有重要意义。要坚持以公开为常态、不公开为例外，推进行政决策公开、执行公开、管理公开、服务公开和结果公开，推动简政放权、放管结合、优化服务改革，激发市场活力和社会创造力，打造法治政府、创新政府、廉洁政府和服务型政府。要紧紧围绕经济社会发展和人民群众关注关切，以公开促落实，以公开促规范，以公开促服务。依法依规明确政务公开的主体、内容、标准、方式、程序，加快推进权力清单、责任清单、负面清单公开。坚持改革创新，注重精细化、可操作性，务求公开实效，让群众看得到、听得懂、能监督。以社会需求为导向，以新闻媒体为载体，推行"互联网＋政务"，扩大公众参与，促进政府有效施政。要增加公共服务供给。坚持普惠性、保基本、均等化、可持续方向，从解决人民最关心最直接最现实的利益问题入手，增强政府职责，提高公共服务共建能力和共享水平。第五，《意见》明确了各级政府对全面推进政务公开工作的主体责任，列出时间表路线图，要求到2020年，政务公开工作总体迈上新台阶，依法积极稳妥实行政务公开负面清单制度，公开内容覆盖权力运行全流程、政务服务全过程，公开制度化、标准化、信息化水平显著提升，公众参与度高，使政府更加公开透明赢得人民群众更多理解、信任和支持。第六，《意见》是推进我省"守底线、走新路、奔小康"，紧紧围绕"四个全面"战略布局，牢固树立创新、协调、绿色、开放、共享的发展理念，深入推进依法行政，推动简政放权、放管结合、优化服务改革，激发市场活力和社会创造力，打造法治政府、创新政府、廉洁政府和服务型政府，到2020年与全国一道全面建成小康社会的重要保障。

二、要以高度的政治责任感、紧迫感全面推进政务公开工作

《意见》指出：党中央、国务院历来高度重视政务公开，作出了一系列重

大部署，各级政府认真贯彻落实，政务公开工作取得积极成效。但与人民群众的期待相比，与建设法治政府的要求相比，仍存在公开理念不到位、制度规范不完善、工作力度不够强、公开实效不理想等问题。这从根本上与我们的思想观念、能力水平，体制机制不适应有着直接的关系。因此，要强化问题导向，责任主体，注重精准实施。要将全面推进政务公开工作，打造法治政府、创新政府、廉洁政府和服务型政府，与提高广大干部特别是各级领导干部的思想观念、能力素质和全面建成小康社会同步推进。

（一）要紧密结合当前正在开展的"两学一做"学习教育，切实解决公开理念不到位，核心是牢固树立执政为民的理念。全面推进政务公开，是法律赋予各级政府及相关部门必须履行的责任和义务，是党中央、国务院和省委、省政府的明确要求。各级政府及相关部门作为实施政务公开的责任主体，必须进一步提高对新形势下全面推进政务公开工作重要性和紧迫性的认识，进一步增强执政为民的理念。要紧密结合当前正在开展的"两学一做"学习教育，进一步强化"政治意识、大局意识、看齐意识、核心意识"，把思想和行动统一到中央、国务院为全面推进政务公开工作确定的路线、方针、政策措施上来。把全面推进政务公开工作提高到依法行政、建设法治政府和执政为民的高度，做合格党员标尺的要求。充分认识全面推进政务公开工作是推进依法行政、打造阳光政府、提高政府公信力的重要举措，是建设服务政府、责任政府、法治政府和廉洁政府的客观需要。全面践行推进政务公开工作有利于进一步促使政府转变职能；有利于进一步促推动政府更好地依法行政；有利于进一步发挥好政府信息服务社会的作用，提高政府公共服务水平，为推进国家治理体系和治理能力现代化，确保我省到2020年与全国一道全面建成小康社会发挥积极主动的作用。

（二）要把政务公开工作列入重要议事日程，切实加强组织领导。要进一步提高政务公开工作制度化标准化水平，提高政务公开工作信息化集中化水平。一是各级政府及相关部门要把政务公开机制建设作为一项重要工作，保证政务公开的制度化、规范化和实效性。要完善协调机制，加强重大政务舆情收集、研判和回应工作，密切政企、政民互动交流，促进政府有效施政和社会和谐。二是要进一步加强和完善组织领导和机构队伍建设，要整合政务公开方面的力量和资源，做好统筹指导；进一步理顺机制，明确工作机构，加强专门机构建设配齐配强专职工作人员。统筹做好信息公开、政策解读、舆情处置、政府网站、政务微博微信和政府公报等工作。增强发布信息、解读政策、回应关切、引导舆论的功能。确保发布政令更加快捷灵活，信息公开更加彻底，指导工作更加到位，社会效益更加突出。三是要抓好对行政机关工作人员特别是领导干部的教育培训，着力提高专业化理论化水平。各级政府要把政务公开列入公务员培训科目，在依托各级党校、行政学院、干部学院等干部教育培训机构的同时，也要列入常态化学习机制，增强公开意识，提高发布信息、解读政策、回应关切的能力。对专门从事政务公开工作的人员要围绕3年内轮训一遍的要求，纳入各级党校、行政学院教学计划，分级分层组织实施。政务公开工作人员要自觉加强政策理论学习和业务研究，准确把握政策精神，增强专业素养，强化公开理念，提高指导、推动政务公开工作的能力和水平。

（三）要切实构建科学的评估政务公开工作的指标体系和方法，将政务公开工作纳入政府绩效考核体系。各级政府及相关部门要严格履行政务公开职责，细化分工，明确责任，强化落实。一是要明确规定各级政府组织政务公开工作效能建设的工作目标、主要任务、具体措施，着力完善工作的规则和程序；二是要制定工作效率标准，通过采取绩效评估为重点进行绩效管理，构建科学的评估的指标体系和方法，科学纳入定性与定量相结合的方法，形成明确的目标导向，强化各级政府部门的绩效意识和责任意识。三是要构建的效能建设体系，形成效能建设的管理体制和运行机制。四是通过建构效能建设体系突出各级政府和相关部门履行责任的特点。针对不同层级、不同地区、不同部门的实际情况，制定分门别类，具有可操作性的绩效评估体系，并根据形势发展的需要，不断加以调整、完善。五是要建立完善绩效考核机制，综合运用指标考核、第三方评估、公众评议、察访核验等多种评估方法，注重评估结果的反馈与运用。健全行政问责机制。六是要加强检查监督，实行行政问责机制，确保各项规定落到实处。

（四）要加强政务公开理论研究，纳入自然科学和社会科学研究范畴。加强政务公开理论研究，是关系国家治理体系和治理能力现代化的重大理论和现实课题。"当代中国正经历着我国历史上最为广泛而深刻的社会变革，""这是一个需要理论而且一定能够产生理论的时代，这是一个需要思想而且一定能够产生思想的时代。"全面推进政务公开工作，是党中央治国理政新理念新思想新战略，是关系国家治理体系和治理能力现代化的重大理论和现实课题，"需要有一个宽广的视角，需要放到世界和我国发展大历史中去看。"要紧紧围绕"四个全面"

战略布局，牢固树立创新、协调、绿色、开放、共享的发展理念，加强对国家治理体系和治理能力现代化，这是一个系统工程，是一项极其繁重的任务，"要加强顶层设计，统筹各方面力量协同推进。"要对政府治理能力，政府行为及其运转等重点、难点问题，加强顶层设计，纳入自然科学和社会科学研究中长期、年度课题规划，统筹各方面力量深入分析研究阐释，"提炼出有学理性的新理论，概括出有规律性的新实践，"从而提升政府治理的理论实践，为各级党委和政府科学决策提供优质咨询服务。

原载《贵州日报》（2016年4月）

田俊：曾任贵州省政府公报室主任、总编辑，贵州省国防教育办公室《国防大视野》副主编

阳明文化与社会主义核心价值观

2013年3月7日，中共中央总书记、国家主席、中央军委主席习近平参加十二届全国人大二次会议贵州代表团审议时说："体现一个国家综合实力最核心的、最高层的，还是文化软实力，这事关一个民族精气神的凝聚；我们要坚持道路自信、理论自信、制度自信，最根本的还有一个文化自信；只要把我们的优秀文化传承好，核心价值建设好，就一定能把我们的国家建设成为社会主义强国。王阳明曾在贵州参学悟道，贵州在弘扬传统文化方面有独特优势，希望继续深入探索，深入挖掘，创造出新的经验。"为了贯彻执行习总书记讲话的有关精神，我们将对阳明文化作深入研究。

一、阳明文化的主要内容

明代著名思想家、文学家、哲学家和军事家王阳明"成道于贵州"，阳明心学的起点是"龙场悟道"，它奠定了王学的基石，并构建起"心即理""知行合一"——"致良知"的基本理论框架，成为王阳明学术思想的开端。

具体来说，它主要包含了几方面的内容：

（一）关于"心即理"

我们先从剖析什么是"心""理"以及心与理的关系等范畴开始。

（1）什么是"心"？

孟子曾说过"心之官则思"，认为心就是思维器官。王阳明不同意这个说法，认为："心不是一块血肉，凡知觉处便是心，如耳目之知视听，手足之知痛痒，此知觉便是心也。"[1]

王阳明又说："心只是一灵明"。[2] 所谓灵明，按陆九渊的说法，就是"心灵理明"，也就是指人所具有的思维能动作用。因此，王阳明所谓的"心"，实际上就是指包括知性和理性在内的主观精神。

（2）心是至善的。

王阳明说："至善者，心之本体。"这是王阳明给"心"下的最重要、最本质的定义。至善的心，可以分别以忠、孝、仁、义等道德伦理来称谓。他说："且如事父不成，去父上求个孝的理；事君不成，去君上求个忠的理；交友治民不成，去友上、民上求个信与仁的理。都只在此心。心即理也。"

（3）心是是非的标准或尺度。

上面已说过，心是至善的，唯其至善，才有辨别善恶之能力，见善自然知道善，见恶自然知道恶，王阳明的立足点和重心无疑是把心作为道德主体，但他从来没有排斥此道德主体同时又是认识主体："求之于心而非也，虽其言出于孔子，不敢以为是也"[3]。"求之于心而是也，虽其言之出于庸常，不敢以为非也"；王阳明不以孔子等圣人之言作为是非的标准，而以"心"作为是非之标准。

（4）心即动即静，又无分动静。

就心之本体讲，王阳明认为"心之本体，原自不动，心之本体即是理，性即是理。性元不动，理元不动，集义是复其心之本体"。因此，心是即动即静的。心，虽然可以就体用两方面分别加以论述，但因他主张体用一源，体用合一，所以他说："心之本体，固无分于动静也。"

什么是"理"？

（1）理为心之条理。

"理也者，心之条理也。是理也，发之于亲则为孝，发之于君则为忠，发之于朋友则为信。千变万化，至不可穷竭，而无非发于吾之一心。"这些，都表现了王阳明心学思想的彻底性。

（2）理即礼。

---

[1] 《语录》三，《王阳明全集》卷三，上海古籍出版社2011年版，第121页。

[2] 同上书，第124页。

[3] 《语录》二，同上书卷二，第76页。

"礼学即理学"。[1] 在中国传统中，对礼字使用极其广泛而复杂，它是指人们在社会实践中所应遵守的各种定式规则，大至社会制度、政治结构，小至冠婚丧祭、视听言动，其背后无不有"礼"。王阳明和朱熹一样，认为在社会人事、政治结构、冠婚丧祭的背后存在着某种先天的道德法则，此即天理，此即礼。但王阳明和朱熹不同，他认为此天理同时也是"具于吾心"的。

（3）"理"有时候也指自然规律。

"恒之为卦"，上震为雷，下巽为风，雷动风行，簸扬奋厉，翕张而交作，若已下之至变也，而所以为风为雷者，则有一定而不可易之理，是乃天下之理也。王阳明一方面承认"万物化生，乃实理流行"，肯定了自然规律的存在与作用，另一方面又把"天地交感之理"和"圣人感人心之道"都说成是"一贞"，合天道与人道为一。

心与理的关系是：①"心包万理"。②"心一理合二为一，互不分离"。③"天理是心的本体，物理为心之流行发用"。

总之，王阳明的"心即理"的中心内容，就是认为心就是理，理也是心，二者是合而为一，互不分离。天理、物理、心理是统一的。"心即理"并又是为了把心客观化，而是把理主观化，即把作为自然和社会事物发展的规律的理，都融化在具有主观思维能力之心中。

（二）"知行合一"说是王阳明心学体系三大部分之一

这一学说是王阳明于正德四年（1509年）在贵阳文明书院讲学期间首先提出来并讲授的，它主要解决道德的修养方法问题，但也涉及认识论问题，它是王阳明思想转变初期向程朱学派发出的第一枚重型炮弹，它把我国思想界关于知行关系的争论发展到一个新阶段。

知行合一的主要内容有：

（1）真知即所以为行，不行不足以谓知。

王阳明最后感的是知而不行，"如称某人知孝，某人知悌，必是某人已曾行孝行悌，方可称他知孝知悌，不成只是晓得说些孝悌的话，便可称为知孝悌？"[2]

显然，王阳明这些话是针对当时社会上"知而不行"的腐朽作风而发的。

王阳明在这里巧妙地使用了"真知"这个概念，他知道要把知而不行的

[1]　《语录》一，《王阳明全集》卷一，上海古籍出版社2011年版，第6页。
[2]　《语录》一，《王阳明全集》卷一，上海古籍出版社2011年版，第4页。

"知"直接排斥在"知"之外是很费口舌的,但却很容易把它排斥在"真知"之外,从而深刻地说明了知是必然和必须包含行的。

(2)知是行之始,行是知之成。

王阳明对徐爱说:"知是行之始,行是知之成。"王阳明这里的"知"是指人们行动之前的意念、意欲、计划、可行性论证,"夫人必有欲食之心,然后知食,饮食之心即是意,即是行之始矣。"[1]

"必有欲行之心,然后知路,欲行之心即是意,即是行之始矣。路岐之险夷,必待亲身履历而后知,岂有待亲自履历而已先知路岐之险夷者耶?"[2]

在王阳明看来,只要是认真去"做"的,都包含了行;反过来,在它的施工阶段,是以行为主,但同样需要不断总结经验,落实和修改方案,无疑是属于知的范围。王阳明和朱熹不同的另一点是,王阳明认为,知从本质上讲是人们固有的,从固有来说它当然是始;行则是体认它的,相对于固有来说它当然是成。

(3)知是行之主意,行是知的功夫。

王阳明又说:"知是行之主意,行是知的功夫。"[3]前半句话是指行要以知为指导、为统帅;后半句话是说,是真知还是假知,知得深还是浅,不能光看嘴上讲得是否头头是道,不能吹牛,而要通过行来鉴别。"功夫",是说只有"行"才能表现和检验真知、假知、知的深浅,除此以外,没有别的标准和体现。王阳明这句话既指出"知"对"行"的指导作用,又突出了"行"是检验"知"的手段,这比朱熹讲的"知行常相须"要高明得多。

(4)"知之真笃即是行,行之明察即是知。"

王阳明把知和行看成统一过程的两个不可分离的方面:"若行而不能明觉精察,便是冥行,便是学而不思则罔,所以必须说个知,知而不能真切笃实,便是妄想,便是思而不学则殆,所以必须说行。元来只是一个功夫。"王阳明这段话的意思是说,在行的过程中必然包含着知,包含着对问题的深入分析和研究,包含着学、问、思、辩的过程。否则,这种行就是很成问题的。反之,在知的过程中,如果不把实践活动包含在内,在学、做中去亲身经历一番,那这种知也是没有根据的,算不得真知。

---

[1] 《语录》二,《王阳明全集》卷二,上海古籍出版社2011年版,第42页。

[2] 《语录》二,《王阳明全集》卷二,上海古籍出版社2011年版,第42页。

[3] 《语录》一,《王阳明全集》卷一,上海古籍出版社2011年版,第4页。

从以上王阳明对知行本体的论述中，不能说王阳明对这一问题的论述已经达到完善，有的命题还难以解释清楚，王阳明的功绩在于他提出了一些很有价值的命题，供包括今天的人在内的后来者去思考。

理解王阳明的"知行合一"说的另一个关键点是，他的"知行合一"的立言宗旨是反对先知先行、知而不行，基本精神是强调行，而不是强调知。

（三）"知行合一"的理论渊源

学术界有一种观点认为，"知行合一"是王阳明的独创，对前人没有什么继承。我们认为这种看法是值得商榷的。

"知行合一"说，作为一个系统的理论，虽然是王阳明第一次在贵州提出的，但关于知行互相联系、相互为用的思想，在王阳明以前，却有不少人作过论述。

程朱学派，在哲学上是客观唯心主义，在知行观上，主张先知后行，这是他们的基本观点和大前提。但是在具体论述上，无论是程颐、朱熹，还是程朱后学，都不同程度地肯定了知行不能截然分开，知行是统一的。从理论形态上讲，王阳明的"知行合一"，不仅对前人有所继承，也有很大的发展。程朱学派及其后学在知行关系上主张先知后行的，在知行"轻""重"的关系上，程朱及其后学是一贯重视知，轻视行，甚至终身不行的。王阳明则不同，他既重视知，也重视行，从倾向性上说，则更重视行，王阳明在贵州所首倡的"心即理"和"知行合一"说结合起来，既讲本体，也讲功夫，把阳明心学推进到一个更加系统、更加理论化的阶段。

在中国哲学的发展史上，王阳明"知行合一"说的意义是不可低估的，阳明的"知行合一"说对我们今天仍有重要的借鉴意义。它对于开启主体道德意识的自觉性，塑造我们的理想人格有积极意义；它对于现代人挺立本心良知的主宰，彰显人的价值和意义有非常重要的意义；它对于当前构建生态文明社会具有启迪意义。

（四）"良知说"的主要内容

"良知说"是王阳明心学体系的三大组成部分之一，又是他的学说的核心，也是他思想成熟的标志。正如王阳明自己说的："吾将此斯道为网，良知为纲。"

"良知"这一概念，来源于孟子。不过在孟子那里，良知只是个人心中所具有的德性之知，是所谓人人皆有的恻隐之心、善恶之心，是一种先验的善的道德观念，它不超出人性论的范围。到了王阳明，良知这一概念的内容才被大大丰富了：在世界观上，它被提升为宇宙的本性，事物的根源；在认识论范围内，它又被作为一个统一体，既是认识的主体，也是认识的对象，同时还是衡量正确与错误的尺度；在伦理上，则被视为先验的自满自足的道德来源，它既是人们先天具有的善良本性，又是辨别善恶的标准。

因此，良知在王阳明这里的主要内涵是：（1）良知是造化的精灵；（2）良知即是独知；（3）良知知善知恶。良知的上述三方面的含义，囊括了王阳明哲学本体论、认识论和道德论的内容。致良知这一命题虽然是王阳明晚年提出的，却是他最成熟、最重要的理论。致良知的方法虽然也可以说是认识的方法，但主要的仍是为善去恶的方法，也即是存天理去私欲的修养方法。致良知是王阳明一生学说的总结，它的提出，标志着王阳明心学体系的完成。

如果说"心学"主要讲心体，未及功夫，而知行合一主要讲功夫，未及本体，那么，"致良知"则是把王阳明在贵州所首倡的"心即理"和"知行合一"说结合起来，既讲本体，也讲功夫，把阳明心学推进到一个更加系统、更加理论化的阶段。

阳明心学通过程朱理学的理论革新，将道德教化的路径从"外烁型"转向"内化型"，保持了儒学文化在当时社会的主导地位。这对于我们今天如何提升社会主义核心价值观的社会主导力有借鉴意义。阳明心学在革新程朱理学的理论中形成的"心理合一""物我合一""性理合一""知行合一"的道德教化思想启示我们，从当代中国社会转型的实际出发，要使核心价值观保持应有主导力，在思想内化的路径上也要实现各方面的转型。

二、阳明文化也是社会主义核心价值观的重要源泉之一

习近平指出："要讲清楚中华优秀传统文化的历史渊源、发展脉络、基本走向，讲清楚中华文化的独特创造、价值理念、鲜明特色，增强文化自信和价值观自信。要认真吸取中华优秀传统文化的思想精神和道德精髓，大力弘扬以爱国主义为核心的民族精神和以改革创新为核心的时代精神，深入挖掘和阐发中华优秀传统文化讲仁爱、重民本、守诚信、崇诚信、崇正义、崇和合、求大同的时代价

值，使中华优秀传统文化成为涵养社会主义核心价值观的重要源泉，要处理好继承和创造性发展的关系，重点做好创造性转化和创新性发展。"因此，把阳明文化的价值观从阳明文化的精髓中寻找出来，进一步发掘并弘扬阳明文化的精髓，古为今用，推陈出新，必将极大地丰富社会主义核心价值观的内涵。

（一）阳明文化与社会主义核心价值观的内在统一

中国特色社会主义核心价值观必须以传统文化为内容之一，阳明文化为、核心价值观建设提供了一些文化基础和思想传统，社会主义核心价值观正是植根于中国传统文化的沃土中，在吸取其精髓的基础上才形成和发展起来，社会主义核心价值观体现了中国传统文化的核心价值观的一些要素，也就具备了中国文化特色。

（二）阳明文化与社会主义核心价值观的基本价值追求

马克思主义与中国传统文化的融合集中体现在哲学层面，中国传统文化的基本价值追求就是精神生活第一。核心价值观是一个国家民族的思维、精神的核心内容和精华部分，是一个国家和民族发展中不可或缺的内容。

（三）阳明文化与社会主义核心价值观的紧密结合

中国的马克思主义具有中国风格，不仅仅体现在形式上使用了中国喜闻乐见的语言文字和习惯，更重要的是体现在思想内容吸取了传统文化的精华，博大精深的中华优秀传统文化是我们在世界文化激荡中站稳脚跟的根基，阳明文化是中华优秀文化的重要组成部分，它也积淀着中华民族最深层的精神追求，代表着中华民族独特的精神标识，为中华民族生生不息、发展壮大提供了丰厚滋养。

总之，阳明文化有着深厚的内涵，王阳明的学说，对于社会治理、生态伦理、道德修养、家庭伦理思想等方面，有着重大的历史价值及现实意义。阳明文化是中国优秀传统文化的组成部分，因此，继承优秀的传统文化，是我们应该担当的责任。传统文化要融入社会主义核心价值观及价值体系中去，成为文化软实力的灵魂，成为文化软实力建设的重点。

原载《社科新视野》（2015年2月）

浅议新媒体对社会生活的影响

新媒体是指继报纸、电台、电视台之后在新的技术支撑下出版的媒体形态，包括互联网、网络广播、网络电视、IPTV、数字杂志、数字报纸、数字广播、手机短信、移动电视、触摸媒体等，其主要特点是传播速度快、覆盖面广、互动性强。随着科学技术的发展，新媒体的表现形式也日益丰富，读者在网络上不仅可以接受信息，也可以提供甚至创造信息。时代飞速发展，站在一个时代的超高点，融入这个时代，将对我们产生重大的意义。

媒介的发展史在某种程度上也是社会的发展史，新媒体的发展迅速及其复杂性为社会生活带来的影响是多方面的。

1.新媒体传播对于社交的影响

网络、手机等新媒体的诞生和流行，改变着人际关系和人际交往形态。在我国，手机短信的流行更是旗帜鲜明地区分了两代甚至三代人之间的界限。年轻一代正用互联网、手机等新媒体来创造自己的社交网络。

2.新媒体传播对人们的文化兴趣的影响

传统的阅读习惯发生改变。人们的信息接受习惯被新媒介慢慢改变，新的观看、阅读思维方式和传统思维方式发生冲突，但人们很少意识到这一点。例如：部分观众看电视的习惯也已经被下载或者在线观看网络电影、电视节目的方式所取代。

新媒体的自由度、互动性及参与的广泛性，使得当下的文化趣味日益娱乐化、流行化、大众化。现在成千上万的人利用各种新媒介工作，形成社会关系，建立新身份并发展新文化。为了吸引大众，在大众文化消费的竞争中胜出，互联网上的新闻趋于趣味性与娱乐性，文化趣味的改变使得文化从追寻意义建构的现代文化过渡到无根性的后现代文化。

3.新媒体传播对于居家的影响

新媒体传播促使"宅"一族流行并引发对其的反思。进入新世纪后，"宅"这种居家生活方式在年轻人中尤其盛行。"宅"一族沉浸于虚拟的世界，对于真实的人际交往和社交活动往往漠不关心。他们因为长时间不参与社会活动，在心理、生理和人际关系上都出现了问题。许多学者对"宅"一族表示了担忧和批判，认为是新媒体内在技术改变了人的主体性，这是技术的反人道主义倾向。

在虚拟空间中，许多东西都是碎片化的。这种碎片化的信息组成的世界，和真实世界中各种事物和现象的比例是不等价的。生活在媒介构造的世界中的结果是把媒介对现实的拟像与仿真当成了真实世界，混淆了二者的界限。当"宅"一族的头脑中拟像和仿真变得比真实还要真实的时候，他们不会再眷顾真正的真实世界，"宅"一族沉浸在网络的虚拟环境中，并且逐渐适应了这种环境，从而颠覆了以往的生活方式，禁锢了在社会中真正与人交往的自由，主体性受到改变，导致人在某种程度上被技术宰制而不自知。

固然，要在有限的时间和篇幅中揭示新媒体传播对人们产生的所有影响是不实际的。但传播学研究的一个重要目的是揭示现实生活中由媒体传播尤其是新媒体传播等各种因素对人产生的影响与改变，帮助人们认识到这些新媒体传播引发的显在或隐在的影响，提醒人们注意并反思这些影响。

4.网络新媒体的发展及对社会的影响

网络新媒体是新媒体中的主导，它越来越存在于人们的生活中，并将持续地影响着社会的发展。它正以最快的速度向上飙升，并被誉为21世纪最耀眼的传播媒体。联合国新闻委员会召开的年会正式宣布，互联网被称为继报刊、广播、电视等传统大众媒体之后新兴的第四媒体。新媒体不但集文字、声音、影像等多种形式于一体，而且又极大地丰富和发展了。

第四媒体突破了大众传媒使受众被动接受信息的局限，实现了受众驱动式传播，网民将在信息传播系统中逐渐占主导地位，网络多媒体必须千方百计地围绕着网民的需求，因此有人自豪地说，第四媒体给予网民前所未有的主动权。纵观我们面前的网络发展，尽管还处于一种早期的发展雏形阶段，技术的完善、普及与发展等都需要时间，在它刚刚起步的时候对生活的影响远不如成熟以后大。

网络媒体的快速发展，对当今社会的政治、经济、文化产生了巨大的影响，网络媒体已成为弘扬中华先进文化、建设社会主义精神文明、构建和谐社会的重要力量。作为大众传媒的一种，网络媒体对社会的影响，有自己独特的规律，我们要通过对网络媒体的研究，揭示网络媒体应该担负的社会责任，以促进新兴媒体的健康发展。

思想大解放，跨越大发展

为深入贯彻落实《国务院关于进一步促进贵州经济社会又好又快发展的若干意见》（国发〔2012〕2号文件）和省第十一次党代会精神，推动广大党员干部群众进一步解放思想、统一认识，加快建设充满活力、日新月异、幸福祥和的贵州，经省委领导同意，省委办公厅转发了省委宣传部《关于在全省深入开展"解放思想、推动跨越"大讨论活动的意见》，这是省委关于"加速发展、加快转型、推动跨越"，促进贵州经济社会又好又快、更好更快发展的思想大动员。

一、解放思想是我们党的优良传统和作风

回顾我们党在革命、建设和改革开放各个发展阶段的关键时期，无不都是从解放思想大讨论中获得强大的思想原动力。在革命战争的艰苦岁月里，通过解放思想大讨论，我们党把思想统一到农村包围城市，进行二万五千里长征的战略下转移，以及抗日战争、解放战争的一系列战略决定上来，取得了新民主主义的伟大胜利。在社会主义革命和社会主义建设时期，特别是改革开放以来，我们党是通过解放思想的大讨论，才使全党上下、全国上下思想大统一、万众一心地建设中国特色社会主义，才使我们的国家从一个千疮百孔、贫穷落后的国家变成全球第二大经济体的社会主义国家。

二、只有通过解放思想才能获得强大的思想动力

解放思想是党的思想路线的本质要求，是发展中国特色社会主义的思想基础，是我们应对和战胜前进道路上各种挑战的重要法宝，更是我们加快转型、实

现经济社会又好又快、更好更快的现实需要。

当前，全省上下都在学习贯彻国务院2号文件和省第十一次党代会精神，要把贵州建设成为全国重要的能源基地、资源加工基地、特色轻工业基地，以航空航天为重点的装备制造基地和西南重要的陆路交通枢纽，扶贫开发攻坚示范区，文化旅游开发创新区，长江、珠江上游重要生态安全屏障，民族团结进步繁荣发展示范区。构筑好精神高地，切实走出"经济洼地"。五年内实现五大目标要求。这对贵州来说，既是发展的极好机遇，又是发展机遇期面对的巨大挑战。我们别无选择，全省上下只有思想大解放，破除旧观念，摒弃旧框框，才能乘势而上，实现既定目标，创造贵州更加美好的未来。

三、思想大解放，领导带头是关键

毛泽东同志指出，"政治路线确定之后，干部就是决定的因素"。也就是说，全省解放思想大讨论能否顺利地进行并获得成功，关键是要看党员、看干部，尤其是各级领导干部。

自古以来，中华民族一直就有这样一些敢于担当的人，他们怀抱"天下兴亡，匹夫有责"的崇高信念，兼承"士不可以不弘毅"的昂扬斗志，立志"为天地立心，为生民而立命"，为国家和社会的发展进步敢于带头，作出贡献，赢得了人们的广泛赞誉和敬仰。

在改革开放和社会主义现代化建设的伟大征程中，在加速发展、加快转型、推动跨越的伟大过程中，领导干部是经济社会发展大业的担当者、领导者、组织者和推动者，具有强大的行为导向和风气引领作用。同样，这次全省解放思想大讨论能否获得成功，能否通过大讨论获得对贵州加快发展的重要共识，能否万众一心地在省委、省政府的领导下去实现思想解放，关键在各级领导干部。我们急切希望各级领导干部在解放思想大讨论中成为担当者、领导者、组织者和推动者，真正发挥行为导向和风气引领作用。

原载《贵州日报》理论版（2015年4月）

解放思想需要十破十立

　　为深入贯彻落实党的十八大精神和《国务院关于进一步促进贵州经济社会又好又快发展的若干意见》（国发〔〔2012〕2号文件）和省第十一次党代会精神，推动广大党员干部群众进一步解放思想、统一认识，加快建设充满活力、日新月异、幸福祥和的贵州，经省委领导同意，省委办公厅曾转发了省委宣传部《关于在全省深入开展"解放思想、推动跨越"大讨论活动的意见》，这是省委关于"加速发展、加快转型、推动跨越"，促进贵州经济社会又好又快、更好更快发展的思想大动员。最近赵克志书记在省委十一届二次全会上指出："当前解放思想要做到十破十立。"

　　一要突破信心不足的思想，树立敢于争先的意识。二要突破墨守成规的思想，树立开拓创新的意识。三要突破自我满足的思想，树立追求卓越的意识。四要突破封闭保守的思想，树立包容合作的意识。五要突破消极等待的思想，树立抢抓机遇的意识。六要突破怕担责任的思想，树立勇于担当的意识。七要突破说多做少的思想，树立干字当头的意识。八要突破反应迟缓的思想，树立立说立行的意识。九要突破忽视产业的思想，树立工业强省的意识。十要突破不跑不要的思想，树立积极争取的意识。

　　解放思想是我们党的优良传统和作风。回顾我们党在革命、建设和改革开放各个发展阶段的关键时期，无不都是从解放思想大讨论中获得强大的思想原动力。在革命战争的艰苦岁月里，通过解放思想大讨论，我们党把思想统一到农村包围城市，进行二万五千里长征的战略下转移，以及抗日战争、解放战争的一系列战略决定上来，取得了新民主主义的伟大胜利。在社会主义革命和社会主义建设时期，特别是改革开放以来，我们党是通过解放思想的大讨论，才使全党上下、全国上下思想大统一、万众一心地建设中国特色社会主义，才使我们的国家从一个千疮百孔、贫穷落后的国家变成全球第二大经济体的社会主义国家。

贵州要加快转型，只有通过解放思想大讨论才能获得强大的思想动力。解放思想是党的思想路线的本质要求，是发展中国特色社会主义的思想基础，是我们应对和战胜前进道路上各种挑战的重要法宝，更是我们加快转型、实现经济社会又好又快、更好更快的现实需要。

当前，全省上下都在学习贯彻党的十八大的精神和国务院2号文件以及省第十一次党代会精神，要把贵州建设成为全国重要的能源基地、资源加工基地、特色轻工业基地，以航空航天为重点的装备制造基地和西南重要的陆路交通枢纽，扶贫开发攻坚示范区，文化旅游开发创新区，长江、珠江上游重要生态安全屏障；民族团结进步繁荣发展示范区。构筑好精神高地，切实走出"经济洼地"。五年内实现五大目标要求。这对贵州来说，既是发展的极好机遇，又是发展机遇期面对的巨大挑战。我们别无选择，全省上下只有树立十破十立的思想大解放观念，破除旧观念，摒弃旧框框，才能乘势而上，实现既定目标，创造贵州更加美好的未来。

思想大解放，领导带头是关键。毛泽东同志指出，"政治路线确定之后，干部就是决定的因素"。也就是说，全省解放思想大讨论能否顺利地进行并获得成功，关键是要看党员、看干部，尤其是各级领导干部。自古以来，中华民族一直就有这样一些敢于担当的人，他们怀抱"天下兴亡，匹夫有责"的崇高信念，兼承"士不可以不弘毅"的昂扬斗志，立志"为天地立心，为生民而立命"，为国家和社会的发展进步敢于带头，作出贡献，赢得了人们的广泛赞誉和敬仰。

在改革开放和社会主义现代化建设的伟大征程中，在加速发展、加快转型、推动跨越的伟大过程中，领导干部是经济社会发展大业的担当者、领导者、组织者和推动者，具有强大的行为导向和风气引领作用。

正如赵克志书记所说的："解放思想、实事求是、与时俱进、求真务实，是科学发展最鲜明的精神实质。解放思想是为了使我们的思想认识与客观实际相统一，为了更新观念，说到底是为了解放和发展生产力。历史的经验和发展实践反复证明，什么时候坚持解放思想，党的事业就兴旺发达；哪个地方的干部群众思想解放，哪个地方就会有大的发展。我们要继续解放思想，破除制约我省发展的传统观念和体制障碍，把握发展大势，认清发展规律，推动全面建成小康社会各项事业。"为建设美丽贵州贡献一份力量！

原载《贵州日报》理论版（2016年5月）

实现后发赶超是时代发展的要求

省十一次党代会报告指出：推进跨越发展、同步实现全面小康，是党中央国务院从全国发展"两个大局"的战略高度做出的重大决策，是全省各族人民的共同愿望和根本利益之所在，是当前和今后一个时期全省经济社会发展的总目标和全部工作的总任务。目前，我省小康进程大体上落后全国8年，落后西部平均水平4年，是全国贫困问题最突出的欠发达省份。我们只有努力在一个较长的时期保持快速发展，切实解决好既要"赶"又要"转"的双重任务，才能缩小与西部和全国的差距，否则，将更加被动、更加落后、更加使全省人民不满意。因此，我们必须始终坚持"发展、奋斗"，奋力追、全力赶、努力超！学习这段论述有以下思考。

首先，关于省十一次党代会报告指出"推进跨越发展，同步实现全面小康，是党中央国务院从全国发展'两个大局'的战略高度做出的重大决策，是胡锦涛总书记对贵州的殷切希望，是全省各族人民的共同愿望和根本利益之所在，是当前和今后一个时期全省经济社会发展的总目标和全部工作的总任务"。这是一个关系民生的重大政治和经济问题，必须高度重视。从贵州发展的进程来看，由于历史等方面的原因，长期以来我省经济基础薄弱，社会发展滞后，各级党委政府为此作出了巨大的努力。自改革开放，特别是西部大开发战略实施以来，在党中央、国务院和省委、省政府的坚强领导下，我省各项事业发展建设取得了丰硕的成果，经济、社会发生了历史性的可喜变化，广大人民群众共享了改革开放的成果。但是必须清醒地看到，纵向比，我们的成绩十分辉煌；而从横向来看，我们与全国的差距正在拉大。我省这些年GDP增长在全国34个省、市、自治区中是比较慢的，与东部地区存在着巨大的差距，在西部12个省、市、自治区比较中也处于偏低的位置，集中反映了"欠发达、欠开发"的基本省情和经济社会发展的最显著的特征。我省发展很不平衡，城乡、地区差距较大。差距主要在农村，由于历史原因，农村面貌依然落后，农村人口占全省人口总数的72.5%，大量的人口挤在农村。农村贫困面大，贫困程度深，扶贫攻坚的任务十分艰巨。如2010年我省人均GDP为1.32万元，只相当于全国平均水平的40%，如果和比较发达的省市区比，这个差距就更大，相当于上海市的17%，上海人均GDP的1/6左右。去年中央宣布提高扶贫标准，定在2300元，按照这一标准，我省人均低于2300元的有1500万人，占全国2300元以下收入农村人口比重的11.9%。正如报告所指出：我们必须清醒地认识到，贫困和落后是贵州的主要矛盾，加快发展是贵州的主要任务。在前进的道路上，我们还面临着许多突出困难和问题，主要是：经济发展长期滞后，经济总量小，人均水平低；工业化、城镇化、农业现代化进程缓慢，农业基础薄弱，工业支撑不力，三产发展缓慢，区域发展不平衡，城乡差距大，贫困人口多；经济发展方式粗放，基础设施落后，科技、教育、人才的驱动、支撑能力不强，瓶颈制约突出；生态比较脆弱，资源环境约束的压力越来越大；医疗卫生资源不足，文化事业发展水平不高，公共服务能力弱，保障和改善民生责任重大；加强和创新社会性管理、维护社会和谐稳定任务相当繁重；思想观念落后，改革任务艰巨，开放程度不高，投资环境欠佳，民营经济薄弱，市场化发育不足，制约科学发展的体制机制问题没有得到根本解决。如果说西部是中国经济社会发展的短板，就可以说，贵州是短板中的短板，如果贵州不能加快脱贫致富的步伐，实现全面小康，那么西部就不能实现全面小康，全国就不能说实现了全面小康。

为此，报告深入贯彻"推进跨越发展，同步实现全面小康，是党中央国务院从全国发展'两个大局'的战略高度作出的重大决策，是胡锦涛总书记对贵州的殷切希望，是全省各族人民的共同愿望和根本利益之所在，是当前和今后一个时期全省经济社会发展的总目标和全部工作的总任务的重要要求，站在总结历史经验教训的基础上，比较分析了存在的问题和当前面临的形势任务"，提出了"科学发展、后发赶超"的战略思想。如报告强调指出，当前和今后一个时期全省工作的大局和中心就是科学发展，后发赶超。我们只有努力在一个较长的时期保持快速发展，切实解决好既要"赶"又要"转"的双重任务，才能缩小与西部和全国的差距；否则，将更加被动、更加落后、更加使全省人民不满意。实现"科学发展、后发赶超"战略思想的意义在于，要开创后发赶超之路，是一条追赶全国"三化"步伐，同步推进工业化、城镇化和农业现代化，广泛汇聚发展要素，充分运用一切先进发展成果、促进经济加速跨越和社会全面进步的道路。

第二，全面深入贯彻落实省第十一次党代会精神，就是要深入领会"科学发展、后发赶超"的战略思想，其意义在于，实施它就是要牢牢把握发展第一要务，努力走出符合自身实际和时代要求的后发赶超之路。必须"高举中国特色社会主义伟大旗帜，以邓小平理论和'三个代表'重要思想为指导，深入贯彻落实科学发展观，全面贯彻落实党的十八大精神，紧紧抓住重大历史机遇，坚持科学发展，奋力后发赶超，以转变经济发展方式为主线，牢牢把握'加速发展、加快转型、推动跨越'主基调，同步推进工业化、城镇化、农业现代化。深化改革，扩大开放，努力实现经济提速转型，以提高党的执政能力和保障科学发展为目标，全面提高党的建设科学化水平，为建设一个经济繁荣发展、民族团结和睦、社会和谐稳定、生态环境良好，充满活力、日新月异、幸福祥和的贵州而不懈奋斗"。

第三，推进跨越发展，同步实现全面小康，是党中央国务院从全国发展"两个大局"的战略高度作出的重大决策，是胡锦涛总书记对贵州的殷切希望，是全省各族人民的共同愿望和根本利益之所在，是当前和今后一个时期全省经济社会发展的总目标和全部工作的总任务。因此，全省各级在狠抓"科学发展、后发赶超"的重要战略任务时，一定要牢牢把握"以人为本"这个核心，正确处理好"发展是第一要义"与"以人为本"这个核心的辩证关系。我们党90多年的一切奋斗，无论是战争年代浴血奋战推翻"三座大山"，无论是建立社会主义制度，开展大规模的社会主义建设，还是进行社会主义改革和现代化建设，及省第十一次党代会确定的各项任务，推进跨越发展，同步实现全面小康，归根到底都是为了实现好、维护好、发展好最广大人民的根本利益。说到底就是一切为了人民，这是中国共产党的立党之本、执政之基、力量之源，是我们党全部工作的出发点和落脚点。

原载《贵州日报》理论版（2016年8月）

浅论当前金融危机与政府作用

去年以来，由于美国次贷危机引发的国际金融危机持续时间长。波及面广，危害程度大，正在由美国向其他国家蔓延，由发达国家向新兴经济体蔓延，由虚拟经济向实体经济蔓延，国际市场需求减弱，世界经济增速放缓，许多国家经济面临严重困难。作为世界经济的一部分，我国经济不可避免会受到国际金融危机影响，正经受今年最为严峻的挑战，必须高度关注。全球经济危机使我们认真思考政府在市场中应有的作用，现代市场经济可以说是一种以市场调节为基础、以政府调节为补充的经济体制，因而政府如何处理好与市场、企业和社会等方面的关系，确定并履行好自身的社会经济职能，是当前应对经济危机的值得关注的重要问题。

一、政府在市场中应有的作用

首先要了解市场经济的发展过程：市场经济是一种由市场机制来配置社会资源的经济体制或经济运行方式。市场经济发展过程中，政府在市场运行中总是扮演着重要的角色。市场缺陷及市场失灵是政府干预的基本理由。政府可以做一些市场做不到或做不好的事情，它的干预可以弥补市场的不足，并在某种程度上克服市场失灵。

市场经济始于西方，已有几百年的历史。在市场经济发展初期，人们一般强调国家的干预作用，这在重商主义经济理论及其政策主张中得到了充分的体现。市场经济体制及秩序在西方各国确立之后，人们对国家作用的认识及所采取的政策发生了变化，自由放任、限制国家干预的观点取代了古典的国家干预论。亚当·斯密等人主张的由市场机制这只"看不见的手"去引导经济活动，政府尽量少干预，只起到"守夜人"作用。这种观点实际成了当时西方各主要国家的基本政策主张。

随着自由资本主义向垄断资本主义的过渡，资本主义市场经济所固有的一系列弊端如失业、贫富分化、周期性经济危机更严重，特别是1929—1933年的大危机，使人们清楚地认识到市场机制本身的局限性，这在客观上促使凯恩斯主义的兴起。凯恩斯主义主张放弃自由的放任主义，实行政府对经济的、生活的全面干预，特别是通过财政和货币政策来调控市场经济的运行。然而，人们逐步发现，如同有缺陷市场会失灵一样，政府的干预也是有缺陷的，政府同样会失灵；市场解决不了的问题，政府不一定能解决得好，而且政府干预失败的代价更高、更可怕。为此，西方新自由主义或新保守主义经济学思潮正是在这一背景中形成和发展起来的。主张限制或取消政府干预，充分发挥市场机制作用。现以美国为首的西方发达国家大都奉行新自由主义经济体制，主张由市场机制这只"看不见的手"去引导经济活动，政府尽量少干预，只起到"守夜人"作用。美国发生次贷危机，与其奉行自由资本主义市场体制，主张的由市场机制这只"看不见的手"去引导经济活动，政府尽量少干预有着直接的关系。美国产生的次贷危机起于美国华尔街金融体系运作失控，华尔街金融寡头想怎么玩就怎么玩，最终导致严重的次贷危机危及全球经济危机，这与政府尽量少干预有着直接的关系。现在爆发的金融危机促使凯恩斯主义的回归，美国政府强力介入放弃了自由的放任主义，实行政府对经济的生活的全面干预，特别是通过财政和货币政策来调控市场经济的运行。世界由此进入整合的时代。

现代市场经济中的政府行为模式。在市场经济发展过程中，政府在市场运行中总是扮演着重要的角色。市场缺陷及市场失灵是政府干预的基本理由。政府可以做一些市场做不到或做不好的事情，它的干预可以弥补市场的不足，并在某种程度上克服市场失灵。政府是宏观经济的调控者，政府必须干预市场经济的运行过程，对经济生活加以宏观调控。综观市场经济中国家在处理政府与市场、企业和社会的关系的实践，政府的行为模式有以下五种角色。1.公共物品提供者。这可以说是政府在现代市场经济中的最基本角色。2.宏观经济的调控者。由于市场的不完全及缺陷，政府必须干预市场经济的运行过程，对经济生活加以宏观调控。3.外在效应的消除者。外在效应又称外部性或外部经济。4.收入及财产的再分配者。5.市场秩序的维护者。总之，现代市场经济中政府的上述五种角色是市场经济条件下政府基本职能的一般概括，也是市场经济条件下政府的一般行为模式。政府必须根据经济发展的现实情况，扮演好自己的角色，确立好干预的范围及力度，有效地弥补市场缺陷，克服市场失灵，避免政府失败。从美国次贷危机引发的国际金融危机的情况看，市场经济是一种由市场机制来配置社会资源的经济体制，但是，纯粹的市场经济或完全竞争的市场是不存在的，现代市场经济可以说是一种混合经济，它"不是纯粹在市场与政府间的选择，而是经常在两者的不同结合的选择，以及资源配置的各种方式的不同程度上的选择"。也就是说，在市场经济发展的任何阶段，政府都必须发挥其作用，履行其社会经济职能。政府作为宏观经济的调控者，必须干预市场经济的运行过程，对经济生活加以宏观调控。因此，认识市场经济条件下政府的角色，对于我们应对当前全球经济危机具有十分重要的意义。

二、应对经济危机的两种观点

美国金融危机说明，市场机制容易被破坏，自由放任的市场竞争将导致垄断市场机制的正常运行以一定的规则和契约为前提，一旦这些规则及关系被破坏，市场机制就会失效。因此，市场经济条件下政府的一个基本职能是维护市场秩序，通过立法来保证市场运转，政府充当裁判员，为市场公平竞争创造和维护必要的制度环境。由于市场的不完全及缺陷，政府必须干预市场经济的运行过程，对经济生活加以宏观调控。目前，我国经济发展受到国际金融危机的影响越来越明显，经济增长速度下滑，一些企业生产经营困难。这种趋势如果持续下去，不但会影响经济发展的全局，也必然影响到广大人民群众的生活。那么，我国政府需要采取措施应对当前经济危机，政府的角色如何定位，它应该履行哪些基本职能，政府干预的范围、内容、力度和方式是不同的，因此，要正确确定好转轨时期我国政府的角色和作用，必须立足于我国社会经济发展的现实特别是市场经济体制的发育情况，弄清楚政府发挥作用的前提条件。

近几年来，我国学界及政界对于转型时期我国政府的作用有两种观点：一种是主张政府更多地干预社会经济生活，这是"强政府"的观点；另一种是主张尽量减少政府的干预，让市场机制充分发挥作用，这是"弱政府"的观点。"强政府"和"弱政府"概念的基本意义在于，在经济发展和现代化转变的过程中，承担秩序与制度供给职能的政府应该如何发挥作用，它应是一个"强大政府"，还是"软弱政府"。在我国主张"强政府"观点的认为，市场经济是有效配置资源的经济体制运行方式，但市场经济并不是万能的，它有缺陷，会失灵。现代市场经济只能是一种混合经济，国家和市场在促进发展中相互作用，市场经济中政府行为的指导思想是，政府应允许市场充分发挥功能，更要主动发挥政府自身的职能。在转轨时期，我国政府不仅要发挥市场经济条件下政府的一般职能，如提供公共物品、公共投资、调节收入和财务分配、稳定宏观经济以及制定产业政策等，而且政府必须有意识地加强自身推进市场化改革的主导作用，即通过政府力量，建立起市场经济体制。市场经济不可能在一只"看不见的手"推动下自发、有序地运转，从现实情况来看，市场机制有很大的局限性，有政治、分配、社会、生态、伦理等方面的局限性。如它不能实现公平分配，不能处理好社会利益问题；它不能保护环境资源，不能提高整个社会的道德水平。既然市场有局限性，不是万能的，那么政府就有理由进行更多的干预。如果没有国家的宏观管理或干预，市场经济就会成为万恶之源，资源也会遭到破坏。

市场经济体制的建立完善，"尽可能的市场，必要时的政府"，政府做到应对市场经济进行有效调控和对市场秩序进行有效维护。要实施市场经济宏观调控和对市场秩序进行有效维护。

当前政府在建立社会主义市场经济体制中履行的八大职能：1.加强市场经济法制建设，创立平等竞争的市场秩序与环境。现代市场经济是一种法制经济，它要求用各种法律、规则来规范和调整各种经济关系的行为。2.深化企业制度改革，造就市场经济的微观主体。3.培育和完善各类市场，形成开放竞争的市场体系。4.靠宏观调控手段，保证社会经济的稳定与增长。5.参与某些经济领域的资源分配，充当公共物品的提供者。6.制定并实施分配与再分配政策，形成收入与财产公平分配机制。7.扩大对外开放，加强国际经济合作。8.转变职能和精简机构，实现政府自身的改革。

原载《贵州民族报》（2012年2月）

建生态文明，创和谐环境

生态文明是人类对传统文明形态特别是工业文明进行深刻反思的成果，是人类文明形态和文明发展观念、道路和模式的重大进步。它是以人与自然、人与人、人与社会和谐共生、良性循环、全面发展、持续繁荣为基本宗旨，以建立可持续的经济发展模式、健康合理的消费模式以及和睦和谐的人际关系为主要内涵，它倡导人类遵循人、自然和谐发展这一客观规律的基础上追求物质与精神财富的创造和积累。生态文明既是人类的理想境界，更是我们中国共产党执政兴国的基本国策。

一、正确认识贵州建生态文明、创和谐环境的特点和优势

欠发达、欠开发、多民族是贵州的基本省情，这就要求我们在建生态文明、创和谐环境过程中必须立足的基本省情。欠发达、欠开发，表明贵州还有良好的自然生态作为基础。贵州是多民族的省份，表明贵州尚有大量的原生态民族文化资源需要开发。据有关资料显示，贵州地处云贵高原，境内地势西高东低、山峦起伏、山清水秀、奇山异洞、溪流众多、田园散落其间，素有"八山一水一分田"之称，山水林田交相辉映，美不胜收。由于多年来通过高标准、高质量地实施"两江"流域防护林建设、天然林保护、封山育林、植树造林、退耕还林还草等，贵州生态环境有了明显的改善，森林覆盖率达到39.93%，比全国平均水平高出2倍多，而我省的黔东南自治州甚至高达62.78%，该州的丹寨、榕江、剑河、黎平等县还荣获"全国造林绿化百佳县"称号。优越的生态环境有利于野生动植物的繁衍生息，全省野生动物种类多达1000余种，其中黔金丝猴、华南虎、云豹、

黑鹳、白鹳、黑颈鹤、金雕、蟒等14种列为国家级保护动物；穿山甲、黑熊、水獭等二级保护动物69种。有70种珍稀植物列入国家珍稀濒危保护名录，其中银杉、珙桐、秃杉、桫椤等四种属国家一级保护植物，占全国同类植物的85%；有二级保护植物27种，占全国同类植物的18.9%；有三级保护植物39种，占全国同类植物的19.2%，还有大量的名贵野生物种3800余种，其中药用植物资源3700余种。

　　贵州是迷人的"天然公园"，境内自然风光神奇秀美，山水景色千姿百态，溶洞景观绚丽多彩，野生动物奇妙无穷，山、水、洞、石交相辉映，浑然一体。闻名的有安顺市的黄果树瀑布、龙宫，毕节的织金洞，黔西南自治州的马岭河峡谷、万峰林；黔东南自治州的镇远潕阳河、施秉的杉木河等风景名胜区和铜仁的梵净山，黔南自治州的茂兰喀斯特森林，黔东南自治州的雷公山、月亮山，遵义赤水市的桫椤，毕节威宁自治县草海等自然保护区。

　　贵州是一个多民族的省份，现有民族49个，其中少数民族48个，在48个少数民族中，苗族、布依族、侗族、土家族、彝族、仡佬族、水族、回族、白族、瑶族、壮族、畲族、毛南族、蒙古族、仫佬族、满族、羌族等17个为世居的少数民族。少数民族人口占全省人口的38.98%。贵州自古以来就是祖国西南各族系融合与交流的通道和走廊，形成了贵州多民族共存的基本格局。千百年来，在这个和谐共生的多民族大家庭里，各族人民以无穷的智慧创造了丰富多彩的民族文化，其中包括民族节日、民族习俗、民族歌舞、民族器乐、民族体育、民族手工艺、民族建筑、民族服饰、民族饮食等原生态的民族传统文化。这些民族传统文化集中构成了一幅幅色彩斑斓、韵味无穷的贵州高原原生态民族风情画卷。可以毫不夸张地说，民族文化是提高民族自信心、增强民族自豪感的精神支柱，是处理民族地区民族关系和睦和谐的润滑剂和平台。

　　独特的地理环境、优美的自然风光、多姿多彩的民族文化和各民族和谐共生、奋斗不息的精神风貌，这是我们建生态文明、创和谐环境的省情特点和优势。

二、建生态文明、创和谐环境面临的问题和困难

　　当我们在认识贵州特别是少数民族地区独特的地理环境、优美的自然风光、多姿多彩的民族文化的时候，也要清醒地看到，贵州，特别是少数民族地区在建

生态文明、创和谐环境中面临的问题和困难，必须从战略高度提高对建生态文明、创和谐环境重要性、必要性和紧迫性的认识，采取一切可行的措施，把贵州，特别是少数民族地区建设成为人与自然更加和谐、各民族之间更加和睦、经济社会又好又快发展的美好未来。一方面，我们要看到建生态文明、创和谐环境的自然优势，充分肯定我省，特别是少数民族地区植树造林、保护青山绿水、建设生态文明中取得的显著成效，进一步增强建生态文明、创和谐环境的信心和决心。另一方面，还要清醒地看到我省特别是少数民族地区和少数民族杂散区生态环境存在的诸多问题和困难。由于过去存在对生态环境管理不善、治理不力等状况，一些地方甚至以牺牲生态环境为代价，大肆砍伐林木、毁林开荒，矿产资源的开采处于无序状况等，造成环境污染、生态失调。不少地方已经森林不见、青山不再、溪河断流、石漠化严重，人民群众生存环境恶劣，环境保护、生态建设任重道远。一方面，我们既要看到贵州民族文化所具有的发展优势，充分肯定在对民族文化资源的开发、传承等方面所取得的显著成绩；另一方面，我们也要看到对民族文化，特别是少数民族文化的挖掘、抢救、保护、整理、发展等方面存在的诸多问题和困难。由于存在思想认识、政策措施和资金物资落实不到位等问题，许多珍贵的民族文化遗产濒临失传，有些民族文化遗产遭受破坏而无人问津，一些民族民间艺人因年事已高而愁于找不到传承人，等等，因此，民族文化，特别是原生态少数民族文化保护工作任重道远。一方面，我们要看到贵州由于欠发达、欠开发的后发优势，充分肯定改革开放以来特别是实行西部大开发、扶贫攻坚对推动贵州经济社会的发展所取得的显著成绩；另一方面，我们还要清醒地看到开发资源与保护环境方面存在的诸多问题和困难。应当承认，我省许多地方由于学习贯彻落实科学发展观不够好，在资源开发方面还存在短期行为和盲目开发、粗放开发等状况，造成了对生态环境的严重破坏，损害了当地人民群众的现实利益和长远利益，甚至因此发生了矿群矛盾和纠纷的群体性事件。因此，矿产资源开发与环境保护任重而道远。

三、建生态文明、创和谐环境的对策建议

建生态文明、创和谐环境是一项利在当代、造福千秋的宏伟事业，必须政策正确、措施可行。笔者认为应从以下方面进行努力。

一是要进一步强化"保住青山绿水也是政绩"的发展理念。要把保住青山绿水作为贵州的立省之本，作为少数民族地区的发展之本。要保住青山绿水，最重要的就是要高度重视对生态环境的治理，还贵州青山绿水的本来面貌。在历史上，贵州曾经是"天无三日晴"的神奇地方。毋庸置疑，这与贵州当时有茂密的森林、良好的植被和优越的生态环境有直接的关系。而今，这种情景已不复存在，由于人为的破坏，森林稀少、植被残缺、自然灾害严重，一旦遇上旱灾，便山塘干涸、河水断流，人畜饮水困难，农作物生长受到影响，而一旦大雨降临，由于没有植被作屏障，又形成严重的洪涝灾害和泥石流等地质灾害。恶劣的生态环境已经严重地制约了贵州特别是少数民族地区的经济发展和社会进步。因此，建生态文明、创和谐环境，必须进一步强化"保住青山绿水也是政绩"的理念。把治理生态、恢复植被、保住青山绿水放在更加突出的地位。

二是要把调整农村产业结构作为建生态文明、创和谐环境的重要内容。实践证明，"单纯依靠生态建设无法解决生态问题，只有通过转变经济发展方式，大力优化产业结构，进行全面综合治理，才能够实现从农业文明向现代生态文明的历史性跨越"。因此，建生态文明、创和谐环境，必须把调整和优化农村产业结构作为重要内容。要坚持科学发展观为统领，以市场为导向，因地制宜。在调整和优化农村产业结构中，要根据贵州，特别是少数民族地区的地理环境、土壤和气候条件，在确保粮食生产的前提下，大力发展林业、畜牧业、渔业、药业、茶业、蔬菜水果业、乡镇企业、乡村旅游业以及食品加工业等。各级党委、政府要加强领导，加大投入，提高科技含量，提高产品附加值和市场占有率，变资源优势为市场优势和经济优势，丰富建生态文明、创和谐环境的内涵。

三是要正确处理建生态文明、创和谐环境的几个关系问题。一是要正确处理资源开发与科学规划的关系。贵州是"欠发达、欠开发"的后发省份，需要加大开发的力度以促进经济的快速发展。特别强调的是在进行资源开发的时候，要认真吸取过去的教训，必须加强资源开发的计划性，防止盲目性。要按照科学发展、可持续发展和和谐发展的要求，切实加强对资源开发的科学规划和严格管理，确保资源开发做到有计划循序地进行，决不能以浪费资源、污染环境、破坏生态为代价，走先开发后治理的老路。二是要正确处理加强民族文化资源开发与重视保护民族传统文化的关系。民族文化资源的开发与利用是民族生存发展的需要。近年来，贵州民族文化特别是少数民族传统文化的开发与利用得到了相当程度的重视，各地开发创作出了各具特色的歌舞节目，显示出了独特的生命力。民族村寨建设在乡村旅游中也成为吸引各方游客的亮丽风景线。但我们同时要看到，由于种种原因，贵州少数民族传统文化的保护和传承工作还面临不少的问题和困难，少数民族文化工作还没引起足够的重视，政策落实不够好、资源投入少，人才比较缺乏，致使一些珍贵的少数民族传统文化遗产得不到及时的抢救、保护而濒临失传或丢失，如少数民族特别是苗族的古歌、古训、古词、民间舞蹈、传统体育、古建筑、民居建筑、手工艺、刺绣、锻造，等等。有的遭到严重破坏而没有及时的保护和修复，如古镇、古城堡、古碑、古塔、古桥，等等。有的散落在民间而没有及时进行搜集整理，如古籍，等等。我们要在建生态文明、创和谐环境中，切实把对少数民族文化资源的开发与加强对原生态少数民族文化遗产的保护有机地结合起来，做到开发与保护两手抓、两不误，绝不能只重开发而轻保护。三是要正确处理好建生态文明、创和谐环境与重视人才培养的关系。在少数民族地区建生态文明、创和谐环境，除了要有党委、政府的高度重视外，最根本的就是要加强人才的培养。可以肯定，只要有了人才，加上政策正确，资金落实，就什么人间奇迹都可能创造出来。现在我们面临的问题和困难是，一方面，我们的劳动力过剩，就业压力大；另一方面，我们又缺乏建生态文明、创和谐环境所需的各类人才。比如林业、农业、畜牧业以及建设新农村、发展特色产业所需要的科技人才和管理人才；比如进行少数民族文化遗产的挖掘、整理、开发、保护和传承所需要的人才以及能工巧匠，等等。对此，我们必须把建生态文明、创和谐环境同加强对人才的培养紧密结合起来，使建生态文明、创和谐环境有充足的人才支撑。

建生态文明、创和谐环境，说起来容易，做起来很难，必须统一思想、提高认识，科学规划、合理布局，全民动员、上下一致，坚持不懈、精心组织，认真实施、加强管理，确保这一有利于当代、造福于千秋的宏伟事业的顺利进行，取得预期的实际效果。

原载《贵州日报》理论版（2015年2月）

毕节开发扶贫生态建设试验区的重要意义

1988年6月9日，时任贵州省委书记的胡锦涛同志强调，报经国务院批准的毕节开发扶贫生态建设试验区正式成立，到现在已有20年了，通过整整一代人的努力，终于使毕节这个十分贫困落后、生态遭到严重破坏的地区发生了巨大的变化。

毕节试验区成立的时候，胡锦涛同志就指出：毕节地区是开发扶贫、生态建设试验区，这是由毕节地区的情况所决定，也是毕节试验区与全国其他的地区、特区有所不同的。全国所有的特区、开放区都是作为对外开放的前沿地带，采取出口导向的经济战略，以发展外向型经济为目标。而毕节试验区作为内陆边远山区，则是以市场为导向，发挥资源优势，以发展商品经济为目标，特区、开放区是解决经济起飞、先富起来的问题，而我们则是改变贫困面貌，继续解决温饱的问题。从这一定位可见，特区、开发区和毕节试验区各自的任务不同，它们交相呼应，着眼于解决国家的经济起飞，又兼顾贫困地区发展、面貌的改变，通过解决这两大难题，为国家的经济社会发展全面积累经验，探索成功的路子。

毕节试验区把开发扶贫、生态建设、人口控制作为三大主题，完全符合当代可持续发展的理念，是科学发展观思想指导下的正确选择。20年来，毕节试验区取得了很多重要成果。

20世纪80年代，毕节地区同当时的其他贫困地区一样，经济发展迟缓，粮食短缺，人口包袱沉重，土地退化，人与生产要素的矛盾十分突出。能否摆脱困境求发展，首先就必须正确处理人口骤增、生态恶化和生活贫困这些最基本的问题。事实证明，建立试验区，进行科学理念指导下的探索，是完全正确的。试验区三大主题的选择，符合当今可持续的理念，符合科学发展观的要求，也符合毕节和类似毕节这样的西南喀斯特地区的实际。毕节地区的成功经验，至少在西南川、滇、黔、桂等具有十分重要的参考价值。

西部岩溶山区长期面临的主要问题是经济社会发展滞后的问题，不能简单地等同于扶贫。贫困只是发展过程中的一个局部问题。正确的扶贫策略，要把区域经济发展作为重要任务，而解决贫困，应在区域经济社会发展中着力加以解决。只有经济发展了，贫困问题才有条件最终得到解决。毕节地区二十世纪八十年代国民产值、财政收入在贵州省全省是倒数第一，绝对贫困人口最多，而现在的毕节地区的生产总值、财政收入位列第三名，绝对贫困锐减到50万。这说明只要安排妥当，既可以使地方经济实力和财政显著增加，同时也可以使贫困地区的农民收入显著增加，两者相辅相成。

毕节人20年的试验，就是科学发展的生动实践！20年来，这个曾长期陷入"越生越垦、越垦越穷、越穷越生"怪圈，被认为不适宜人类居住的地区，紧紧围绕"开发扶贫、生态建设、人口控制"的主题，坚持改革试验的不停步，探索出有效控制人口过快增长、寓生态建设于经济发展之中，人口、资源、环境协调、可持续发展的科学发展道路。

毕节试验区坚持把生态治理与扶贫开发紧密结合，把生态治理建立在农民增收的基础之上，从而扎实地走向发展与生态的良性互动，创造了很多的经验。毕节的成功还在于，坚持20年的苦干实干，其中也得益于各民主党派中央持续的智力帮扶。

毕节试验区的重要意义在于，只要坚定不移地贯彻落实科学发展观，就能推动欠发达地区实现经济社会又好又快发展。

实现同步小康要保住绿水青山

大力推进生态文明建设，努力建设秀美的多彩贵州，是贵州省全面建成小康社会的重要战略任务和安排部署。我们要正确理解生态文明建设在同步建成小康社会中的基础性地位，重视在发展中面临的新问题，牢固树立既要"金山银山，又要绿水青山，两手抓，两手都要硬"的发展观。

到2020年，全国要全面建成小康社会，这是以习近平为总书记的党中央依据我国国情和经济社会发展实际作出的伟大战略决策。贵州省委根据中央的决策部署，提出了到2020年与全国同步建成小康社会的奋斗目标，同时提出在经济社会提速发展的同时，一定要重视生态文明建设，坚定地守住发展与生态两条底线，既要"金山银山"，又要"绿水青山"。

发挥生态文明建设的基础性作用

生态文明，是人类文明的一种形式，它以尊重和维护生态环境为宗旨，以可持续发展、科学发展为依据，以未来人类的继续发展为着眼点，强调人的自觉与自律，强调人与自然环境的相互依存、相互促进、和谐共生、良性循环、全面发展、持续繁荣为基本宗旨的文化伦理形态。生态文明是经济社会活动的基本基石。

重视和推进生态文明建设，是全面建成小康社会的迫切要求。党的十七届四中全会把生态文明建设提升到与经济建设、政治建设、文化建设、社会建设并列的战略高度，是"五位一体"建设目标的重要组成部分。"五位一体"建设目标是全面建成小康社会的五根巨大支柱，共同支撑着中国特色社会主义事业的全面发展进步，生态文明建设渗透经济和贯穿于经济建设、政治建设、文化建设、社会建设之中。"五位一体"建设的相互作用，辩证统一地构成了中国特色社会主义事业蓬勃发展的内在动力和引擎。从这个意义上讲，我们在建设小康到全面建成小康社会的过程中，不能只重视经济建设、政治建设、文化建设和社会建设，还要把生态文明建设放在同等地位着力建设好，做好"五位一体"建设一起抓，金山银山、绿水青山一起要。

重视生态文明建设中的问题

无论是从国外的经验看，还是从国内的经验看，无不走过先建设、后治理、先发展经济、后重视生态的曲折历程，贵州更是如此。

我国是个人口大国，不仅人口基数大，而且人口密度大。虽然各种自然资源总量大，但人均占有量小，人均资源相当贫乏，远低于世界平均水平。同时，我国多种重要资源短缺，加上我国正处于全面建设小康社会的工业化、城镇化的快速发展阶段，对资源具有较高的需求，这使得我国生态的承受能力加重，生态文明建设面临着严峻挑战。

首先是庞大的人口规模对资源提出了更多的需求，加强了对生态环境的破坏和污染，这在贵州较为突出。

其次是资源形势十分严峻。由于特定的地理位置和复杂的地形地貌，特别是喀斯特地貌分布广，贵州生态环境十分脆弱，一旦损害，非常难以修复和恢复。贵州资源虽然丰富，但几十年来的开发利用，许多资源濒临枯竭境况。"八山一水一分田"，说明贵州耕地少，水资源较为紧缺，生态环境脆弱。随着工业化、城镇化建设和交通运输建设的加快，对土地、耕地、山林的需求在增加，资源总量和人均资源占有量在减少，仅土地一项，据贵州省第二次土地调查（2014年9月22日公布），贵州全省土地资源大约26416万亩，其中耕地约6844万亩，林地草地约16199万亩，城镇乡村工矿占地681万亩，其他土地约2694万亩。随着经济建设的加快，占用土地和耕地将继续增加，对生态环境带来了严重挑战。由于生态环境面临着严峻形势，对经济健康持续发展和全面建成小康社会，也会带来严重的负面影响。

因此，我们必须站在战略的高度，在加快发展经济、全面实现小康的过程中，在经济获得巨大发展的背后，一定要坚守住生态文明这条底线，不能以牺牲更大的资源成本、环境成本和生态成本为代价，尤其是以我们的老祖宗留下的土地和耕地资源为代价。

实现百姓富、生态美有机统一

2014年3月7日，习近平总书记参加十二届二次会议贵州代表团审议政府工作报告时就发展与生态问题做了重要讲话，指出："正确处理好生态环境保护和发展的关系，因地制宜选择好发展产业，让绿水青山充分发挥经济社会效益，切实做好经济效益、社会效益、生态效益同步提升，实现百姓富、生态美有机统一。"

2015年6月16日至18日，习近平总书记在贵州考察期间，对贵州经济社会发展取得的成绩和各项工作给予肯定。他殷切希望贵州协调推进"四个全面"战略布局，守住发展和生态两条底线，培植后发优势，奋力后发赶超，走出一条有别于东部、不同于西部其他省份的发展道路。良好的生态环境是人民美好生活的重要组成部分，也是我们发展和要实现的重要目标。要正确处理发展和生态环境保护关系，实现发展和生态环境的协同推进。要书写好"既要绿水青山，又要金山银山"这篇大文章。我们要深刻领会习近平总书记的重要讲话精神，在推进贵州全面同步建成小康社会中既要重视发展，又要重视生态，既要金山银山，又要绿水青山，两手都要硬，两个都不能丢。

要站在战略和全面的高度牢固地树立"既要金山银山，又要绿水青山"的理念，要提高全民族的生态道德文化素质，树立尊重自然、顺应自然、保护自然的生态文明理念。全省上下都要自觉书写好发展和生态的大文章。要厘清思路，善做生态环境破坏的"减法"，勤做生态环境建设的"加法"。学会算大账、算长远账、算全局账、算综合账，增强科学性，减少盲目性。每个公民都要懂绿，以实际行为爱绿、种绿、护绿、兴绿。

要搞好规划，科学管理。在经济建设中，无论是交通建设、工业园区建设，还是城镇化建设，都要按照"两条底线"的要求，切实把发展和生态统筹规划一起推进，防止建设过程中一手硬一手软，或先建设（发展）、后治理的"怪病"随之蔓延，最后导致经济暂时上去了，生态环境却恶化了。

要立法保障。我们要按照依法治国的要求，加强和完善生态立法，细化法律条规，划清法律底线和法律责任，把发展与生态、金山银山与绿水青山纳入法治的轨道。凡是重视发展忽视生态的地方和单位，都要依法问责，依法处理，确保生态文明建设有法必依。

要加强领导，把生态文明建设放在突出的地位。各级党委和政府都要把生态文明建设纳入重要议程，融入经济建设、政治建设、文化建设和社会建设"五位一体"的全过程。坚持节约资源和保护自然的基本国策，坚持节约优先、保护优先、自然恢复为主的方针。只有这样，生态文明建设才能得到有效保证，全面同步建成小康社会才能有牢固的基础。

原载《当代贵州》（2015年2月）

第四部分

往事并不如烟

沉痛悼念汤一介先生

　　2014年9月9日，我在人民网上惊悉汤一介先生逝世的消息，深感悲痛。汤先生是北京大学哲学系著名教授、中华孔子研究会会长、国学泰斗，他的逝世是中国学术界的巨大损失。

　　汤先生和乐黛云先生是一家人，1986年贵州成立了贵州省比较文学学会，乐老师和汤先生一起前往庆贺。记得是在军区招待所，我第一次见到他们，汤先生温文儒雅，乐先生热情开朗，他们伉俪情深。1987年，我到西安参加中国比较文学学术年会第二次见到他们，乐先生委托我照看她在贵阳的老父亲，就这样我和他们一家联系就较多了。

　　1989年，汤先生创办的"中国文化书院"在全国招收学员，我也报名参加了，中国文化书院的导师有著名的学者杜维明、成中英、宁可、包遵信等，书院的一万多名学员遍布全国各地，老师们分赴全国各地授课，书院的老师也来到了贵阳，我全程接待，老师们在师大会议室给贵阳的学员上课，反响热烈。这是汤先生的创举，他对中国文化的建设和普及作出了巨大的贡献。

　　《贵州日报》27°黔地标专栏聘请汤先生、乐先生为顾问。虽年事已高，但乐先生为了家乡的文化事业，欣然接受，并亲临贵阳出席有关活动。我在贵阳最后一次见到汤先生是在前年夏天，那时汤先生的身体已非常虚弱了，我见到他后，还把当年颁发的中国文化书院的毕业证书，请汤先生签名，没想到竟成了遗墨了……

　　今年6月，我在网上看见北京大学举行《汤一介文集》首发式，我真为他感到高兴，我打了他家的电话想表示祝贺，结果电话没打通，我又给乐先生发了一个邮件，一直未见回复，当我知道汤先生仙逝的消息后，我发了一封吊唁，才发现我之前的邮件发错了一个字母。我赶紧给北大中文系主任，我的老朋友陈跃红打电话，陈跃红说中央七常委都送了花圈，邮件每天多达一千多封。今年5月4日，习近平主席还到北大亲切接见了汤先生，汤先生以其人格魅力，受到了大家的尊重，我替乐先生感到欣慰。我给北大哲学系打了电话，请他们代我送一个花圈，还传真了一份吊唁，以表达我的哀思。前几天，我收到汤用彤纪念馆发的邮件，他们给我约稿，准备编一本《汤先生纪念集》，于是我写下了这篇短文，谨以此文沉痛悼念汤一介先生！汤先生安息吧！我们永远怀念您！

原载雷源赵建永主编的《汤一介学记》，新华出版社（2015年3月）

深切缅怀王鸿儒老师

在20天前，接到单位电话，说王老师生病住院在重症监护室，我一听赶紧通知支部的人去中医附院看望王老师。去到那里，医生不让进，我说了很多好话，终于让我们进去了，可是只能在门口远远地看着，还好，王老师还清醒着，朝我们招招手，人已很消瘦了，没想到这竟是最后一面了……

8月12日中午，我接到电话说王老师去世了！我很震惊！于是赶快坐车到殡仪馆，我代表支部和青年文化学会分别送了花圈。晚上回到家里，心里空落落的，想为王老师再做点事情，我赶忙打电话给北京大学的著名教授乐黛云先生，乐先生很难过，她要我替她送一个花圈给王老师。我又给民盟省委冉主委打了电话，她正在出差，她也马上安排人送了花圈。只要我能想起的人我都打了电话。

8月14日上午9时，举行了王老师的追悼会，省人大原副主任龚贤勇，省社科院金书记、吴院长、雷院长，省文联副主席何光渝，省委讲师团原团长龚晓宽、副团长赵崇南，著名文学评论家张劲，《山花》主编李寂荡等近百人参加了追悼会。省人大副主任顾久等赠送了花圈。

王老师永远离开了我们，但他的音容笑貌却清晰地浮现在我眼前，当年我们一起主持青年文化学会工作的情景，历历在目。王老师生前对我很关心，就在去年还关心我的职称问题，还帮我联系出版社出版学术著作，这一切我永远都不会忘记！

王老师是省社科院文学所所长、研究员、省管专家、省作家协会副主席，也是我们省青年文化学会的创始人，第一任副会长，他出版的学术著作有《乐黛云传》《夜郎文化史》等十几部，长篇小说多部，文学评论多篇，他的逝世，是贵州文学界、学术界的巨大损失！

王老师，安息吧！

我们永远怀念您！！！

追忆丁尔纲先生

今天，在中国茅盾研究会的微信群里，惊闻丁尔纲先生于本月4日不幸逝世！我顿时泪奔⋯⋯

丁尔纲先生是山东社科院文学所研究员，是著名的茅盾研究四大家之一，是我敬仰的老前辈。

我和丁先生见过两次面，第一次是1985年夏天，在嘉兴师专，我应邀参加了首届全国茅盾研究讲习班，在会上聆听了丁尔纲先生等茅盾研究的专家学者讲授课程，会上还安排参加了茅盾读过的桐乡中学，乌镇茅盾故居等。沿着茅公的足迹到处考察，看见了茅盾小说中的林家铺子，春茧，还有吃了臭豆腐。

丁尔刚先生在会上说，1986年7月4日是茅盾诞辰九十周年，希望大家积极撰写论文，明年北京见！

回到贵阳后，我就开始收集资料，编写提纲，写出了论文《灵魂的腐蚀，毁灭与更新——赵惠明与陈白露的比较》，发表在四川的《抗战文艺研究上》，并被收入中国人民大学《戏剧研究》里，还写了《抗战时期茅盾在贵阳的文学活动》，并参加了1986年10月在重庆抗战文艺研究会，在会上见到了尊敬的方敬先生，方敬先生是地下党，抗战时期在贵阳编撰《大刚报新垒阵地副刊》，报上发表了许多茅盾先生的文章，解放后方敬先生回到四川，当上了西南师范大学的校长，我与方老还有过通信。

1986年7月4号，我赴北京参加纪念茅盾诞辰九十周年学术研讨会，在会上我是最年轻的女同志，被称秘书长丁尔纲先生称为"最年轻的茅盾研究女学者"，贵州只有三个会员，一个是师大的陈瑞锋教授，一个是我的现代文学老师，贵大的陈开鸣教授(几年前已去世)，丁先生发展我为会员，我们是在香山别墅开的会，还与那里服务人员开了联欢会，丁先生让代表学会唱了一首《走过青青的草地》，全场掌声热烈，我为学会争光，为晚会增了色，同时也为贵州争了光。

丁尔纲先生一生严谨做学问，茅盾研究的著作不少，他还寄了一套给我，可惜搬家丢失了。

丁尔纲先生风度翩翩，一表人才，才华横溢为人真诚坦荡，他是我的老师、前辈，他的音容笑貌时常浮现在我的眼前。

丁先生安息吧！我们可以欣慰地告诉你，茅盾研究后继有人，现在增加了好多年轻学者，在老会长叶子铭、万树玉、钱正刚等前辈对学会做出重大的贡献，我们相信在新一届会长杨扬教授的到领导下学会会越来越好。茅盾研究会是全国最好的学会之一，风气正、为人好，研究者深爱茅盾先生影响，大力扶持文学新人，为人宽厚。

可惜茅盾儿子韦韬也走了，他把茅盾先生所有的稿费全部无偿捐赠给学会，是我们学习的楷模，他那伟岸的身影，永远令人难忘。

丁先生一路走好！

您的学生：田原

2018年2月9日

记贵州书画家何天琨

一次周末，我应朋友之约，参观了一场书画笔会，看见许多书法家、画家纷纷在现场挥毫泼墨，使我产生了浓厚兴趣，在走马观花中有幸求得一幅篆书墨宝，拿回家中欣赏，久看不厌，像一幅精美的设计效果图。通过电话联系，我专程拜会给我赠送墨宝的主人，并了解到他不平凡的艺术历程。

何天琨先生是中国文艺家协会理事、中国书画家协会理事、中国书画院美术师、中国国际华商会（香港）书画会会员、东方书画院终身书法教授、中国书法研究院会员、贵州书法家协会会员、贵阳市书法家协会会员、江苏省宜兴市丁蜀镇"金沙壶传人"特聘书画师。何天琨先生是贵州贵阳人，出生在书香世家，他的父亲何庆云能石工，好木刻，喜文学，精通书法，善结诗文好友，过去在单位做宣传工作。何天琨是在他父亲引导下，从青少年时代受文学的熏陶，对诗、书、画、印特别爱好，且已成为他一生对艺术的执着追求。

在相谈中，何天琨先生回顾说：早在60年代，他家很穷，负债很重，自己9岁起在阳关学校读书，每天都利用课余时间到山上割草，卖到当地的奶牛场，每月换成钱来帮助家庭生计。在每晚空闲时，持之以恒地练习写毛笔字，主要临习颜体《麻姑仙坛记》《东方朔画像赞》，临习柳体《神策军碑》《玄秘塔碑》《金刚经》等楷书，临习董其昌行书字帖。先生到了12岁已经写了一手好字。"文革"期间，何天琨还协助他的父亲写大标语和宣传栏。他从小在学习书法上已经打下很好的基础。

1972年9月，何天琨初中毕业，由于家庭原因没有升学，在家开荒种地，休闲时自学中国画，以《中国绘画史图录》《近三百年绘画作品集》《中国古代山水画百图》《中国古代花鸟画百图》《怎样画中国画》等书为范本。山水画学马远、夏圭、李成、范宽、八大山人。花鸟画学赵之谦、吴昌硕、任伯年、齐白石。（按何天琨先生说，他早年吸收力强，有书法功底，学习名家方便得多。能预知以后在事业上用得着。）

1975年4月响应国家号召，何天琨随70多名职工子女集体到附近农村落户当知青，在艰难困苦的日子里，忙里偷闲，坚持写字画画，还将知青队每月发给自己的生活补助费5元钱存积下来，多次步行6公里到白云区新华书店借书、购书，步行到15公里外的贵阳大十字新华书店，贵阳市美术广告公司、贵阳市文物商店购便宜的毛墨和印章石，为省钱多印、一方章作多面篆刻。在篆刻印上学赵之谦、丁敬、关昌硕、王石谷，后来学齐白石的篆刻风格。

1974年和1982年，何天琨先生在他父亲好友的引荐下，先后拜贵州著名书法家陈恒安和冯济泉二老先生为师，以自己平时练习的毛笔字和自己刻的印章投缘，说明自己虔诚为学、历尽艰辛，得到陈老和冯老的同情，都答应收何天琨为徒，后来，何天琨因路远、交通食宿不便问题，没有上门求学，却曾经意外见到老书法家陈恒安、冯济泉二老现场挥毫书写。这对于何天琨后来研攻书法、提炼进步，留下永远难忘的印象。

1983年，为寻求更多的专业知识，何天琨先生被考核录取进贵州省书法家协会书法培训班夜学进修，对书法绘画，老师讲课，都作了重点笔记，教他的老师有黄济云、刘承权、王蓉华、谭涤非、黎培基等前辈。何天琨谈到这段书法进修时摇头叹气地说：求学那个年代很不容易啊，从市郊新阳关至贵阳市科学路距离16公里的车道上，爬飞车，步行来去走夜路，学习了两期就离开了培训班，虽然克服了种种困难，却冒着生命危险，这样的好学一般人是很难做到的。

何天琨先生自从离开书法培训班，从此就苦下工夫，练楷书、行书、草书、篆书长达9年。

何天琨先生又提到一个新的问题：他辛辛苦苦专研了36年的书法与绘画，突然停止，改专攻篆刻。那是在1992年至1994年，他工作的大集体单位产业流失蒸发，自生自灭，生存成了大问题。另外，在1995年至2004年先生工作的集体单位被国营单位作计划外收编，同工不同酬，在高生活、低收入的情况下成了特困户，没有条件写画，只能将爱好转移在雕刻、篆刻上，没有刻刀，自己加工，买不起印章石，只有进入附近山中，取干木、青石、竹竿等进行雕刻，用废铜、废塑料、麻将作为篆刻，作品刊登在《贵钢报》和《贵烟报》上，在这方面钻研长达9年。

何天琨先生是个多才多艺的艺术家，当他工作单位的计划改变后，收入上略稍增长，在2005年至2008年，参加国际书画大赛和全国书画大赛，以及中国十大演艺代表团赴联合国的书画大赛获奖。获得"促进世界和平友好使者""杰出艺术家""中国艺术家""中国书画名家""德艺双馨艺术家"等称号。

2009年，江苏"金沙壶传人"工艺美术大师应书良前来贵阳欣赏贵州的书画艺术，考察了三年，将贵州很有实力的书法家、画家作品精心筛选入册，刊登有冯济泉、章维崧、张润生、何天琨4个人的作品。2010年，由江苏工艺美术大师、全国十大能工巧匠徐安碧先生和应书良先生，特邀了何天琨先生前往江苏宜兴，进行书画交流。同时将何天琨的书法、绘画作为珍品收藏，还被邀请在紫砂壶上留下书法、绘画宝迹。

2013年，何天琨的书法、绘画作品在全国参加第十届中国最有实力的书画作品拍卖会，其中有4幅书法、绘画作品被专家选中，评定入书，进行专场拍卖。

何天琨先生人到中年还孜孜不倦地追求艺术，按他的话讲，他取得的成果，得力于书法上的大篆书和篆刻。他的大篆书是继承书法家陈恒安书风，力求金石味和残损美的艺术境界，格调高古，气势雄浑，笔法苍劲，笔力深沉。在篆刻上刀法精练，构思布局别开生面，刚柔相济，他能用笔、善刻都是珍贵的艺术，他的奋斗精神是值得借鉴和学习的。

何天琨先生酷爱诗、书、画、印艺术，几十年春秋并非一帆风顺，潮起潮落，续断续接，人在生存线上挣扎，在苦度中希望，在追求中进取，都磨耗了无数的青春……

年年岁岁花相似

——记余未人老师

"一年三百六十五天，每天的滋味不一样，酸甜苦辣咸，什么都有，在我来说，白开水占一半多，常常还带点漂白粉的味儿。"余未人这么说着。

她身着一件色泽淡雅的连衣裙，微微一笑，仪容像一位教师，端庄稳重；熟了呢，便渐渐变得像一名学生——不是恪守校规的那一类。

清晨，一睁开眼睛，便拧开收音机，听新闻，中央台、贵州台、贵阳台，然后呢，是"余未人台"——听她自己用标准普通话录下的古典诗词，还夹杂一两首自唱的歌，是一些老掉牙的外国名歌，美声唱法，音色不怎么样，但感情是全数投入的——当然，这是作为她捅煤炉、做早餐、扫地擦地的伴奏。她说，听"余未人台"就该做这样的事，就像听音乐会得穿件礼服一样。

她任职的《花溪》编辑部是向食品公司暂借的一个半地下建筑。阴天得开灯，晴天呢，每张桌子上都阳光普照，没有一处蔽荫的角落。她那一间，七个人挤六张桌子，她说："我常常抱怨办公室太热闹了，做不必要做的事，却又和别人一样的'恋巢'，宁肯把做不完的活儿带回家去赶。在这里，我们海阔天空，从肖斯塔科维奇到米兰·昆德拉，从集体无意识到树桩盆景……在外面，很难寻到这样同一个层面上的心心相印。"

她得审读每一期的全部稿件，至少是三遍，有的还要四五遍。她说："稿件的水准决定于作家的才气，而我们编辑呢，不能尽如人意，但求无愧我心，至少得当好'文字保姆'。我每次看清样，印得工工整整的，连错别字也那么庄重。"

中午下班，她打个弯子路过菜场，那些无人问津的摊头，卖菜人亲昵地叫着"伯妈"，她起初为之一怔，渐渐地也习惯了，便以"老伯妈"自居，稀里哗啦地，十来分钟就采购了两大包菜和肉，还有每日少不了的水果。爱人常常笑她买的肉质次价高，她说，从效率上看，我绝对不吃亏，一分时间一分货哩！

开会叫人无所适从，能逃则逃，逃不了的，又不好意思带本"砖头"去读，只得捎上本杂志去应卯，会议当然都很重要，这以书面通知或是大红烫金的请柬为证。发言人讲完话，还来一句"谢谢大家！"，她自觉有愧于人家的那番谢忱，因为她总是心猿意马，翻翻杂志，马上又想到自己正在写作的那个短篇。她近年来短篇写得很少，可每一篇，她都想变一个调子，一改她从前的抒情风格，而是冷峻、幽默、谐谑，为了追求这种调子，她常常一改再改，捂着放着，不让它匆匆出笼。比如她发的《裂变》和《好汉》，朋友们竟一点也看不出她过去写的短篇、中篇和长篇的痕迹来了，开会真是个天马行空的场所，她又想到正在读的那本《阿尔巴特街的儿女们》，该还了，要是今天下午不在这儿打坐，晚上就可以读完了，不想干的事总是多于想干的事。可要是全都干着想干的事呢，也许倒是少则得，多则惑。

会议进行到五点半，她真的坐不住了，上下肢都蠢蠢欲动，这"白开水"里，实在是有了太多的漂白粉味儿。这个时候，她只想在青山环抱的黔灵湖面上漂着，舒展四肢，荡涤灵魂。她最爱游泳，泳龄已经三十六年，还坚持过几年冬泳。她的史篇集就取名为《冬泳世界》，上大学时，她曾作为唯一的女生参加冬泳表演赛。她在《后记》中写道："入水的一瞬间，我紧闭上眼睛，河水冰凉刺骨，我差不多窒息了，也不知道自己的手脚还会不会划动，人们盯着我，想是好奇，要看看这唯一的女生是怎么冻僵了，又怎么被人拖上岸来……那么，我不能让人看笑话，只有咬紧格格发抖的牙齿，拼命划水，争一口气。总算跟上队伍，没落下笑柄。"她说，她开始写小说的时候，就怀着冬泳一般的心境，有了这番冬泳的磨炼，她便觉得，别人能干的事，自己也不至不能干。

晚餐之后，就要步行半小时赶到卧病的母亲身边，为母亲按摩、擦洗，还要搜罗各种各样的奇闻轶事来讲，让母亲那为病痛折磨的神经稍稍得以转移，这样的奔走已经持续了一年多。因为母亲厌烦电视，所以她就陪着母亲，无缘看一眼放在隔壁房间的彩电。她还照料过上一辈的好几位老人，她说，人到中年，常常就哀多而乐少了。

她说，如果不当班的时候，她就能四处走走，潜心写作，而其间的"浓茶""咖啡""烈酒"，就会稍稍多一些，她去年轮休时，完成了一个长篇《梦幻少女》。

　　临出门时，我们参观了她家的盆景，有南天竹、岩豆、火棘、石榴、黄杨、棕榈……古拙典雅、生意盎然。她说，生活在都市里的人，应当力求亲近自然。对这批艺术品，我们赞叹不绝，可她又特别把墙角的一大堆干树桩指给我们看，说那是"写废了的稿纸"。

记著名诗书画家李吉祥

　　李吉祥先生是位多才多艺的书画家，千禧年我就开始收藏他的美术作品了。当时只知他的书画功力深厚，倍受人们推崇，至于他的其他情况，知之甚少。有一次我在贵州电视二台看到关于他的详细报道后才知道他不仅书画成绩卓著，其他爱好都学有所获：硬笔书法获全国一等奖，奇石获中国石展银奖，摄影获省影协优秀奖，根雕获片区一等奖，象棋获片区第三名，乒乓球获贵阳老年组第五名，爬山获单位第一名，旅游当地视为水鬼，曾发表过小说、诗词、楹联等。真想不到他哪来那么多精力！令人佩服，因此我决定给他写一篇文章。

　　李吉祥是位来自大山深处的高原硬汉，家境贫寒，早年失学，只好自谋生路，不管再忙，总是抽出宝贵的时间自学绘画。他以画报背面为纸，以树皮、红土为颜料艰苦习画。真是功夫不负有心人，终于苦尽甘来，功成名就。

　　自20世纪60年代参加全国美展以来，先后荣获国际、全国、省、市各类大奖数十次。其中美术、书法均获金奖。国内多家报刊、杂志作过专题报道，他出版过个人专集，举办过个人美展。入编《大辞典》《名人录》，多家电视台多次播放了他的书画、摄影、生活。他如今已是中国书画研究院一级美术师、研究员、艺术委员，贵州省书法家协会会员，贵州省摄影家协会会员，贵阳市美术家协会会员，省教育协会会员。曾担任过中国凉都奇石编委，全国美术教育老师美术作品展评委。

　　他的书法，以赵字为基，兼以各家，逐步形成自己的风格。他楷、行、隶、篆均能为之。全国著名书法家卢前先生对他的书法评价颇高："有赵字神韵，温润闲雅，骨肉停匀。"我省著名书法家黄济云对他的评价是："吉祥书法笔位精确，珠圆玉润，入妙通灵。"

他画油画、粉画、水彩、板画、连环画、年画，什么都画，很有水准。他的国画构图严谨，造型生动，笔墨酣畅，很有灵气。尤其是他笔下的美女画，含蓄高雅，美丽动人。中国书画院院长孙建民对他作品评价是："李吉祥的画有秀美、清新、淡雅的美感，主要是写实，具象与抽象融合，形似与神似相凝聚。"我省著名书画家谭涤非对他的画这样评价："山水、人物、花鸟无一不能，无一不精，其笔墨酣畅，造型生动；笔墨简约，平淡天真，淡而弥厚，静谧中寓生机。令人回味无穷。"

如果你听说有人在读书时就给同班的学生上课，你并不觉得奇怪。如果你听说有人曾在小学、中专、大学给本校学生上课时你会认为是天方夜谭，我们的主人翁恰好就是这样的人。他曾在纳雍县雍熙小学读书时给本校学生上课，在贵阳市南明区老师进修学校进修时给本校进修教师上课，在贵州省老年大学读书时又给本校老年大学学生上课。如无超常的能力是万万不能的。

他的朋友常常听到他这样一句话："穷，不能穷掉志向；穷，不能穷掉品格。"他的一生就是这么做的。他曾不顾个人安危，救过四条人命，分文不取，有人说他真傻，又不图什么，干嘛拿自己宝贵的生命去涉险。他嘿嘿地笑了笑说："只要他们能好好地活着，无论我失掉什么都值。"这真是颗金子般的心啊！

人生的风景线既柔软又坚硬，人生的坐标既朦胧又清晰，人生的舍弃与获得就在于你是否把握命运之神的旨意。这位仅有初二文化底子的高原汉子，所耗费的心力，不知要比常人多多少啊！他在人生旅途上一步一步地走了六十八个春秋，他成了一个硬铮铮的高原汉子，为了他的母亲，为了养育他的高原热土，他和命运殊死抗争，最后他胜利了，他笑了，笑得那么开心。

如此多彩的人生，一定会给人们留下深刻的印象。而今他还弹弹电子琴，唱唱歌，打打太极拳，下下围棋，他的生活更加丰富了，他的文化底蕴也愈加深厚了。

每逢佳节倍思友

林老师您好吗？

林老师是我的博中好友，他是一位高度伤残军人，他在一篇文章中写道：他的职业是生病，业余时间写点诗。他出版了多本诗集，他的诗是含着血与泪写的，他忍受着常人无法承受的痛苦，是诗给了他荒芜的心一点绿意，他是靠写诗而活着。看了他的文章，令人难过，爱莫能助！

我曾给他寄过一点小钱表心意，还邮过一点土特产，他很感谢。春节前，他从千里之外的北国给我邮来了一张贺年卡，是他一位上海制币厂的朋友寄给他的。林老师在纸条上写着：礼物虽小，路途可遥远……圣诞、元旦时，林老师还给我发来了短信：我们用心去归拢人世间的纯美情感，然后拦住一缕清风，让它携着倾诉蔓延……

林老师的诗，写得很美，可看出他的古典文学造诣很深，他的作品多次获奖。我常和他通电话，前不久他的诗歌又荣获了全国三等奖，他很高兴地说：这样活着才觉得有点意义。痛苦出诗人！这话用在林老师身上，是再贴切不过了。

最近，林老师借钱去北京治病，久久没有他的消息，我也不知道他的病情怎样了，心里很是惦记……我真诚地祝福林老师会好起来，我还想欣赏到他的更多诗作，朋友们可去林柏松老师的博客，看看这位坚强而又可怜的伤残军旅诗人！

外公的玻璃人生

　　我的外公谭剑鸿，湖南长沙人士，是贵阳玻璃厂的第一任厂长兼工程师。他和贵阳玻璃厂有着一世的情缘。玻璃厂曾经有着一段令人难忘的历史……

　　1940年初夏，日寇入侵我国武汉地区，长江下游，华东、东北一带敌占区的机关、学校、工厂、企业内迁，有能力逃难的人民群众纷纷逃往西南大后方。贵阳市的人口猛增，居住的房屋及生活物资非常紧张短缺，甚至在日常所用的玻璃杯、酒杯、茶盘、花瓶、灯具、灯罩等，市场上竟长年缺货，更加紧张的是学校、医院、工厂所需的化验、科研、疾病检验所用的玻璃仪器、烧器、药瓶等，竟无处购买，由于社会的需要及舆论呼吁，贵州企业公司董事会作出了决议，计划在贵阳市建设一座综合性的玻璃厂，生产玻璃制品，以解决后方燃眉之急。于是决定聘请著名的玻璃陶瓷专家、湖南宝华玻璃陶瓷厂厂长、工程师肖泽（号丽生）担任玻璃厂筹备主任（肖泽是贵州玻璃工业的创始人。他对中国的玻璃工业作出了贡献。邹韬奋在《萍踪寄语》中曾有记载）。经过函电协商，肖泽同意来筑建厂，并介绍肖洁吾、谭剑鸿（谭是肖泽的女婿，曾在肖泽的指点下学习玻璃陶瓷工业技术）任筹备员，组建筹备工作，他们陆续来到贵阳展开建厂前期工作。

　　1940年贵阳市的工业，仅有一座小发电厂，没有其他的工厂，要筹建玻璃厂，基础条件是非常差的，甚至要从建造玻璃熔炉的耐火材料原料的寻找开始。筹备人员经过艰难努力，首先在贵筑县和四川奉节县等地找到了铝矾土和高岭土，而后在湖南招聘制造耐火砖和坩埚的技术工人，制造和锻烧耐火砖、坩埚，这是修建生产玻璃制品的基础设备的最先准备工作，同时还要寻找制造玻璃所需的质量优良的硅砂、方解石、白云石、萤石等原料。当时四乡盗匪横行，时有出没，而原材物料，又只有在偏僻的山区才能找到，其困难情形，不言而喻。当年的筹备处派谭剑鸿去惠水县调查硅砂矿藏情况，就遇到许多困难。首先到县政府请求派向导，商量结果县政府派委员一人，挑选干练的武装团兵十余人护送（硅砂当地人叫硅砂盐又叫炒米砂）。在惠水、龙里、贵筑三县交界处，有个叫补鸦营的地方，距惠水县城数十里，没有大路，只有羊肠小道，他们只能整天在草野丛生、荒无人烟的山坡上行走。团兵荷枪实弹，一半在前面搜索导引，一半在后面护卫，谭剑鸿有生以来尚未见过如此状况，特别紧张，毛骨悚然。虽说这件事已经过去了四十多年，可至今仍记忆犹新。他们到达补鸦营时，村寨仅三户人家，均系苗族。几家的男人，远远地看到武装团兵时，认为是来抓壮丁的，仓皇出逃，都躲入深山密林中去了。谭剑鸿费了不少口舌，多方向妇女们解释说是来找硅砂盐的，绝不是抓壮丁的，并拿出较多的钞票，请他们准备饭菜，同时请她们去把男人找回来，带人去看硅砂矿山。大概是因为态度和蔼，团兵也没有威胁她们，所以取得了妇女的信任，于是她们有的做饭，有的去喊男人。饭后，由男人们带路去探看矿山，结果他们发现了一座很大的优良的硅砂矿山：高五六十米，长数百米，裸露在外，上无覆盖，只见硅砂颗粒均匀。样品经化验，其含硅量达到98%以上，含铁量仅0.1%，质量优良。可惜当时无公路可通，运输极其困难，无法利用。后来在贵筑县的赵司、骑龙等地找到类似补鸦营的优质硅砂，玻璃厂一直使用到1949年，用这两处的硅砂为原料，制造的玻璃器皿，光艳夺目，为玻璃厂赢得极高的声誉。其后原料调查采购，困难情况大致与此相同。

筹备处的人员，一方面要找原材料，一方面要选择厂址。1940年距敌机轰炸贵阳不久，厂址要选择比较安全的地方，同时要交通方便，有足够的水源。经过多次选择比较，大家认为在太慈桥小车河南岸坡脚平地较为适合（即现在的贵阳玻璃厂厂址），该处最好的是河边有一架筒车，可以打水流入厂内，还有一架水碾，可加工原料（电工不能供电，因此无法利用电能），在当时的条件下这是非常有利于生产的。厂地征拨后，就日夜开工修建房屋，砌烟囱，烧耐火砖，制坩埚，制模具，制刻花机，磨口机，等等，添置各种工具。同时修筑玻璃熔炉、退火炉、加工炉等专用设备的工作。

肖泽在长沙、湘潭请来各类技术人员一百余人，其中负责绘画的是肖泽的女儿肖君曼。她是湖南衡翠美专的高才生，她亲手描绘的玻璃制品的花卉，色泽艳丽，栩栩如生，看到的人均赞不绝口。这些技术人员于1941年春季到厂，随即烘炉加料，正式投产，生产出了各种造型新颖的玻璃器皿和花色繁多的电灯罩盖，同时还生产硬质仪器、烧器、药瓶等。这在是贵阳前所未有的创举。在1941年6月1日贵州企业公司成立一周年展览会上，玻璃厂将上述产品全部展出，向贵州各界人士展示了企业公司的成绩有各式茶杯、酒杯、茶盘、果盘、花瓶、糖缸、烟缸、菜盘等玻璃制品，有刻花的、彩绘的、喷金的、蒙砂的美术加工制品；有套色的台灯、壁灯、吊灯等玻璃电具。品种最多的是玻璃仪器等，可说是美不胜收了。展出的第一天即轰动全城，展览馆挤满了参观的人。一个月的展览，参观者络绎不绝，省内省外凡是来贵阳的，必定要来看看贵阳的玻璃制品展览。群众的赞赏，舆论界的表扬，对玻璃厂全体人员是极大的鼓励！更加鞭策他们研究如何扩大生产，增添新产品。同时省外要求成立经销机构，在重庆有玻璃厂经销处，西安、昆明等各处有代销店，并能与当时的美国玻璃杯抗衡，竞争昆明市场。

在展览会期间，由于群众的欣赏、报刊的赞扬，贵州企业公司的董事经理，感到非常高兴，决定增加两倍资本（原投资法币10万元），后增至30万元，为贵州企业公司总资本的1/20，可见对玻璃厂的重视，并决定增产土法制造平版玻璃，以解决建筑房屋缺乏窗玻璃的困难，还生产汽车前后灯玻璃。前一种要回到数十年前落后的生产方式上来，后一种要仿制欧美先进的生产产品。谈起来很容易，做起来困难重重。当时秦皇岛耀华玻璃厂平版玻璃的生产方式，是采用引上机机械生产的，后方无法引进这种设备，用人吹大泡的生产方法早已失传，也找不到这种技艺专才。肖泽真不愧是玻璃专家，他采用制玻璃明瓦的方法，改造成制土平版玻璃成功，解决当时贵阳市房屋无窗玻璃的困难。而汽车前后灯片是国内未曾生产过的玻璃制品，有关灯片的反光聚光等制模数据，要经过详细计算，科学论证。汽车灯片的仿制，肖泽与制模高级技工沈森荣密切配合，理论与实践相结合，终于将汽车前后灯片制造出来了，质量标准完全与欧美制品一样，售价仅为进口货的1/5，解决了大后方西南各省交通汽车行路难的问题。贵州企业公司玻璃厂的声誉名满西南。

1941年至1943年初，是贵州企业公司玻璃厂的全盛时代，但肖泽却功成身退了。1942年底他向贵州企业公司总经理彭湖申请，恳请辞职还乡。老年思乡，固然是一种因素，主要的是他在长沙老家培植了一个花卉果树农场（他也是园艺专家），无人管理，渐趋荒芜，必须亲自料理。贵企当局因肖老的辞情恳切，难于挽留，同意离职，特举办盛大欢送会，以示慰劳，并约定以后玻璃厂如遇重大困难时，仍请来筑解决。肖老推举肖洁吾接任玻璃厂厂长，谭剑鸿接任贵企陶瓷厂筹备处筹备主任（肖老兼陶瓷厂筹备主任），萧规曹随，玻璃厂的生产得以正常进行。

1943年国民党的货币不断贬值，这对贵企玻璃厂影响最大，因为厂里的技术工人均来自长沙、湘潭等地，每月发工资后，必须邮寄回家作生活费用（工人携家眷的极少），等到他们的家属取到汇款时，形同废纸，已不能维持最低生活；工人要求按物价增长比例，发放工资，而贵企当局所属厂矿有二十来家，不能单独满足玻璃厂工人的要求，因此生产大受影响，导致半停顿状态。贵企当局将谭剑鸿调回贵企专员室，作命为专员驻玻璃厂办公，协助肖洁吾解决困难。

1943年贵州企业公司已拥有二十余处工矿企业，对工资的调整要求是一致的，决定大约是半年调整一次，而物价是一日数涨，早晚不同，半年后将涨多少倍，神仙也无法预计，虽经多方解说工作，但收效甚微，贵企当局不得已派人去长沙请泽再度来贵阳，担任玻璃厂厂长，肖洁吾辞职去衡阳。肖老年高德劭，与工人情谊深笃，矛盾得到暂时解决。1943年秋季，肖老又辞职还乡。贵州企业公司任谭剑鸿接任厂长，当时是尽量保持原有水平，继续生产，但通货恶性膨胀有增无减，玻璃厂需要的主要原料如纯碱、硼砂、着色剂等的价格，无不猛涨，玻璃产品的提价，远远赶不上原料的涨价，职工生活苦不堪言。为了解决流动资金和原材料的供应等问题，谭剑鸿终日奔走，几乎没有时间顾及生产技术管理了。1944年秋季，谭剑鸿要求辞去厂长职务，专管生产技术，经贵企总经理彭湖同意，任命何培祯担任厂长，谭剑鸿担任总工程师，但生产紧张情况并未消除。尤其是日寇入侵黔南，人心惶惶，贵阳局势紧张，贵企当局准备各厂停产，疏散职工。谭剑鸿于1944年冬请假离职，携眷赴渝，为了维持生活，在重庆办了一个玻璃厂，而玻璃厂职工一部分去昆明，一部分去重庆，留在贵阳就地疏散的，仅半数而已。

日军从黔南退走后，玻璃厂不久恢复了生产，聘梁荃为工程师，生产规模比以前缩小，1945年日本投降后，厂长何培祯辞职去青岛，贵企任该公司化学品厂长杨八元兼玻璃厂厂长。他费尽力气，才勉强维持到1947年冬季，但困难因素甚多，玻璃厂不得不停产。贵州企业公司派专人到长沙，邀请谭剑鸿再来贵阳研究玻璃厂复工生产方案，1947的底谭剑鸿来到贵阳与杨八元厂长及贵企有关人员共同研究，玻璃厂确实存在不少问题，设备陈旧、原料短缺、工人生活艰难，技术管理脱节等，均不是一下即可解决的。在杨八元厂长和贵企诸同事的恳留下，谭剑鸿再度担任玻璃厂厂长兼工程师，随后去长沙等地购买原料，招聘技工，于1948年初恢复生产。

1948年玻璃厂职工工资是用大米计算的，勉强可以维持最低生活，然而玻璃产品售价与原材料买价，相距悬殊，无法适应市场，成了多产多亏、少产少亏、不产不亏的奇异现象。就是在这半生半死的情况下，勉强维持到1949年11月12日停炉，那时贵阳市已成真空城市。国民党溃兵日夜向黔西南逃跑，玻璃厂全体职工移居厂部内进行武装护厂。11月15日贵阳市解放，职工们欢天喜地将保护完好的玻璃厂移交给贵阳市军事管制委员会接收。贵企玻璃厂改名为贵阳玻璃厂，谭剑鸿仍旧任厂长、工程师。从此玻璃厂走上光明大道，生产日新月异，20世纪50年代全国玻璃行业热水瓶评比，贵阳玻璃厂生产的被评为全国第2名。现在贵阳市的玻璃工业已发展到了年产量数百吨，为1949年的六七百倍了。

我的外公102岁仙逝，他的一生对贵州玻璃工业作出了巨大的贡献，被誉为"贵州玻璃之父"。外公将永远留在我记忆的长河中。

原载《贵州建省六百年有奖征文集》

我的母亲

不论是独自凭栏，融进西子湖畔朦胧的夜色，或是踩着松软的沙滩，沐浴在亚龙湾腥湿的海风；不论是享受着成功的欢乐，或是面对难解的人生课题，辗转反侧、长夜难眠，一想到那双殷殷期盼的眼睛，虽有千里之遥，我也会心驰神往，顿生似箭归心。纵有几多悲喜交替，我也会努力自持，眷念母亲的一往情深。母亲的眼睛，是怎样地令我忧思难忘呵！

母亲姓谭，外祖父是贵阳玻璃厂第一任厂长兼工程师。书香门第的家庭，使母亲具有了温良贤淑的性格和大家闺秀的秉赋。母亲酷爱读书，尤爱文学作品。尽管她后来从医并当上了内科主治医师，却仍然对文学情有独钟。而文学蕴含的人情美以及良好的家庭教养，使得她继承了中国知识分子忠厚、善良的高尚品德。听母亲说，外祖父的家，依傍着城郊的小车河，河水青绿如染，沿岸芳草青青。母亲喜好闲暇时坐在落英缤纷的草地上读书，心境如水，意境如画，个中韵味非语言能表达。

大概是刚记事吧，晃悠着两只小辫的我，在把穿着红绸裙的布娃娃背起又放下，放下又背起，直至感觉百般无味，最后用泥巴将布娃娃抹成个大花脸，把它弃在墙角不再理会之后，便悻悻地踱到已在桌边坐了不知多长时间的母亲身边，磨蹭着要她带我到公园摘花花。母亲放下厚厚的那个叫"书"的东西，牵着我一步三回头地走出家门时，我真不明白，那砖头一样厚重的"书"，何以会使得母亲如此着迷。直到有一天，母亲从她的提包里拿出几本花花绿绿的小人书，将我抱在她的膝上，指点着上面的猴子、狐狸给我讲一个个美丽动人的故事时，我才知道，原来"书"里还有这么多神奇无比的新鲜事。从此，我陷入书本不能自拔。书成了我亲密的伙伴，以至伴我成人，直到我提笔挥洒洋洋万言，成为一名专业文学工作者。书籍真使我受益匪浅，而这却得益于母亲的熏陶和教诲。

在"文化大革命"结束，恢复高考的那年，因十年动乱而耽搁了学业的我，对求知如饥似渴，信念使我重新背起书包，汇入高考补习的大潮。我和许多青年一样，为提高自己的文化素养在知识的海洋中遨游，虽有不尽的艰辛磨难，也有几多乐趣和欢欣。在那些日子里，最使我难忘的仍是母亲的关怀和情爱。不论在炎热的夏季，还是寒风凛冽的隆冬，每当我走近家门，经过那条昏暗的小巷时，母亲总是站在小巷口的那堵墙边。她在等我，或者说，她在迎接我，迎我归来，迎我回到她的怀抱。母亲的温情使我慨叹，使我感激，而性情腼腆的我却不喜欢倾吐过多的感激之词，只是把这份情愫深深地留藏在心。有一次，我终于忍不住感情的激烈冲撞而潸然泪下，泣不成声。

那是某年的岁末，那天天气很冷，风刮在脸上像刀子一样，为一数学难题绞尽脑汁的我已显得十分焦躁不安。而使我焦躁不安的另一个原因是母亲的病。母亲已经病了几天了，出门时，母亲还发着高烧，双颊通红，气息急促，而繁重的功课又使我不得不离开母亲。当我终于闯过难关，举目四顾，才发觉同学们几乎走光了。剩下的两三个同学与我并不同路。我收好书包，匆匆行走在路人稀少的大街。风似乎想找个暖和的地方歇息，拼命地在袖口、衣领处找缝隙往里钻，我将衣服往紧裹了裹，缩着脖子拼命赶路。街上静悄悄的，冰碴子在脚下发出碎裂后的脆响。当我越过高压电杆，就要拐进短墙边的小巷时，黑暗空寂让我本能地止住脚步，我环顾四周，周围已无人迹，近旁的住户早已灭了灯。想着那条昏暗幽深的小巷，我不禁害怕起来。站着终不是长久之计，我想，不妨试走两步，或许小巷里会有人过往，或许……我走了几步，目光刚刚越过那堵短墙，便觉眼睛一亮，小巷口站着一个熟悉的身影，那反着光的眼镜，那反着光的银灰的鬓发，我大喊一声，疾步上前，拉住母亲发烫的双手说不出话。母亲冲我点点头，嘴角露出一丝疲惫的微笑，我想说什么，却早已哽咽在喉，终于未能忍住，用手绢捂着嘴泣不成声。

许多年过去了，当我在回忆这段往事时，甚至当我提笔写下这段文字时，我都会禁不住会涌起感情的波澜。

母亲就是这样，她予人付出的甚多，要求的甚少。如今，我已养成了一种习惯，当我离开故土，来到他乡，驻足后的第一件事便是找邮局，我要通过电波向母亲告之我的平安，为免去她的担忧，为赠与她我菲薄的回报。许多年过去了，这习惯从未改变。

母爱的伟大，这是我实实在在的体验。我要以此告诉所有的人这个真理。

原载门归主编的《母恩难忘》，中国妇女出版社1996年7月版

母亲的嫁妆

　　果盘、金鱼缸、茶盘，这是我母亲谭迪青当年的陪嫁。这三件玻璃制品，见证着贵阳玻璃厂六十多年的风风雨雨。

　　在今天看来，这是三件极其普通、平常的玻璃制品，但是，在贵阳玻璃厂首任厂长兼工程师谭剑鸿先生（我外公）的二女儿谭迪青医生的家里，记者却看见了三件弥足珍贵的玻璃制品。

　　翠绿色的果盘，白色的金鱼缸，淡红色的茶盘，这看似普通的三件车花玻璃制品，已然历经了六十多年的岁月轮回。毫不夸张地说：它们，是贵阳玻璃制品的"祖先"；它们，见证着贵阳玻璃厂的风雨历程。

　　1940年初夏，日寇入侵我国武汉地区和长江下游，华北、东北一带的敌占区机关、学校、工厂、企业内迁，有能力逃难的群众也纷纷逃往西南大后方。贵阳市的人口猛增，居住的房屋及生活物资非常紧张短缺，甚至连日常所用的玻璃杯、酒杯、茶盘、花瓶、灯具、灯罩等，市场上也长年缺货，更加紧缺的是学校、医院、工厂所需的化验、科研、疾病检验所用的玻璃仪器、烧器、试管、药瓶等，无处购买。在这样的境况下，贵州企业公司董事会作出决议，计划在贵阳市建立一座综合性的玻璃厂，生产玻璃制品，以解决后方的燃眉之急。

　　经多方努力，贵企公司专门聘请了著名的玻璃陶瓷专家，时任湖南南宝华玻璃陶瓷厂厂长、工程师肖泽先生担任贵阳玻璃厂筹备主任（肖泽是贵州玻璃工业的创始人，他对中国的玻璃工业作出了贡献，邹韬奋在《萍踪寄语》中曾有记载），随肖泽一同前来的还有肖洁吾和谭剑鸿。谭剑鸿是肖泽的女婿，曾在肖泽的指点下学习玻璃陶瓷工业技术。经过寻料、选址、建厂等一系统艰辛的工作后，1941年，贵企玻璃厂正式投产，不久便见成效。在1941年6月1日贵企玻璃厂成立一周年的展览会上，玻璃厂展出了各种精致美观的玻璃制品，展出的第一天即轰动全城，展馆内挤满参观的人。一个月的展览，参观者络绎不绝。随即，玻璃厂在重庆、西安、昆明等地均设立了经销点。贵企玻璃厂的声誉由此而誉满大西南。

1941年至1943年初，是贵州企业公司玻璃厂的鼎盛时期。但肖泽却功成身退了。1942年底，他向贵州企业公司总经理彭澎恳请辞职还乡。临行前，肖泽推荐肖洁吾接任玻璃厂厂长，谭剑鸿接任贵企陶瓷厂筹备处筹备主任。贵企玻璃厂的生产得以正常进行。然而，1943年国民党的货币不断贬值，虽然贵州企业公司每半年调整一次工作，但仍然无法适应一日数涨、早晚不同的物价，贵企公司二十余处工矿企业的职工对工资待遇颇有微词，经多方解说，但收效甚微。贵企当局不得已派人去长沙请肖泽先生再度来贵阳，担任玻璃厂厂长，肖洁吾辞职去衡阳。肖老年高德劭，与工人情谊深笃，矛盾得以暂时解决。1943年秋，肖泽又辞职还乡，贵企公司任命谭剑鸿为厂长，尽量保持原有水平，继续生产。1944年秋，谭剑鸿辞去厂长职务，专管生产技术，并由何培祯担任厂长，谭剑鸿只担任总工程师。由于日寇入侵黔南，贵阳局势紧张，贵企玻璃厂停产。1944年冬，谭剑鸿请假离职，携眷赴渝，在重庆开办了一个玻璃厂。日军从黔南退走后不久，贵企玻璃厂恢复生产，生产规模比以前缩小。1945年日本投降后，厂长何培祯辞职去青岛，贵企公司任该公司化学品厂长杨八元（曾和邓小平留学法国，后在地化所工作）兼玻璃厂厂长。他费尽力气，才勉强维持到1947年冬季，由于困难因素甚多，玻璃厂不得不停产。贵企公司派专人到长沙请谭剑鸿来到了贵阳，再度担任玻璃厂厂长兼工程师，1948年初贵企玻璃厂恢复生产。1949年11月12日，由于客观原因，贵企玻璃厂又停止了生产，那时，贵阳市区成"真空城市"，国民党溃兵，日夜向黔西南逃跑，玻璃厂全体职工在谭剑鸿带领下移居厂内进行武装护厂。1949年11月25日，贵阳市终于解放了，职工们欢天喜地将保护完好的玻璃厂移交给贵阳市军事管制委员会接收，贵企玻璃厂改名为贵阳玻璃厂，谭剑鸿仍然任厂长兼工程师。从此，玻璃厂走上了光明大道，生产日新月异，在五十年代的全国玻璃行业热水瓶评比中，贵阳玻璃厂的产品被评为全国第二名。

今年，谭剑鸿先生已是百岁老人了。每每提及这段往事，谭老都不禁感慨万千。"这三件玻璃制品，在很多人眼里是很平凡的。但是，作为贵阳玻璃厂的首批产品，它们既见证着一段不可磨灭的历史，也见证着我的人生历史。"

是啊，三件玻璃工艺品，一段尘封的历史，一段刻骨铭心的记忆。谨以此文作为母亲节的纪念！

《贵阳文史》（2013年2月）

女儿祝我生日快乐

今天（8月17日）是我的生日，一般我很少过生日，但我十岁的女儿却牢牢地记住这一天，她在日历上早已注明。

今天一大早起来，我就看见家里的小黑板上写着：生日快乐妈妈！在您生日的时候，我会给您一个吻！因为我给您的吻是任何礼物都不能比拟的！我爱您——妈妈！

我看了以后，感到好温馨、好幸福。女儿是妈妈的小棉袄。真是一个可爱的女儿！

我女儿刚满十岁，在学校里她是班干部，可能干了，帮助老师做很多事情，她的成绩不错，门门功课优秀，今年又获得了"全优生"的奖状。我的女儿很懂事，在家里帮我洗碗，洗自己的小衣服。她还是一个电脑小专家呢，我的这些照片都是她帮我上传的，她还有自己的QQ，我的一些博友，也成为她的好友。

我的女儿长得很漂亮，传上她的几张照片，让朋友们也认识一下我可爱的女儿。

写给父亲的一封信

亲爱的爸爸：

您在天国还好吗？

您离开我们已经二十多年了，这二十多年里，我常常怀念您，您的音容笑貌常常浮现在眼前……

爸爸，我有千言万语想对您说。

我一直在贵州省社会科学院文学研究所工作，已获得副研究员职称，发表文章一百多篇，专著三部、文论集一部、编著一部、主编5本书，多次荣获各种奖项。还是社科院民盟支部主委，现任贵州省青年文化学会会长，贵州省网络文学学会副会长兼秘书长。省青年文化学会曾荣获团中央、全国青联先进集体、全国社科联先进集体、省人事厅、省社科联优秀学会。

弟弟田俊，贵州省党校研究生毕生，曾任省政府公报室主任（正处），省国防教育办公室副处长、《国防大视野》副总编、市公安局交警支队班长职务。

爸爸，我非常感谢您给我们的良好的生活环境，我常常怀念我们居住的小院子，两家人相处融洽，王阿姨的三个女儿都是我的好朋友。

爸爸您年轻的时候，外婆经常夸奖您长得漂亮，您英俊、傲气，工作能力很强，无论什么工作都干得很出色，29岁就当上了公安局长，在这50年代是很罕见的，这一点我很像您，记得有一次防空演习，您是指挥长，张鸣的妈妈对我说您爸爸好神气哟，大指挥长。现在王阿姨生病很重，我和小丽都住在省政府宿舍。

我于1998年国庆节结婚了，生了一个可爱、聪明、漂亮的女儿，她去年考取了上海应用技术大学公共管理专业（一本）。

毛弟的女儿歌裙，现任贵州电视台音乐频道《裙摆摇摇》节目的主持人，她毕业于四川传媒学院播音主持专业，她音色很甘美，深受听众喜爱，她收听率全台第一名。

爸爸，我们可以自豪地告诉您，我们为您争了光，是您值得骄傲的儿女。

爸爸。我是那么的像您，我长得像您，性格、生活习惯也像您，也受到您潜移默化的影响，我记得，很小的时候，每次您脱下衣服都折得整整齐齐，这点我也像您，我曾打开床头柜偷偷拿着您手枪玩过！

我父亲最喜欢我，常常说我是他的掌上明珠，也喜欢我穿得漂漂亮亮的，这点我做到了。

爸爸，您知道不知道，我经历了很多酸、甜、苦涩，如果您还在，很多事情就不会是今天这样……

我丈夫杨贞杰人很实在，是省民委正厅级纪检书记，省开发促进会常务副会长兼秘书长，曾任团省委青农部长，凯里团委书记、省苗学会常务副会长、省老年摄影家协会会长。

每年的清明节，我们都会带着女儿和毛弟一家去看望您，您喜欢喝点小酒，我们都带去了……

妈妈今年83岁了，刚过完生日，身体还可以，我们会照顾好她的，您放心吧！

还有梁阿姨、李伯伯都过世了，当年您的追悼会，我是请梁冀光（省人事厅长）阿姨主持的，李冀峰（原省委组织部长、省人大副主任）伯伯和梁阿姨都送了花圈。

还有小杜，您当年的部下也去了，他常对我说，您对他很好，他第一次座飞机还是您带他去的，那天追悼会去了好多人，是您部下王局长带领的，送了很多花圈。

爸爸您安息吧，我们永远怀念您！

您的女儿小原

（我爸爸曾任公安局长、司法局长、人防指挥长等。写下这封信，不知道父亲能不能收到这封家书，我写完后，哭了几天……）

2018年2月2日

第五部分

札记·打油诗

茅盾故乡行

去年夏天，中国茅盾研究会在浙江湖州举办了首届全国茅盾研究讲习会。我有幸参加了这次会议。

会议间隙，组织者按排了一次茅盾故乡行，让我难忘。我们一行人坐着客船，沿着古老的京杭大运河，清晨从湖州启程，四个小时后，到了茅盾的故乡——乌镇。

乌镇历史悠久，地处水陆要冲。春秋时代，这里是吴疆越界，到清朝末年，为两省（江苏、浙江）、三府（苏州、湖州、嘉兴）、七县（归安、乌程、崇德、桐乡、秀水、吴江、震泽）的交界处。而今天，这里依然四通八达，十分繁华。

我们进入小镇，但见店铺毗连，一条名车溪的长河横贯市镇中央，东西两岸是两条长街，街道是石板铺的，十分狭窄，只可两人并行，很是清静。一律的旧式房屋，古老而雅致。走着，一垛新修的风火墙出现在我们面前。陪同的同志告诉大家，这就是我们要瞻仰的茅盾故居。但见故居门上陈云同志亲笔题写的"茅盾故居"四个大字，金光熠熠。故居正面是一座茅盾先生握笔沉思的半身铜像。修复后的茅盾故居，再现了茅盾童年时代的旧貌，其中一部分用具还是茅盾当年的旧物。新屋部分共辟有6个陈列室，展出151幅茅盾的生平照片，作品手稿、原版书刊、题字、信件等，从最早的墨稿——13岁时的作文，到绝笔的手迹都历历在目。这些珍贵的物品，比较系统地介绍了茅盾先生一生的革命活动和他走过的文学道路。

茅盾故乡有一棵古朴苍劲的银杏树，这棵树曾被古人定为乌镇八景之一。茅盾先生在《可爱的故乡》中写道："我的家乡乌镇，历史悠久……镇上古迹之一有唐代银杏，至今尚存。"关于这棵银杏树，还有一个动人的传说呢！据说唐代有位乌将军，为国捐躯，葬身在此，后来，他坟上长出了一棵枝繁叶茂的银杏树，成了乌将军的化身，人们对它非常景仰。乌镇也因此而得名。

我们还品尝了乌镇的传统名点"姑娘饼"。据《乌镇镇志》记载，距今已有一百多年的历史。传说从前有家天顺糕饼店，为了不使手艺外传，只传媳妇，不传姑娘。有一位姑娘一气之下，在佐料中撒下一把盐，谁知糕饼反而更为可口。这家老板为了招揽顾客，大肆宣扬。说是姑嫂合作巧手精制。从此，对姑娘再不保守秘密了，于是，"姑嫂一条心，巧做小酥饼。白糖加焦盐，又糯又香甜。"他家生意愈加兴隆。不过，昔日的天顺糕饼店，今日已成为乌镇食品加工厂了。

我们怀着依依惜别的心情，离开了这美丽的水乡小镇，曾哺育过一代文学巨匠的地方。

原载《贵州日报》（1986年8月）

茅盾故乡的传说（二则）

唐代银杏

茅盾故乡——浙江省桐乡县乌镇，有一棵古朴苍劲的银杏树。这棵银杏树距今有一千多年的历史，是唐代的古迹，曾被古人定为乌镇八景之一。1980年3月17日，茅盾同志在《可爱的故乡》中写道：

"我的家乡乌镇，历史悠久……镇上古迹之一有唐代银杏，至今尚存。"

说起这棵银杏，还有一个民间故事呢！据传，一千一百多年前，唐宪宗元和年间，有个英勇的将军，姓乌名赞，人们称他乌将军。乌将军热爱国家，爱护百姓，武艺高强，勇敢善战。唐自安史之乱以后，中央实力渐弱，地方官吏飞扬跋扈，纷纷割据称王。当时，浙江刺史叫李琦，也想称霸，就举兵叛乱，以致于这一带兵荒马乱，田园荒芜，百姓无法生活。皇帝为防李琦，就命令乌赞将军同副将吴起，率兵讨伐。他们穷追猛打，直打得叛军望风而逃。追赶到乌镇河畔，李琦突然挂出免战牌，要求休战。乌将军就地扎营，待机再战。谁知就在当天深夜，叛军突袭营地。乌将军奋起迎战，李琦又向后退却，退到车溪（乌镇）河边，就从一座石桥上飞快逃过。乌将军跃马上桥，跟踪追杀，刚过石桥，只听得战马长嘶一声，前蹄陷落，乌将军从马上跌下，原来李琦在桥头设下了陷阱，暗害乌将军。当乌将军跌入陷阱后，埋伏在四周的叛军，蜂拥而上，乱箭把乌将军及他的青龙驹射死。

吴起赶来，杀退了叛军，把乌将军埋葬在乌镇河西，为他堆坟立碑，以示纪念。说是怪，就在当天夜里，人们看到乌将军的新坟上放射出点点闪亮的红光，还传出阵阵的战马嘶鸣。第二天，坟上冒出一株青枝绿叶的银杏，很快就长成参天大树了。这银杏树从来不结果实。大家都说，这银杏树是乌将军的化身。由于平定了李琦的叛乱，百姓免遭战乱之苦，人们为了纪念这位热爱国家的将军，在银杏树旁建造了一座"乌将军庙"，并在庙中悬挂一块匾额，上面写着："大树属将军"五个字。古人作诗赞道：

> 大树前朝庙，
>
> 将军战骨存，
>
> 灯红嘶鬼马，
>
> 潭里聚神鼋。
>
> 风雨孤忠壮，
>
> 须眉万古尊，
>
> 当年功勒石，
>
> 御寇此乌墩。

从此，这棵银杏树就象征着尽忠报国的乌将军。

姑嫂饼

茅盾故乡有一种味美可口的精致糕点，人称"姑嫂饼"。姑嫂饼是乌镇的传统名点，据《乌镇镇志》查考，距今已有一百多年的历史。那么，姑嫂饼这名称是怎样来的呢？

很早以前，乌镇镇上有户姓方的人家，夫妻俩开一爿小糕饼店，取名"天顺糕饼店"。因为本钱少，开不起作坊，只好从大作坊里批发点普通糕点来，借以糊口。后来，两口子生下一男一女，增丁添口，这小本经营已难以养活一家人。夫妻俩千方百计动脑筋，想扩大点营业。他们见大作坊里的酥糖畅销，就想做酥糖卖，可是再一想，人家作坊大，本钱大；店老，牌子老。粥摊说什么也强不过饭馆啊！想来想去，想不出个好办法。俗话说："若要生意好，买卖做得巧。"还是在"巧"字上下点工夫。他们仿照酥糖的配料，细料精制，用炒过的面粉、熬过的白糖、去壳的芝麻、煎熟的猪油，精心拌匀，放在木甑里蒸煮，然后用模箱压制成一个小小酥饼。这种饼，虽然原料跟酥糖大致相仿，但由于制作考究，因此一上市就深受顾客喜爱。以后，生意越做越好，到儿子娶媳妇的时候，这爿小小的糕饼店，已经由一间门面扩大到两间了。

过去做生意是"同道者相爱，同业者相嫉"。天顺糕饼店为了保住自己的生财之道，他们订出严格的保密条规：自己亲手配料；自家人动手制作；工具不外借；技术不外传，制作方法只传儿子、媳妇，不传姑娘，因为姑娘将来要出嫁，制饼方法就会外传了。

这样一来，制饼方法保守住了，家庭却不和睦起来。姑娘首先不服气，常在娘耳边嘀咕，娘无可奈何。姑娘见娘无能为力，对阿嫂更加嫉妒。一次，她见爸爸正在向阿嫂传授配料方法，就借故过去偷听。但她才走到阿嫂身边，爸爸就一声不响地走开了，姑娘心里气呀！因为害怕爸爸，有话也不敢讲，只有把气朝阿嫂身上出。隔了一会儿，姑娘到里面去转了一转，出来说：

"嫂嫂，姆妈叫你有事。"

阿嫂连忙放下手上活计，去见阿婆。等阿嫂走了以后，姑娘急忙到灶间里去抓了一把盐，在阿嫂制作的那堆料粉里拌了拌。她想，这一回阿嫂做出来的饼，一定咸得跟煎饼一样，看爹爹今后还教不教她。真是弄巧成拙，坏事变成了好事。她哪里知道，这次阿嫂配料做出来的小酥饼，销路特别好，吃到这种饼的顾客，个个赞不绝口，都说这次的小酥饼比以前的更好吃，既香又甜，甜中带咸，有点焦盐味道，十分可口。这样一来，小酥饼不仅誉满乌镇，而且传到了外乡，天顺糕饼店的生意也就更加兴隆了。

店主人为了招揽生意，就借题发挥，大加宣扬，说这饼是他家姑嫂俩合作配料制成的，并将饼的名称也改成"姑嫂饼"。从此，乌镇"姑嫂饼"也就出了名，这爿店也越开越大，从一爿发展到四爿，四个棚头上都有他们的分店。这以后，只传儿子媳妇不传姑娘的规定也取消了。于是："姑嫂一条心，巧做小酥饼。白糖加焦盐，又糯又香甜。"不过，昔日的天顺糕饼店今日已成为乌镇食品加工厂了。

诗与歌的海洋

——民族文化考察记

黔东南苗族侗族自治州是中国苗族最大的聚居地，苗族侗族同胞占总人口的70%以上，素以"诗的家乡，歌的海洋"闻名世界，在金秋时节，我有幸来到了向往已久的黔东南首府——凯里市。

一

沿着湘黔铁路，旅游车行驶在贵（阳）——凯（里）公路上，在贵州高原的高山丛林中盘旋。头顶浮云，脚濒悬崖，几只苍鹰不时地在头顶上滑翔，美丽、清澈的清水江、重安江向远方绵延游动，雄浑的高原、莽莽的丛林、清澈的流水在我眼前交响出高原魂魄之变奏曲：

"表独立兮山之上，云容容兮而在下；杳冥冥兮羌昼晦，东风飘兮神灵雨。"（《九歌·山鬼》）

文化客体（文化环境、文化资源）、文化主体和文化写生的作用不可忽视！云贵高原文化构成了现代中国唯一的多民族文化宝库绝非偶然，这里平均海拔二千米，比中国东部大河流域高出10倍，比中国亚太海洋区域高出40倍！正是莽莽的云贵高原，浩瀚的西南林海和长江、珠江水系急湍繁多的支流在云贵高原划出了汉、苗、布依、侗、彝、回、壮、水、仡佬、瑶、纳西、傈僳、白、哈尼、景颇等几十个兄弟民族和文化流派，龙的传人，炎黄和蚩尤的后裔，商周文化的传播地，楚越文化的故土，巴蜀文化、夜郎文化和滇文化的发源地，等等，它们连同现存的几十个兄弟民族文化一起构成了中国西部文化、西南文化和多民族文化，以其高原文化之瑰丽、森林文化之神奇、多民族文化之斑斓，为现代中国社会主义文化增添了光彩，引起了全世界的关注。许多外国学者自费来此探宝。在今天重返自然、回归民族、皈依传统的时代，这不正是飘扬在高原上的现代世界精神吗？！

二

同中国西部的一些地区一样，贵州的一些地区还很落后，然而，这些"贫瘠"的土地中却沉睡着无比丰富的三大资源：矿产、生态和文化。这里有富甲全国的煤海、金库、水电、稀土、矿泉、森林和生态资源；有以草海、梵净山、黔西为龙头的系列自然、生态景观，有以黔东南、黔南为龙头的民族风俗风情人文景观；有以黔北、遵义为龙头的历史文化系列；有以茅台、董酒、珍酒、湄窖、贵州醇、安酒等几十种国际、国家名酒为龙头的酒文化系列；有以贵烟系列、贵药系列、黔味系列为龙头的食文化；还有以蜡染、漆器、民族花边为龙头的民族服饰、工艺文化系列；总之，贵州是现代中国最"富有"的穷省，随着现代中国在亚太崛起，随着贵州矿产、生态、文化三大资源走向世界，贵州后来居上已成定势。

贵州省台江县苗族的"反排木鼓舞"被誉为"东方迪斯科"、侗族大歌被誉为"极富现代音乐风格的民族艺术珍宝"，贵州蜡染被誉为"东方牛仔"，贵州民族文化系列风靡国内、倾倒海外，黔东南民族歌舞出访省外国外，回回爆响、次次夺魁，贵州民族文化在走向世界的同时，也为当代世界文明所认同。

三

十月十四日是苗族盛大节日"九月芦笙节"之始，我们幸逢盛会。大客车穿行在高山原野中间向黄平县进发。一路上，十几万民族兄弟姐妹，披红戴绿，光彩夺目，从山脚、山坳、山头向清水江、重安江的交合处汇集，按照他们特有的纵队行路方式，三五一行、几十人一队，西装、军服、中山装尤其是五光十色的民族服饰，组成了美妙绝伦的服装文化世界。

正是他们，中国贵州汉、苗、布依、侗、彝等十几个高原兄弟民族，作为贵州各民族文化的主体，创造了享誉当代世界的贵州文化、多民族文化、高原文化和森林文化，构成了现代中国民族文化宝库中的奇珍异宝，成为当代人类文明的明珠。

当我被由十几万人构成的人山人海吞没时，思想、语言便被行为、歌舞所占有了。一群身着绚丽服饰的姑娘小伙跳起芦笙舞；彩旗飞扬，乡村大道上摆开了热闹非凡的商品集市，一大群人正在观看斗水牛，另一大群人正在观看斗鸡；一长排香味扑鼻的小吃摊前围满了实践"进口文化"的人群；更多的人围坐在山坡上，如潮似海，千姿百态。

高原文化、大河文化、海洋文化构成了中国传统文化的三大文化圈。蒙古高原及北方草原文化、黄土高原及黄河文化、新疆盆地及南北疆文化、四川盆地及巴蜀文化、青藏高原及青藏文化、云贵高原及滇黔文化，它们共同组成了中国西部文化卷、高原文化圈，这里是中国多民族文化圈，也是中国古代文化的主要发生圈，正像东部大河文化是古典文化圈、传统文化圈，而东部海域是海洋文化圈一样，它们今天都统一在中国社会主义大文化之中了，并且正在构成二十一世纪亚太中国文化圈。

黔东南不愧为"诗的家乡，歌的海洋"，尽管它在经济上仍是相对落后的地区，但它却是中国"最富饶"的一块土地之一。能源、资源、文化已构成它在二十世纪崛起、二十一世纪腾飞的三大助动器。贯穿古今，横跨中外，民族瑰宝，人类奇珍，这就是中国贵州民族文化在当代世界的神奇魅力，这正是它今天走向世界的根本原因。

原载《贵州民族报》（1998年3月）

海南的魅力

　　海南是一个异常炎热的岛屿，一年里有半年的炎炎夏日，天热时，在人们还未开始工作的一大早，就已感到疲乏了，即使是这样，无数闯海人都不愿回内地，这说明海南是具有相当的魅力。

　　初到海南的人，特别是文化人刚来到时都有着心理不平衡，但回去后又感到不适应内地了，也许这种心态就好像我们永远习惯于把根扎在很深的一个文化系统里，出来后就觉得很失落，其实出来以后是两边都不属的灰色地带，在某种方面有一种很强烈的自由感。两个视角比只有一个视角有什么不好的呢？所以很多从海南回来的最终又去了海南。

　　在内地生活得太久了，给人一种沉闷、压抑感，而在海南，在那样的环境里，逼着你不断进取，如果你懒惰可能连饭都吃不上。但只要你有胆识、有魄力，能吃苦，就能干出一番事业。如海南第一投资公司总经理，人称草莽英雄，他虽文化不高，可他雇佣了一批高级管理人员，均是中高级职称、研究生水平以上的，有了这些人才，这家公司如虎添翼，该公司的名称也很特别——第一投资，即人是他们的第一投资。这说明，在商业社会的激烈竞争中，有些拥有较强经济实力的大老板，也懂得了人才的重要性。

　　还有一位来自巴蜀之国的罗经理，来到海南后，成天骑着一辆破自行车东奔西走，他终于看中了繁华地段上一家工厂的地皮，时逢这家工厂生产不景气，他游说该厂长上百次。他的真诚打动了厂长，于是同意租地给他使用70年，于是他马上回四川打广告集资盖大楼，可谓借鸡生蛋。现矗立在海口文明西路上的内江大厦便是他的杰作。

　　另外，海南有一个著名的射击运动娱乐中心，位于海口沿江五路。这家中心是亚洲最大的城堡式全封闭射击场，它标志着中国实用射击运动开始走向世界。射击场的宗旨是，推广实用射击运动，提高国内射击运动水平，增进中外射击运动的交流，并希望借以培养出更多中国射击高手，为中国进军世界"枪坛"打好基础，推动"枪文化"在中国的普及。

这个射击场是来自山城重庆的范建民先生创造的。几年前的海南，一片荒凉，正如范先生在《拥抱理想》一文中写道："四年前，我怀揣300元钱，只身踏上了海南岛。满目旷古般的苍凉，使我浑身战栗出悲壮的激动，我一瞬间领悟到，我的理想之火已经点燃，我的人生竞技的烽火台已升起第一缕炊烟。

今天，当我和同事们用智慧和汗水、用欢乐和眼泪向海南、向祖国、向世界捧献出一座海南射击运动娱乐中心的时候，我们的欣慰感却很短暂。它只是我们理想之路上小小的一块里程碑，它只是我们通向理想之巅的一篇宣言：只要你能想，你就去干，只要你去干，你就能实现。"

范建明就是这样干出来的，他成功了！可他仍没有忘记贫困山区的失学孩子，他向海南省希望工程办公室捐赠了五十万元。如今，他正朝着更大的目标迈进！

海南的开拓者实在是太多了，杰出的还有海口金盘工业区老总唐苏宁，海口著名的购物天堂DC城的主人——当年才27岁的长沙建筑学院的硕士杨毅，新能源股份有限公司总裁陈宇光，海南顺风股份有限公司范总，中国兴南集团公司王总……也许，只有海南才能造就出这些开拓者、创业者，也正是由于有了他们，才使得海南如此有魅力！当然，海南的魅力究竟是什么，还是请朋友们亲自去感受吧！

原载《今日文坛报》（1994年7月1日）

水上餐厅

在一个初夏的季节，我们陪同北师大经济管理系的学生一行数十人，来到了我省著名的旅游胜地——潕阳河。潕阳河是贵州省境内一条美丽的河流，河的两岸奇石林立，既有漓江的秀美，又有三峡的壮观。那里有很多苗族村寨，居住着苗族同胞。我们到达时，苗族人民对我们非常热情，他们夹道欢迎，手中的篮子里装满了染红的鸡蛋，每个客人都送两只，还给每人献上一杯醇香的米酒，苗族同胞们又是唱又是跳。多么纯朴的人民，多么真挚的感情，他们至今还保持着古朴的民风。

然而，最令人难忘的是我们落脚的水上餐厅，店里的老板是当地一个姓李的农民个体户。他颇有点战略眼光，曾自费到省城参加了旅游社会讲习班，他还办了一个水上旅游学校。他的餐厅，三面环水，故名"水上餐厅"。他雇用的服务员，个个都训练有素，彬彬有礼。端庄秀丽的苗族姑娘各站门的一旁，手托毛巾盘，笑容可掬地为我们每人送上一条毛巾。我们经过了一天的旅途奔波，十分劳累，坐在这别具一格的餐厅里，凉风习习，满眼是碧绿的河水，顿觉心旷神怡。

热情的李经理特意为我们安排了第二天的水上旅游活动，还杀了几条狗，在一个个竹筒里盛着新米，按当地的习俗给我们准备了丰盛的野炊。大家兴致很浓，期待着第二天的到来……

天有不测风云，没想到半夜竟下起了暴雨，我们睡得正香，忽然响起了李老板的敲门声，他一边敲，一边喊："大家快起来，快起来，涨水了。"我们从睡梦中惊醒，赶紧穿上衣服，奔出门外。天啊，河水涨得很高了，河上漂着很多木板，连老黄牛也从上游冲下来了。楼下就是李老板的仓库，可他没有自顾自地抢救他的财产，而是首先想到客人的安全看到这样的情景，我们非常感动。于是大家七手八脚地帮李老板抢救东西，忙了一阵子，楼上的东西全搬到路边上，可楼下仓库已不能下去了，幸而，李老板有经验，楼下房子的木板是活动的，被大水冲开后，就形成自然的流水通道，这样就可保住楼上了。

　　雨终于停了，天也亮了，太阳穿透云层露出了万道霞光，这景色多美啊！我心里想，如果不下雨，那香喷喷的狗肉，那散发着竹子清香的米饭，该是多么的诱人啊！可是，李老板这种舍己救人的精神，更使人感动，难道这一切不比那美味佳肴还要令人难忘吗？我和同伴们一起怀着依依惜别的深情，踏上了归途……

原载《女子文学》（河北1991年4期）

贵州马场的西洋村

在这金秋的季节，我随省作协、文学院组织的作家代表团一行五十余人前往普定参加"穿洞之光·神奇西堡"散文大赛作家采风团活动。

9月20日，我们一组的十几名作家从普定前往马场云盘至下坪线路，长途汽车近两个小时，我们终于到达西洋村。

西洋村又叫梨花村，新中国成立后叫云盘村，村内有一群中西合璧的建筑。在贫困县普定马场上见到这一建筑群，让人震撼。古代这里曾经辉煌过。县政协李主席给我们介绍道："这里是古代的一条重要古驿道，是去湖南、云南的必经之道，是一条繁华的古丝绸之路。"

梨花村的建筑群是湖南新化袁氏的后代修建的，袁氏是云游四方的私塾先生，清朝时来到当地后便定居下来。娶了张氏生了2个儿子，张氏的两个儿子长大后，都先后去云南昭通打工，老大在外结婚生子，没有回来，老二赚了钱以后回到家乡，购置大量田地，此后他家蒸蒸日上，成了当地富甲一方的大户人家。

民国年间，马场流传着这样一句话：上窑袁家的顶子，云盘袁家的谷子，那贝陈家的汉子。云盘袁氏当时不仅富甲一方，而且其子弟遍及政界、军界、商界、教育界，现存古建筑群便是最好的历史见证。

清道光二年（公元1822年），袁氏族人为纪念年轻时丧夫，抚养三代成人的百岁华相祖妣张氏，于今马场镇猪场村村头修牌坊一座。牌坊高三丈有余，气势雄伟，上面雕龙画凤，并有各种佛教历史图案。随着"文革"到来，在破"四旧"的行动中，一声炮响，牌坊便灰飞烟灭，留下的只是一块块残垣断壁。

清光绪十一年（公元1885年），时任西堡总团袁氏族人的袁廷祯创办了马场凤池书院。凤池书院系马场附近民间教育之鼻祖，以教育文武双全的人才为宗旨，有其院门对联为证，上联：上马击贼，下联：下马即学，横批：威震南天。

袁家公冕，字廷祯，号干成，乃一方善人。除了创办凤池书院外，还投资参与马官文昌阁和普定马寿寺的修建，修复马场至普定的古驿道，民间所行善事，更是不计其数。袁公在云盘的宅院（今云盘蔡发德母亲的处所）建于同治年间，后为防外敌，又于四合院右侧建一座四层楼的军事碉堡，后又成为子女读书成才的场所（即现在的读书楼）。袁公廷祯一生有五男二女，随着子女长大成人。便于光绪三十年左右建了第二排三个四合院分别安顿袁士辉、袁士魁、袁士铭，于今挖龙村文阁组建两个四合院安顿袁士德、袁士杰，今存一个四合院。第三排建筑由时任西堡总团袁华峰建于宣统年间，后因失火，重建过几次，1930年左右进行最后一次重建。

清宣统年间，袁士铭和袁士杰（字以任）东渡日本求学，求学期间，双双加入同盟会。1905年，袁士杰代表南方七省出席日本东京同盟会成立大会，投身于救国救民的辛亥革命，成为孙中山先生的忠实战友，即改字逸任（孙中山，号逸仙），第一次国内革命战争失败后，化名晓时，供职于上海某书局。据其后代表述，五公袁士铭回国后曾任过北洋军阀时期的热河省省长；七公袁士杰回国后任过同盟会广东商会会长，因代表南方七省出席日本东京同盟会成立大会，又因在家中排行老七，族人尊称为"袁七公"，1929年病死湖南洪江。作为孙中山先生忠实的战友，孙中山先生曾赠予他一面锦旗和一个墨盒。

在他们的带动下，其子侄相继就读于国内各大学甚至海外留学：袁愈安（袁士魁之女），1908年生，1930年考入上海大夏大学国学系，后因日寇侵沪，转入南京中央大学中文系就读，拜为中大教授王瀣（字伯沆）的入门弟子。1935年毕业后，先后任贵州大学讲师、花溪清华中学及贵阳六中语文教师，历时38年。1972年退休后，专事中国古典文学研究。写有《毛诗文例》《诗经全译》《诗经艺探》及《半亩园诗集》等著作。袁愈稷（袁士杰之子）大学毕业后曾执教于建国中学（现普定县第一中学），后回乡任教并担任过新中国成立前马场小学（智利学堂）的最后一任校长；袁愈琦（袁士辉之子）毕业于日本千叶大学医学系。孙辈中袁名登大学毕业后在北京师范大学任教，袁名均分至新疆工作，袁明恒执教于广东岭南大学，袁名钟在前贵州工业大学执教。

除了活跃于教育界外，袁氏族人在当时政治上也很有影响力。袁愈任（袁士乐之子），字慕辛，当地七八十岁的老人都说他曾读过黄埔军校，当过国民党国大代表，国民党贵州省党部书记（委员），因此当时许多将领经过贵州时都要来看望他，当地传说其弟日本留学回国后曾供职于汪精卫伪政府的财政部，解放后从日本归国，定居上海。由于当时显赫的地位，其住宅（现户主为袁运星）于1945年从上海专门请人设计图纸，回乡后按图纸施工，当时称作"洋房"。袁仲安（袁士辉之子），日本留学回国，任过当时湄潭县县长，贵州省参议员，普定县参议长，其妻谷正英，系国民党中央委员、贵州省主席谷正伦之堂妹。长子袁名扬大学毕业后一直从教于六枝矿务局中学。次子袁名光，1946年左右考入贵大学习，并加入中国共产党，曾两次被捕入狱，均被谷正伦解救。毕业后参加革命活动，后至武汉任过长江有线电厂的教授及总工程师，是刘淮楚先生的战友。

袁慕辛有两子：袁维志，贵州经济干部管理学院教授；袁维任，原贵州九化厂长，1993年左右调广西北海。

现居云盘的袁氏后裔中，袁名林的父亲、曾名方的父亲、袁运星的祖父，都先后任过马场的区长、均和乡乡长。

袁氏古建筑群由8个（原有20余个）四合院组成，建筑面积2900余平方米，建筑风格为中西合璧；另有单独建筑6处，建筑面积700余平方米。袁氏古建筑群以砖瓦结构为主，兼有木质结构和木砖结合结构。步入四合院内，一阵古朴雅韵扑面而来，方正整齐的石块拼砌成的院坝，设计精巧的木质楼梯，处处透着当时中西结合的建筑文化。

袁氏古建筑群按"三"字型排列，院门上"讲信修睦"四个字依稀可辨。走马转角的楼台上，居室门窗的木雕上，其主要图案以"耕读渔樵""梅兰竹菊""福禄寿喜"和"五子拜寿"等构成。古建筑群2006年被普定县人民政府批准为县级文物保护单位。

三天的采风活动就要结束了，我们即将返回贵阳，可我们的心却留在了西洋村，脑海里久久回荡着清末民初梨花村繁荣昌盛的景象。

打油诗

为贵州民大黔风文学社成立十周年的题诗

黔山灵秀人杰佳，
风流人物数民大。
文海更有新潮涌，
学以致用簇鲜花。

初冬的落枫

红枫点燃了群峰
红叶的精灵在天空中飘荡
好似残阳如血
初冬如此漂亮

原上寒风瑟瑟
小草躲进了大地
枫叶片片寄深情
她为大地披上一层金黄

她来到了亲人身旁
紧紧依偎着树峒
待到来年开春时
她又会重新绽放

行香子·红梅赞

和隔山唱歌博友

地冻天寒，满眼山峦。
风刺骨，红梅盛绽。
暗香浮动，温暖心间。
欲闻芳香，觅芳影，追芳渊。

娇俏梅花，枝头盼春。
迷醉眼，惬意动人。
如诗如画，如梦如幻。
赞美梅品，颂梅风，咏梅焉。

渔歌子·四季花

和博友隔山唱歌

春临樱花似霞彩，
夏日池塘荷花媚。
秋月明，桂花醉，
冬舞雪花喜人怀。

端午随想

端午时节忧思长，
怀念屈原梦汨江。
江中漂满青叶棕，
香飘千里万年长。

藏头诗·赠博友（一）

赠彩霞飞扬
彩云飘飘到海南，
霞光万道多灿烂。
飞来一片好风光，
扬起风帆勇向前。

赠傲世寒霜天
傲然挺立南海边，
世代相传坚如盘。
寒冬腊月梅花赞，
霜叶红于二月花，
天然成趣相映照。

赠罗文
罗家哥哥好英姿，
桌球场上夺冠回。
文武双全样样行，
明天事业尽朝晖。

赠开心

开花开朵开心果，
心花怒放花万朵。
歌声飞出心窝窝，
心情舒畅乐多多。

赠紫月

紫金山上赏月亮，
月满西楼思故乡。
欢歌一曲心情爽，
乐在今宵忧烦忘。

赠彩霞飞飞

彩练舞当空，
霞光似锦绣。
飞翔宇宙间，
飞来新气象。

与好友隔山唱歌唱和

如梦令·悼同胞

山崩地裂厄难，
玉树遭遇大震。
天寒地冻焉，
灾区同胞待援。
救援，救援，
绝不放弃一人。

伤春怨·暮日唱晚

感叹夕阳处，黄昏晚霞飞舞。

山间起秋风，炊烟袅袅飘忽。

野舟无人渡，凄凉锁江雾。

冷冷冷清秋，夜深沉，心悲苦。

走进森林

森林在唱春之歌，隔山功夫也到家。

夫妻结伴多快乐，大家看了笑哈哈。

姹紫嫣红真漂亮，桥头湖畔留个影。

不虚此行乐呵呵，森林之行美佳佳。

集句诗

荷花仙子（集句诗）

荷花开后西湖好，

花自飘零水自流。

仙苑春浓小桃开，

子与吾比翼双飞。

夏夜咏叹

夏早日初长，

夜榜响溪石。

咏四季花城，

叹为之观止。

和博友夜莺之歌

夜阑人静灯火明，
莺飞草长春来早。
之外还有佳音传，
歌唱祖国新年旺。

绿丝带之歌

在寒风

肆虐的日子里

在冰冻雪凝的大地上

飘来了绿丝带

看哪！

桑塔纳系了绿丝带

莱斯劳斯系上了绿丝带

保时捷系上了绿丝带

甲壳虫也系上了绿丝带

白发苍苍的老人坐上了"绿丝带"

农民工兄弟也坐上了"绿丝带"

人们的心里涌动着浓浓的春意

看哪！

热情善良的人们系上了绿丝带

脸上洋溢着灿烂的笑容

他们在严寒中扶老携幼

绿丝带呵绿丝带

你给灾区的人民

带来了春天

带来了希望

绿丝带呵绿丝带

你给灾区的人民

带来了力量

带来了贵州精神

原载《贵州日报》（1998年1月）

与诗友九狮七条龙唱和

和九狮：清明泪祭

清明时节雨纷纷，

亲人墓前寄哀思。

泪水滴滴沾衣襟，

悲在心头念故人。

和九狮：牡丹颂

九狮庭院牡丹艳，

国色天香数它秀。

吟诗作客文墨宴，

品茶写赋交友朋。

和九狮：人妖

姹紫嫣红不是春，

如梦如幻醉人生。

妩媚动人归凄惨，

风流一时真可叹。

藏头打油诗·赠博友（二）

赠天晓

天高云淡闻雁鸣，
晓月边关格外美。
作赋填词好才情，
诗歌首首赠友人。

赠流萤点点

流溢芳香花满园，
萤火燎原漫山岗。
点染江山千万里，
点亮桃李一片片。

藏头·赠博友（三）

赠海岱青青

海上赏月思故乡，
岱顶观日心情爽。
青青杨柳江水平，
青山绿水好还乡。

赠妖蝶07

妖姬蓝色最迷人，
蝶舞纷飞舞红尘。
07数字好吉祥，
来年更有鸿运亨。

藏头诗·赠博友（四）

赠梅花欢喜满天雪

梅园风景夺天公，
花开万朵报春晓。
欢声笑语飘满园，
喜笑颜开迎客人。
满面春风拂面来，
天高云淡南飞雁。
雪映红叶别样红。

赠闲爱孤云

闲情逸致雅兴浓，
爱心尽洒文笔中。
孤寂时分博友伴，
云开雾散乐融融。

藏头诗·赠博友（五）

赠翠玉竹林

翠竹青青披霞光，
玉兰花开白如雪。
竹林深深通幽径，
林中流连忘返还。

赠好心情

好花月圆花正红，
心声一曲轻轻吟。

情到深处情意浓，
博友相伴乐融融。

藏头诗·赠博友（六）

赠忆往情深

忆昔日岁月悠悠，
往事如烟又如风。
情真意切写博文，
深情祝福好朋友。

赠冰心如你

冰山一朵雪莲花，
心在玉壶洁无瑕。
如歌岁月难忘怀，
你说谁不把她夸。

与博友唱和

和隔山：一七令春

春
明媚，温馨。
黄莺歌唱，
百花吐艳。
芳草满山坡，
杨柳依依展。
美景令人陶醉，

飘飘好似神仙

一年之际在于春，

万象更新人更勤

和老兵团长:樟脚村

樟脚乡村风光美，

藏在深闺人未识。

青藤爬满古老屋，

幽静沧桑古朴归。

和九狮：山坡羊龙潭瀑布

兀峰美境，云飘霞锦。

高山流水清粼粼。

空谷响，水潺鸣。

曲径通幽野花香，

雅阁抒写其妙章。

松，将客迎；

躬，将客敬。

和九狮：擂台招亲

姑娘招亲摆擂台，

文墨宴中高手来。

篇篇都是好华章，

个个一样惹人爱。

打油诗·赠博友

赠林铁英

林海雪原美如画，

铁树牛年开新花。
英姿焕发光彩照，
赞美人民好警察。

赠杨桃花

桃花岛上赏桃花，
花不醉人人自醉。
赞不绝口笑开颜，
美不胜收人人夸。

赠林柏松

军中英雄林柏松，
身残志坚搞创作。
金鸡独立电脑前，
一指禅下谱新篇。

赠闲爱孤云

幽竹闲居好别致，
闲爱孤云下笔神。
别看尽写平凡事，
平凡事中见真情。

赠长江之歌

长江之歌开博客，
丰富多彩信息广。
图文并茂真精彩，
既赏心来又悦目。

附

录

师友赠诗文

诗友赠诗

到底谁家小花仙？

天真可爱小天仙，人见人夸都喜欢。
路评丽亚认孙女，王坚勃然急了眼。
这是俺家小宝贝，你争我抢闹翻天。
聪明伶俐可心肝，到底谁家小花仙？

博友赠女儿诗

王久辛赠
好个好地方，
生个俏姑娘。
与我牵手长，
转眼不敢瞟。
瞟上一眼窝，
忘也忘不掉。

忆网情深赠
莎莉女儿忒可爱，

红花绿叶头上戴。

粉的噜的小脸蛋，

如同脆嫩豆芽菜。

萍踪结翰缘赠

骄傲着你的骄傲

自豪着你的自豪

你是蓝天怀抱中最美丽的雪莲

在幸福中进步

在阳光下成长

你是世界快乐的奇迹

林铁英赠

这是谁家小女生，

活泼可爱还聪明。

面容娇羞又美丽，

叫人如何不心疼。

王三清赠

远看好像朝鲜女，

近瞧疑是花仙子。

头上光环奖如星，

足下红毯赞优生。

翠玉竹林赠

聪明伶俐惹人爱，

乖乖巧巧小女孩。

祖国花朵待开放，

未来之星放光彩。

亦非赠

品学兼优小才女，
貌若天仙谁可比。
少年聪慧有大志，
它日凌云冲天起。

七斤先生赠

女儿好乖乖
革命好后代
只要好培育
国家好栋材

马洪斌赠

美丽天使像她妈
祖国一朵向阳花
只要用心来灌溉
人民未来全靠她

流萤点点赠

谁家小牡丹
依依向阳开
丹青恨难描
丽词愧神彩
时时勤培育
枝枝靠关爱
花动京城时
灼灼放异彩

媒体聚焦：互联网上的文学风景线
重构网络时代的文学观

——访贵州省网络文学学会副会长田原

随着计算机网络技术迅猛发展，一种全新的文学样式——网络文学正进入大众视野，给日渐边缘化的文学注入新的活力。网络文学的崛起，将传统文学、民间文学和通俗文学构成一个完整的、多元化的文学格局。

由共青团贵州省委、省青年联合会、省作协、省网络文学学会等联合主办的贵州省首届网络文学大赛，组委会共收到全国16个省、市、自治区老、中、青文学爱好者的2556篇（首）散文、小说、诗歌作品，参与热情可见一斑。此次大赛的成功举办，也引起文学界、评论界的关注。

"走过10年时间，中国网络文学完全可以构成一部有独到价值和启示意义的文学发展史。对于中国文学来说，也是值得大书特书的。"日前，记者采访了贵州省社会科学院文学研究所副研究员、贵州省网络文学学会副会长兼秘书长田原。

记者：请你先介绍一下这些年全国及其他省网络文学发展概况。

田原：好的。近年来，中国作家协会对网络文学创作十分重视。在北京，鲁迅文学院曾两次举办网络文学创作培训班，学员来自全国各地。中国作协文学创作招投标中标的一部长篇小说《昼的紫，夜的白》就是由贵阳市《花溪》文学期刊原编辑、女作家西篱创作的。这也是迄今为止首部网络文学长篇小说。之后，中国作协又开展了"十八位名作家会见十八位网络作家"活动，一对一的交流效果很好。据悉，中国作家协会拟将网络文学小说作品列为"茅盾文学奖"评奖范围，如果能实现，无疑将为网络文学的发展提供平台和广阔空间。

再看看贵州周边省份。广东省作家协会正在筹办网络文学院，全国首家《网络文学评论》也已经创刊。其中的板块既有网络文学理论文章，也有网络文学文本欣赏。同时，广东省作协还举办了"广东省网络文学作品10年回顾展"，引起广东省委宣传部和文学界关注。湖南网络文学的领军人物是中南大学文学院院长、湖南省网络文学研究基地首席研究员欧阳友权教授。他带领其团队对网络文学研究已近10年，成果丰硕，欧阳友权教授本人就出版了3部网络文学研究专著。浙江省的网络作家队伍不断扩大，著名作家叶辛还应邀担任该省网络文学大赛颁奖嘉宾。除了广东、湖南、浙江外，全国还有很多省相继成立了网络文化学会，从事包括网络文学在内的文学创作和文化研究。

记者：贵州网络文学发展怎样？请你谈谈好吗？

田原：与其他省一样，贵州网络文学发展也比较活跃。贵州大学、贵州师范大学、贵州民族学院、贵州中医学院等高校的网络文学创作很有特点。如贵州民族学院的"秋韵"文学社、"黔风"文学社等吸引了不同院系、不同专业的众多大学生参与。在诗歌、小说、散文作品中，诗歌创作尤其"多产"，文学社同学们平均一天创作一首诗歌，题材多样，风格各异。除了高校，各行各业以青年为主体的文学爱好者踊跃加入网络文学行列。贵州省网络文学学会刚一成立，就举办了历时半年的首届全省网络文学大赛。黔东南的乡村教师杨代富、方大文创作的网络散文参加"贵州省网络文学大赛"，获得了优秀奖。在不同年龄段的参赛者中，黔东南剑河县民族中学高（二）年级同学杨西琴是唯一获得优秀奖的中学生。

首届全省网络文学大赛在社会上引起较大反响和社会各界关注。之后，省网络文学学会又开展了"文学进校园"活动，首站活动在贵州民族学院进行，以"网络文学与传统文学的区别"为主题的讲座，激起包括文学社团同学在内的大学生们的浓厚兴趣。主讲人与听讲者互动，会场气氛热烈。省网络文学学会在贵阳市图书馆举办"网络小说论"讲座，数百位高校学生、读者、市民等自始至终听完讲座。

贵州省网络文学学会成立一年多来，以"唱响网上主旋律，传播先进文化，营造文明健康、积极向上的网络文化氛围，打造网络文学精品，开展网络文学创作研究，促进社会主义文化大发展大繁荣"为宗旨，全省广大文学爱好者创作积极性高涨，队伍不断扩大，不同年龄段的作者已达数千人，成绩可喜。

记者：你对贵州省网络文学今后的发展有哪些思考？或者说有什么举措？

田原：首届全省网络文学大赛的成功举办是个良好开端。近期，省网络文学学会将举办创作笔会，组织网络作家深入生活，创作唱响主旋律的文学作品。举办网络作者培训班，邀请知名作家、评论家授课，扶掖青年作者，提高创作水平。不定期召开网络文学研讨会，交流创作经验，提高网络作家自身艺术修养。筹备举办贵州省第二届网络文学大赛，提高小说、诗歌创作水平，开展"网络文学新人""十大优秀网络作家评选"活动，鼓励多出精品佳作，发现人才，培养人才。对优秀网络文学作品、评论及研究成果给予奖励，编辑出版网络文学作品集（选）。

更重要的是，省网络文学学会将倾力办好学会网站（黔城似锦www.zhqnet.com），及时反映会员创作、研究动态，做到资源共享，把学会网站办成会员之家和交流联谊的平台。同时，我们要加强与外省网络文学学会的交流，不断扩大贵州省网络文学学会的影响。

网络文学作为一种新的文学样式，希望进一步得到各级党委、政府的关心、支持以及社会各界的帮助。也诚望贵州网络作家不断涌现和成长，为文化的大发展大繁荣作出贡献。

原载《贵阳日报》（2010年10月）